마약 밀매인
THE PUSHER

옮긴이 박진세

추리소설 애호가로 현재 출판 기획 일을 하고 있다. 옮긴 책으로 에드 맥베인의 『살의
의 쐐기』, 『노상강도』, 아카이 미히로의 『저물어 가는 여름』이 있다.

THE PUSHER

Copyright © 1956 Ed McBain

Copyright renewed © 1984 by Hui Corp.

Afterword copyright © 1989 by Hui Corp.

All rights reserved

Korean translation copyright © 2015 by Finis Africae

Korean translation rights arranged with Curtis Brown Group Limited

through EYA(Eric Yang Agency)

이 책의 한국어판 저작권은 EYA(Eric Yang Agency)를 통해
Curtis Brown Group Limited와 독점 계약한 **피니스 아프리카에**에 있습니다.
저작권법에 의하여 한국 내에서 보호를 받는 저작물이므로
무단전재와 복제를 금합니다.

이 도서의 국립중앙도서관 출판시 도서목록(CIP)은 서지정보유통지원시스템 홈페이지(http://seoji.nl.go.kr)와
국가자료공동목록시스템(http://www.nl.go.kr/kolisnet)에서 이용하실 수 있습니다.
CIP제어번호:CIP2015008194

마약 밀매인

THE 87th PRECINCT ED McBAIN

THE PUSHER

피니스
아프리카에

에벌린과 딕에게

이 소설 속 도시는 모두 상상에 의한 것이다.

등장인물도 장소도 모두 허구다.

다만 경찰 활동은 실제 수사 방법에 기초했다.

1

겨울은 폭탄을 든 아나키스트처럼 다가왔다.

겨울은 과격하게 소리를 지르고, 시근덕거리며, 골수와 심장을 얼어붙게 만드는 추위 안에 도시를 가두었다.

바람은 처마 밑에서 포효하고 길모퉁이 주위를 몰아치며 사람들의 모자와 스커트를 들어 올린 다음 얼음처럼 차가운 손가락으로 따뜻한 허벅지를 어루만진다. 사람들은 손에 입김을 불고 코트 깃을 세우며 머플러를 동여맨다. 천천히 죽어 가는 가을의 무기력함에 휘말린 그들의 코앞에 이제 꽝꽝 언 손가락으로 그들의 이를 두드리는 겨울이 다가왔다. 사람들은 불어치는 바람을 거슬러 활짝 웃지만 바람은 웃어 줄 기분이 아니다. 바람은 으르렁거리며 울부짖었고, 하늘에서 흩뿌리는 눈이 도시를 하얗게 감싼 다음 거리를 진흙탕으로 만들자 추위와 바람이 위험한 빙판길로 바꿔 놓았다.

사람들은 거리에서 모습을 감췄다. 그들은 배불뚝이 스토브와 쉿 쉿 소리를 내는 라디에이터를 찾았다. 그들은 싸구려 라이위스키나 비싼 스카치위스키를 마셨다. 그들은 추위를 피해 외로이 술집을 순례하거나 밖에서 바람이 악을 쓰는 동안 원초적인 사랑의 의식 안에서 타인의 온기를 찾았다.

올겨울은 점점 골칫덩이가 되어 가고 있었다.

그 순찰 경관의 이름은 딕 제네로였고, 그는 추웠다. 그는 겨울을 좋아하지 않았고 이전에도 마찬가지였다. 그에게 스케이트, 스키, 봅슬레이, 그리고 뜨거운 럼 토디와 행복한 기분이 들게 하는, 겨울과 관련한 모든 것들을 납득시키려 해도 그는 여전히 꺼지라고 말할 것이었다. 여름이 제네로의 계절이었다. 그는 그런 부류의 사람이었다. 그는 따뜻한 모래와 뜨거운 태양과 구름 한 점 없는 푸른 하늘을 좋아했고, 번개가 치는 여름 폭풍 또한 좋아했으며, 만개한 꽃과 진토닉을 좋아했다. 누군가가 찌그러뜨린 낡은 깡통 안에 그동안 지나간 겨울 전부를 담은 뒤 딕스 강에 처넣는다면 제네로는 행복했을 것이다.

그의 귀가 얼어붙었다.

"귀가 추우면 다 추운 거야." 제네로의 어머니가 늘 하는 말이었고, 제네로의 어머니는 날씨에 대해 지혜롭게 대처하는 사람이었다. 제네로는 얼어붙은 귀로 순찰 구역을 돌며 어머니를 생각했다.

그리고 뒤늦게 아내를 떠올리고 집에서 그녀와 침대 속에 있었으면 했다. 지금은 새벽 2시였고, 제정신을 가진 사람이라면 예쁜 여자와 침대 속에 있지 영하 20도의 새벽 2시에 거리를 배회하지 않을 터였다.

바람이 그의 외투를 찢고 두툼한 경찰 제복을 뚫은 뒤 내복을 핥았다. 추위가 내복을 적시자 제네로는 몸서리를 치며 귀를 만져서는 안 된다는 생각을 했다. 만약 지금 귀를 만진다면 얼어서 떨어져 나가리라. 그 역시 어머니가 한 말이었다. 그는 귀가 정말 떨어지는지 알고 싶어서 귀가 얼어붙었을 때 만져 보고 싶은 유혹에 몇 번 넘어갈 뻔한 적이 있었다. 사실 그는 귀가 떨어져 나가지 않을까 봐 두려웠다. 엄마에 대한 믿음이 무너질까 봐 두려웠다. 그래서 충실하게 장갑 낀 손을 머리에서 멀리 떼어 놓고 머리에 바람이 닿지 않도록 몸을 수그렸다. 그리고 침대 속에서 로잘리와 함께 있는 생각을 했고, 추위가 끝도 없이 지속되는 남극에 있다는 생각을 불현듯 깨달을 때까지 플로리다와 푸에르토리코와 버진 아일랜드와 아프리카 같은 남쪽 지방을 생각했다.

따뜻하다. 그는 중얼거렸다. 이봐, 지금 따뜻하다고.

벗은 거나 다름없는 수영복 차림의 미인들을 생각해 보라고. 젠장, 오늘 여기 있는 모래는 따뜻하다. 바닷소리에 귀를 기울여 보라. 아, 하느님, 시원한 바람을 주셔서 감사합니다. 오늘처럼 모든 걸 태워 버릴 듯이 더운 날에는 특히나 더. 그리고……

그리고 귀를 만지면 분명 귀가 떨어져 나갈 거야.

거리는 텅 비어 있었다. 당연히 그럴 줄 알았다. 오늘 같은 밤에 밖에 나온 사람은 바보 아니면 경찰뿐이었다. 그는 캔디 가게로 걸어가 기계적으로 문손잡이를 돌려 보고 이제 곧 귀가 떨어질 참인 경찰이 안으로 들어가 커피 한 잔을 마실 수 있도록 문을 열어 놓지 않은 주인을 저주했다. **은혜도 모르다니.** 그는 생각했다. **모든 가게가 은혜를 몰라.** 내가 빌어먹을 문손잡이를 잡고 돌리는 동안 가게 주인은 집에서 잠이나 처자고 있겠지. 도대체 오늘 같은 밤에 어떤 도둑이 일을 하겠는가? 북극에서 쇠붙이에 손가락을 잘못 댔다가는 얼어붙어 버리듯 강도가 자신의 도둑질 도구에 손을 댔다가는 얼어붙어 버릴 터였다. 참 위안이 되는 생각이군. 염병할, **춥다고!**

그는 거리를 응시했다. 래니의 바라면 아마 열었을 것이다. 그는 멈춰 서서 거리를 둘러보았다. 싸움 같은 건 없었고, 규정에 어긋나지만 이 추위를 피하기 위해 술 한 잔 정도는 괜찮을 것 같았다. 술 한 잔 정도야 별일 아니라고 생각했다. 사람이란 추위를 즐길 수도 있지만 속옷이 거리 한복판에서 얼어붙을 정도면 추위에 대한 환상은 집어치울 때였다. 제네로는 장갑 낀 손으로 호기롭게 박수를 치고 고개를 들었다.

불빛이 보였다.

거리 저 위 어딘가에서 흘러나오는 빛이었다. 거리는 그 불빛을 제외하면 깜깜했다. 제네로는 멈춰 서서 불어오는 바람에 눈을 가늘게 떴다. 즉각적으로 양복점에서 나오는 불빛이라고 생각했다. 또 멍청이 코엔이 이 꼭두새벽에 다림질을 하고 있는 것이리라. 그에게 경고를 했어야 했다. "맥스," 그는 주의를 주어야 할 것 같았다. "빌어먹게도 열심히 일하시는군요. 하지만 밤늦게 다림질을 하시려거든 경찰서에 전화해서 추위에 떠는 불쌍한 우리한테도 알려 주시겠습니까?"

그러면 맥스는 고개를 끄덕이고 웃으며 그에게 카운터 뒤에 모셔 둔 달콤한 와인을 한 잔 따라 건네리라. 갑자기 맥스가 그렇게까지 멍청하다는 생각이 들지 않았다.

맥스는 모든 순찰 경관에게 친절한 후원자였다. 맥스네 양복점에서 흘러나오는 빛은 안전을 유도하는 등대 불빛이었고, 맥스네 양복점은 꽁꽁 얼어붙은 화물선을 위한 안식처 같은 가게였다. **와인을 꺼내요, 맥스. 지금 갑니다.**

그는 양복점 불빛을 향해 발걸음을 옮겼다. 그리고 맥스가 건네는 와인 한 잔을 진심으로 즐겼을 터였다. 한 가지만 **빼면.**

그 불빛은 양복점에서 나오는 빛이 아니었다.

불빛은 거리 더 위쪽에서 흘러나오고 있었다. 공동주택의 지하로 통하는 계단 입구가 불빛을 뱉어 내고 있었다. 순간적으로 제네로는 혼란스러웠다. 맥스가 아니라면…….

제네로는 발걸음을 서둘렀다. 그는 무의식적으로 오른손 장갑을 벗고 총집에서 리볼버를 뽑았다. 건물 전체는 불이 꺼진 채 잠들어 있었다. 오직 그 불빛만이 어둠을 찌르고 있었고, 그는 조심스럽게 다가가 공동주택의 창자로 들어가는 입구에 걸어 놓은 체인 너머 경사진 계단 앞에 멈춰 섰다.

지하로 통하는 출입문은 건물 입구의 벽돌 층계 아래에서 그늘에 반쯤 가려 있었고 창문 하나가 문 옆의 벽돌 위쪽 높이 달려 있었다. 창은 때가 덕지덕지 묻어 있었지만 외눈박이 뜬눈처럼 빛을 발산하고 있었다. 제네로는 조심스럽게 체인을 넘어 계단 아래로 내려갔다.

좁은 통로는 화살처럼 공동주택 뒤뜰로 곧장 이어져 있었다. 좁은 통로에 밤 동안 방치되어 무질서하게 늘어서 있는 쓰레기통이 얼어붙은 12월의 공기 중으로 악취를 떨쳐 내고 있었다. 제네로는 통로를 재빨리 훑어보고 나서 살며시 문가를 향해 걸었다.

그는 서서 귀를 기울였다. 문 안쪽에서는 아무 소리도 들리지 않았다. 그는 오른손으로 리볼버를 고쳐 쥐고 왼손으로 문손잡이를 돌렸다.

놀랍게도 문은 활짝 열렸다.

제네로는 황급히 뒷걸음질 쳤다. 그는 땀을 흘리고 있었다. 귀는 여전히 얼어붙어 있었지만 그는 땀을 흘리고 있었다. 그는 자신의 숨소리를 들었다. 차갑게 잠든 도시의 다른 소리를 듣기 위해 귀를 기울였다. 조용히 발을 끄는 소리든 뭐든 듣기 위해 귀를 기울였으나 아무 소리도 들리지 않았다. 그는 오랫동안 귀를 기울이고 나서 지하실로 들어갔다.

그 불빛은 두꺼운 전깃줄에 매달린 벌거벗은 전구에서 흘러나오고 있었다. 전구는 미동도 없이 걸려 있었다. 전구는 흔들리지 않았고, 아주 미세한 움직임조차 없었기 때문에 전깃줄이 거의 가느다란 강철 막대처럼 보였다. 마루 위에 있는 오렌지 상자가 전구 불빛 아래 놓여 있었다. 상자 위에는 병뚜껑 네 개가 있었다. 제네로는 휴대용 플래시를 꺼내 호를 그리며 방 안을 비추었다. 한쪽 벽에는 여자의 가슴과 엉덩이 사진이 빼곡하게 붙어 있었다. 반대편 벽은 비어 있었다. 방 끝에는 간이침대가 있었고, 그 위에는 창살이 달린 창문이 나 있었다.

제네로는 살짝 왼쪽으로 불빛을 이동시키고 나서 깜짝 놀라 뒷걸음질 치며 발작적으로 38구경을 치켜들었다.

소년이 간이침대에 앉아 있었다.

소년의 안색은 파랬고 몸은 앞으로 기울어져 있었다. 몸이 매우 위태로운 각도로 기울어져 있었다. 첫 발견의 충격이 가시자 제네로는 왜 소년이 앞으로 넘어지지 않는지 의아해했고, 그 순간 그는 밧줄을 보았다.

밧줄의 한쪽 끝이 창살에 묶여 있었고, 다른 쪽은 소년의 목에 감겨 있었다. 그 소년은 마치 간이침대에서 튀어 오르고 싶다는 듯이 앞으로 몸을 기울인 채 그 자세를 유지하고 있었다. 눈을 크게 뜬 채 입을 크게 벌리고 있어서 그의 몸속 깊숙이 꼬인 삶이 방 안으로 내동댕이쳐질 준비를 하고 있는 것 같았다. 안색과 팔의 자세만이 그가 죽었다는 사실을 드러내고 있었다. 얼굴은 역겨운 푸른빛이었고, 팔은 잠에 곯아떨어진 사람처럼 몸뚱이에 매달려 있었다. 손은 손바닥이 보이게 놓여 있었다. 한쪽 손 옆에는 빈 피하 주사기가 있었다.

제네로는 시체에 대한 미신적인 공포에 다소 겁에 질려 머뭇거리며 조금 가까이 다가가 플래시 빛에 비친 푸른빛 얼굴을 관찰했다. 그는 이 상황이 전혀 무섭지 않다는 것을 증명해 보이기 위해 필요 이상으로 오랫동안 소년의 공허한 눈을 바라보며 서 있었다.

이내 방에서 황급히 뛰쳐나간 다음 몸을 떨며 가장 가까이에 있는 비상 전화기로 향했다.

2

소식은 클링과 카렐라가 도착하기 훨씬 전에 이미 퍼져 나갔다.

죽음은 조용히 밤에 난입하여 마치 맥베스처럼 잠을 살해했다. 그리고 이제 창문은 불을 밝혔고, 사람들은 창문 밖 겨울의 매서운 추위 속으로 몸을 내밀어 다소 죄책감이 깃든 불안한 표정을 짓고 보도 위에 모여 있는 다섯 명의 경찰들을 내려다보았다. 거리에도 파자마 위에 오버코트를 걸친 사람들이 모여 소곤대고 있었다. 지붕 한가운데에 돌출된 무전기 안테나를 제외하면 일반 차량과 다를 바 없어 보이는 머큐리 세단이 보도로 접근했다. 그 차는 의사 면허 번호판을 달고 있었지만 차에서 내린 두 사람은 의사가 아니었다. 그들은 경찰이었다.

카렐라가 순찰 경관에게 빠른 걸음으로 다가왔다. 그는 키가 큰 사내로 갈색 상어 가죽 슈트와 암갈색 오버코트를 입고 있었다. 짧게 치켜 깎은 머리에 모자는 쓰지 않았고, 야구 선수처럼 태연하게 걸었다. 팽팽한 피부 밑에 단단한 근육이 긴장하고 있는 듯 다부진 인상이었으며, 팽팽한 피부 밑에 돌출한 광대뼈 때문에 동양인 같다는 인상을 주었다.

"누가 신고했지?" 그가 가장 가까이에 있는 경관에게 물었다.

"딕이오." 경관이 대답했다.

"그는 어디 있나?"

"아래층에 시체와 있습니다."

"가지, 버트." 카렐라가 어깨 너머로 말하자 클링이 말없이 고분고분하게 그의 뒤를 따랐다. 순찰 경관이 부러움을 완전히 감추지 못한 채 무관심을 가장하며 클링을 살폈다. 클링은 스물넷에 출세한 신입 형사였다. "젠장, 재수 텄군."이라는 표현이 적절하리라. 하지만 사실, "줄 잘 탔네."라는 말이 딱 들어맞는 표현일지도 몰랐다. 클링은 살인 사건을 해결했고, 순찰 경관들은 그것을 뜻밖의 행운이라고 쑤군댔지만 경찰국장은 그것을 '흔치 않은 통찰력과 끈질긴 수사'라고 치하했다. 경찰국장의 의견이 순찰 경관들의 의견보다 다소 과대평가되었기 때문에 그는 보통 그들이 진급하는 데 걸리는 시간보다 빨리 신참 순찰 경관에서 3급 형사로 승진했다.

그래서 순찰 경관들은 카렐라의 뒤를 따라 체인을 넘는 클링에게 쌀쌀한 미소를 던졌다. 따라서 녹색을 띤 그들의 얼굴색은 추위 때문이 아니었다.

"저 친구 뭐야?" 순찰 경관 중 한 명이 속삭였다. "이제 인사도 안 하는 거야?"

그 말을 들었더라도 클링은 아무런 내색도 하지 않았을 것이다. 그는 카렐라의 뒤를 쫓아 지하실로 내려갔다. 딕 제네로가 벌거벗은 전구 아래에서 입술을 깨물고 서 있었다.

"안녕, 딕." 카렐라가 말했다.

"안녕하세요, 스티브, 버트." 제네로는 매우 불안해 보였다.

"안녕, 딕." 클링이 알은체했다.

"아이를 언제 발견했나?" 카렐라가 물었다.

"신고하기 몇 분 전에요. 아이는 저기 있습니다." 제네로는 시체를 향해 고개를 돌리지 않았다.

"뭔가 만졌나?"

"맙소사, 아니요!"

"잘했군. 자네가 여기 왔을 때 아이는 혼자였나?"

"네. 네, 아이는 혼자였습니다. 그런데, 스티브, 괜찮다면 바람 좀 쐬러 나가도 될까요? 여기는 좀…… 좀 답답해서요."

"그래." 카렐라가 말했다. "불은 켜진 상태였나?"

"뭐라고요? 오, 네. 네, 그랬습니다." 제네로가 사이를 두었다. "그래서 내려와 본 거예요. 강도일 거라고 생각했습니다. 내가 내려왔을 때 저기에 아이가 있었습니다." 제네로가 간이침대에 있는 시체를 향해 눈짓을 했다.

카렐라는 밧줄에 목이 걸린 채 앉아 있는 소년에게 걸어갔다. "이 아이는 몇 살이나 됐지?" 그가 누구에게랄 것 없이 물었다. "열다섯, 열여섯?" 아무도 대답하지 않았다.

"마치…… 자살한 것 같은데요, 안 그렇습니까?" 제네로가 물었다. 의도적으로 그는 그 소년을 피했다.

"그렇게 보이는군." 카렐라가 말했다. 그는 자신이 무의식적으로 머리를 젓고 있다는 것이나 언짢은 표정을 짓고 있다는 것을 깨닫지 못했다. 그는 한숨을 내쉬고 클링을 돌아보았다. "살인반 친구들이 올 때까지 기다리는 편이 낫겠군. 우리가 지금 철수하면 그 친구들이 난리를 칠 거야. 몇 신가, 버트?"

클링이 손목시계를 보았다. "두 시 십일 분입니다."

"근무시간을 지켜야 하지, 딕?"

"물론입니다." 제네로가 대답하며 뒷주머니에서 검은 수첩을 꺼내어 시간을 적기 시작했다. 카렐라가 그를 지켜보았다.

"올라가서 바람이나 쐬지." 그가 말했다.

대부분의 자살자들은 그들이 몰고 올 타인의 두통은 전혀 개의치 않는다.

그들은 자신의 팔목을 긋거나 가스의 꼭지를 틀거나 머리에 총을 쏘거나 손도끼로 자신의 두개골에 수많은 일직선의 상처를 남기거나 가까운 창문으로 달려가거나 소량의 청산가리를 삼키거나 아니면-간이침대 위의 소년과 같은 경우처럼- 목을 매단다. 하지만 그들은 법 집행자들의 두통 따윈 염두에 두지 않는다.

알다시피 자살은 최초에는 엄밀히 살인으로 취급된다. 그리고 살인 사건의 경우, 당연히 통지를 받아야 할 법 집행자와 관계자가 몇몇 있다. 그 몇몇 사람은 다음과 같다.

1) 경찰청장
2) 경찰청 국장
3) 지방경찰청장
4) 시체가 발견된 지역에 따라 북부 살인반, 혹은 남부 살인반
5) 시체가 발견된 관할의 분서장과 형사반장
6) 검시관
7) 지방검사
8) 본부 정보통신과
9) 경찰 감식반
10) 경찰 사진사
11) 경찰 속기사

물론 이들 모두가 자살 현장으로 몰려오는 것은 아니다. 이들 몇몇은 터무니없는 시간에 침대에서 기어 나올 이유가 전혀 없고, 또 몇몇은 상대적으로 낮은 임금에 고도로 훈련받은 하급자에게 간단히 일을 맡기면 된다. 어떻든 간에 올빼미 파견대는 언제나 믿을 만하며, 이 그룹에는 한두 명의 살인반 형사, 사진사, 부검시관, 소수의 순찰 경관, 관할서에서 나온 두서너 명의 형사와 몇몇 감식반원

이 포함된다. 경찰 속기사는 이 쇼에 낄 수도 있고 안 낄 수도 있다.

새벽 2시 11분 무렵에는 아무도 일하고 싶은 마음이 없다.

오, 물론 시체는 한밤중 순찰의 단조로움을 깨뜨려 주었다. 그리고 남부 살인반 옛 친구들과의 우정을 새로이 해 주었으며, 게다가 사진반은 사람들이 돌려 볼 수 있도록 프랑스제 우편엽서 견본 몇 장을 가져올지도 몰랐다. 하지만 대체로 새벽 2시 11분에 발생한 자살 사건에 대해서는 진심 어린 열정을 갖고 있지 않았다. 더군다나 추울 때는.

날씨가 춥다는 것에 대해서는 의문의 여지가 없었다.

남부 살인반에서 온 형사들은 마치 누군가가 방금 전에 냉장실에서 끄집어낸 사람들처럼 보였다. 그들은 페도라를 깊이 눌러쓴 머리를 숙인 채 코트 주머니에 손을 처넣고 뻣뻣한 다리로 보도를 걸었다. 한 사내가 카렐라에게 인사를 할 만큼은 오랫동안 머리를 들었고, 그러고 나서 두 형사는 카렐라와 클링을 따라 지하실로 내려갔다.

"내려오니 좀 낫군." 한 형사가 말했다. 그는 손을 비비고 시체를 힐끗 본 다음 말했다. "누구, 휴대용 위스키 병 갖고 온 사람 있나?" 그가 형사들의 얼굴을 둘러보며 말했다. "없는 것 같군." 그 형사가 불쾌하다는 투로 말했다.

"딕 제네로라는 순찰 경관이 두 시 사 분에 시체를 발견했습니다." 카렐라가 말했다. "불은 켜져 있었고 아무것도 건드리지 않았습니다."

처음 말문을 열었던 살인반 형사가 툴툴거리며 한숨을 쉬었다. "어쨌든 시작은 좋군, 안 그래?" 그가 열정을 담아 말했다.

다른 살인반 형사는 시체를 살펴보고 있었다. "멍청한 녀석." 그가 중얼거렸다. "왜 아침까지 기다리지 못한 거야?" 그가 클링을 힐끗 보았다. "자넨 누군가?"

"버트 클링입니다." 클링이 말했다. 그리고 질문을—그 질문은 그가 시체를 처음 본 순간부터 목구멍에 걸려 있었던 듯했다— 했다. "목매단 자살의 경우 시체가 공중에 매달려 있을 거라고 생각했는데요."

살인반 형사가 클링을 응시하다가 카렐라 쪽을 향했다. "이 친구 형사인가?"

"물론."

"난 자네가 스릴을 느끼게 해 주려고 자네 친척을 데리고 온 줄 알았지." 그가 클링을 돌아보았다. "아닐세, 친구." 그가 말했다. "시체가 꼭 매달려 있어야 하는 것은 아니지. 증거가 필요한가?" 그가 간이침대를 가리켰다. "이 녀석은 목매달아 자살했지만 시체가 매달려 있지는 않네. 어떤가?"

"음, 그렇군요."

"날카롭군요." 카렐라가 말했다. 그는 웃지 않았다. 그는 그 살인반 형사의 눈을 응시했다.

"그냥 아는 거지." 그 살인반 형사가 말했다. "팔십칠 분서에서 일한 적은 없지만 벌써 이십이 년째 경찰 밥을 먹고 있네. 그리고 그동안 몇 건의 목매단 자살 사건을 다뤘지."

카렐라가 그 말에 대답했을 때 그의 목소리에는 어떤 비꼼도 담겨 있지 않았다. 그는 정색을 하고, 명백히 진지한 태도로 말했다. "당신이 경찰에 투신한 것을 사람들이 좋아하겠군요."

그 살인반 형사가 조심스러운 태도로 카렐라를 쳐다보았다. "나는 그냥 그렇다는 걸 말하려고 했을 뿐이야……."

"그렇겠죠." 카렐라가 말했다. "이 멍청한 신참은 시체가 매달려 있지 않아도 된다는 것을 몰랐다는 말이군요. 이봐, 버트. 우리는 서 있거나 앉아 있거나 누워 있는 시체도 발견하네." 그가 그 살인반 형사를 돌아보았다. "그렇지 않습니까?"

"물론이지. 어떤 자세라도."

"그렇고말고." 카렐라가 동의했다. "자살이 모두 똑같이 보여야 한다는 법은 없지." 그의 목소리에서 숨길 수 없는 딱딱함이 배어났다. 클링은 얼굴을 찡그리더니 약간 걱정스러운 표정으로 그 살인반 형사를 힐끗 쳐다보았다. "무슨 색 같습니까?" 카렐라가 말했다.

스티브 카렐라에게 화가 난 그 형사는 신중하게 그에게 다가갔다. "뭐라고?"

"푸른색이라. 흥미롭지 않습니까?"

"숨이 막히면 시체가 파랗게 되지." 그 살인반 형사가 대답했다. "예상했던 대로 간단하군."

"물론입니다." 이제 카렐라의 목소리에서 딱딱함이 노골적으로 드러났다. "아주 간단하죠. 저 친구에게 매듭에 대해 설명해 주십시오."

"뭐라고?"

"밧줄 매듭. 저 아이 목 주변의 매듭 말입니다."

그 살인반 형사가 걸음을 옮겨 시체를 살펴보았다. "이게 어떻다는 건가?"

"목매달아 자살하는 것에 대해 당신 같은 전문가라면 그 사실을 알아차렸을지도 모른다는 겁니다." 그렇게 말하는 카렐라의 목소리는 이제 딱딱함을 숨기지 않았다.

"그래. 난 알아차렸네. 그래서 뭐 어떻다는 건가?"

"난 당신이 여기 있는 이 꼬마처럼 목매단 사람의 얼굴색이 가끔 왜 이렇게 되는지 신참 형사한테 설명해 주고 싶어 하는 줄 알았습니다."

"이것 봐, 카렐라." 옆에 있던 살인반 형사가 말을 꺼냈다.

"당신 친구의 말을 들어 봅시다, 프레드." 카렐라가 말을 막았다. "우리는 전문가의 의견을 놓치고 싶지 않으니까."

"도대체 무슨 말을 하는 거야?"

"저 친구는 자네를 못 잡아먹어서 안달이군그래, 조." 프레드가 말했다.

조가 카렐라를 쳐다보았다. "나를 잡아먹고 싶나?"

"나라면 궁금하지 않을 겁니다." 카렐라가 말했다. "매듭에 대해서 설명해 보십시오, 전문가 양반."

조가 눈을 깜박였다. "매듭이라니, 젠장, 무슨 말인가?"

"왜 그러십니까. 분명히 알 텐데." 카렐라가 상냥하게 말했다. "매듭 면이 동맥과 정맥이 지나는 목의 한쪽 면을 완전히 압박하고 있습니다."

"물론 그건 나도 아네." 조가 말했다.

"그렇다면, 물론 당신도 알다시피, 매듭이 목의 측면을 조이면 얼굴빛은 대개 붉은색을 띱니다. 반대로 매듭이 목덜미를 조이면 얼굴은 창백해집니다. 당신도 알지 않습니까?"

"물론 나도 알지." 조가 거만하게 말했다. "그러니까, 목의 양쪽이 졸린 시체와 목 뒤에서 졸린 시체가 파랗게 변한 걸 봤지. 그래서 무슨 말이 하고 싶은 건가? 나는 교살로 얼굴이 파래진 사건들을 한 다스나 다뤄 봤네."

"청산가리 독살 사건을 몇 다스나 다뤄 봤습니까?"

"뭐?"

"어째서 사인이 질식이라는 겁니까?"

"뭐?"

"오렌지 상자 위에 그을음이 남은 병뚜껑들을 봤습니까? 소년의 손 옆에 있는 주사기를 봤습니까?"

"당연히 봤지."

"저 애가 마약쟁이라고 생각합니까?"

"그런 것 같은데. 내 추측으로는 그래." 조가 말했다. 그는 잠시 말을 멈추더니 최대한으로 빈정대며 말했다. "팔십칠 분서의 민완 형사 생각은 어떠신가?"

"팔뚝의 주사 자국으로 보건대," 카렐라가 말했다. "마약쟁이가 틀림없습니다."

"나도 저 애의 팔뚝을 봤지." 조는 그렇게 말하며 미로처럼 복잡해진 머릿속으로 더 말할 뭔가를 찾았지만 그 뭔가를 생각해 낼 수 없었다.

"아이가 목을 매달기 전에 주사를 맞은 것 같습니까?" 카렐라가 상냥하게 물었다.

"아마 그랬겠지." 조가 신중하게 말했다.

"만약 그랬다면 좀 혼란스럽지 않습니까?" 카렐라가 물었다.

"왜지?" 조가 상당한 세심함을 요하는 단서에 달려들며 말했다.

"만약 저 애가 주사를 맞았다면 기분이 아주 좋았을 텐데, 왜 자살을 했는지 궁금하군요."

"어떤 마약쟁이들은 우울해지기도 하지." 프레드가 말했다. "이것 보게, 카렐라. 적당히 해 둬. 하고 싶은 말이 뭔가?"

"팔십칠 분서의 민완 형사는 검시 보고서를 보기 전에는 자살이라고 쉽게 단정 짓지 않는다는 것뿐입니다. 보고서를 보고 난 후에도 마찬가지고. 어때요, 조? 아니면 얼굴색이 푸른빛을 띤 시체는 자동적으로 목이 졸렸다는 뜻입니까?"

"사실에 무게를 둬야 해." 조가 말했다. "여러 사실을 종합해 봐야겠지."

"수사 방법에는 날카로운 관찰력이 필요하지, 버트." 카렐라가 말했다. "잘 봐 두게."

"사진사는 대체 어디 있는 거야?" 카렐라의 빈정거리는 투에 진절머리가 난다는 듯 프레드가 말했다. "시체부터 봐야겠군. 적어도 저 꼬마가 어떤 녀석인지 알아야 할 테니까."

"저 꼬마야 급할 일 없지." 카렐라가 말했다.

3

소년의 이름은 아니발 에르난데스였다. 푸에르토리코인이 아닌 꼬마들은 그를 아나벨이라고 불렀다. 그의 어머니는 그를 아니발이라고 불렀고, 그녀는 그 이름을 스페인어로 장엄하게 발음했지만 그 장엄함은 비탄에 빠져 기운이 없게 들렸다.

카렐라와 클링은 오랫동안 걸어 다녔다. 5층짜리 공동주택의 맨 위층까지 오르며 쉰다섯 가구의 문을 두드렸다. 그녀는 마치 방문자가 곧 들이닥치리라는 것을 알기라도 했다는 듯이 재빨리 문을 열었다. 검은색 직모에 가슴이 풍만한 몸집 큰 여인이었다. 화장기 없는 얼굴에 눈물 자국이 나 있었고, 간소한 옷차림을 하고 있었다.

"경찰인가요?"

"네." 카렐라가 말했다.

"들어오세요. 포르 파보르^{Por favor}어서요."

집 안은 매우 조용했다. 고요함을 깨뜨릴 만한 소리가 전혀 없었다. 잠든 시각이 내는 뚱한 소음조차 없었다. 작은 불빛이 주방을 밝히고 있었다.

"들어오세요." 에르난데스 부인이 말했다. "거실로."

그들은 그녀를 따라갔다. 그녀는 작은 거실에 있는 스탠드를 켰다. 집 안은 매우 깨끗했지만 천장의 석고 마감에 금이 가 있어서 곧 떨어질 것 같았고, 라디에이터가 새서 깨끗이 청소한 리놀륨 바닥에 큰 물웅덩이가 고여 있었다. 형사들은 에르난데스 부인을 마주하고 앉았다.

"댁의 아드님이······," 카렐라가 마침내 말을 꺼냈다.

"시^{Si}알아요." 에르난데스 부인이 말했다. "아니발은 자살한 게 아니에요."

"에르난데스 부인······,"

"그들이 뭐라고 하든 그 애는 자살하지 않았어요. 난 분명히······ 알아요. 아니발은 아니에요. 내 아들은 자살할 애가 아니에요."

"왜 그렇게 말씀하시죠, 에르난데스 부인?"

"난 알아요. 그냥 알아요."

"하지만 어떻게?"

"왜냐하면 내 아들이니까요. 그 애는 아주 행복해했어요. 언제나요. 푸에르토리코에 있을 때도 그랬어요. 늘 행복해했다고요. 행복한 사람은 자살하지 않아요."

"이 도시에 오신 지 얼마나 되셨죠, 에르난데스 부인?"

"나는 사 년 됐어요. 남편이 먼저 온 다음 나와 딸을 불렀어요. 상황이 좋아졌을 때요. 남편이 일자리를 얻고 나서요. 아니발은 카타뇨에 있는 친정어머니한테 맡겼어요. 카타뇨를 아세요?"

"아니요." 카렐라가 말했다.

"산후안 외곽 강 건너편에 있어요. 카타뇨에서는 모든 도시가 보여요. 라 페를라까지도요. 우리는 카타뇨로 가기 전에 라 페를라에서 살았어요."

"라 페를라가 뭐죠?"

"팡기토Fanguito. 뭐라고 하죠? 빈민가."

"빈민가?"

"시. 시, 빈민가." 에르난데스 부인은 말을 멈췄다. "거기서 살 때에도, 진흙탕에서 놀 때에도, 가끔 굶을 때에도 내 아들은 행복했어요. 누가 봐도 행복한 애였어요, 세뇨르. 누가 봐도요. 카타뇨로 가서 더 좋았지만 여기만큼은 아니었어요. 남편이 나와 마리아를 불렀어요. 내 딸이에요. 그 애는 스물한 살이에요. 우린 사 년 전에 왔어요. 그리고 나서 아니발을 불렀어요."

"그게 언제죠?"

"육 개월 전이에요." 에르난데스 부인이 눈을 감았다. "그 애를 아이들와일드존 F. 케네디 공항의 옛 이름로 데리러 갔었어요. 그 애는 기타를 가져왔어요. 그 애는 기타를 아주 잘 쳤어요."

"아드님이 마약중독이라는 사실을 아셨습니까?" 스티브 카렐라가 물었다.

에르난데스 부인은 오랫동안 말이 없었다. 그러더니 "네."라고 대답하고 무릎 위에서 손을 꼭 쥐었다.

"마약중독이 된 지 얼마나 됐습니까?" 클링이 카렐라를 힐끗 쳐다본 뒤 머뭇거리며 물었다.

"오래됐어요."

"얼마나요?"

"사 개월쯤 된 것 같아요."

"아이는 여기 온 지 육 개월쯤 됐죠?" 카렐라가 물었다. "마약을 푸에르토리코에서 시작했을까요?"

"아니, 아니, 아니에요." 에르난데스 부인이 머리를 흔들며 말했다. "세뇨르, 섬에는 마약이 거의 없어요. 마약중독자들은 돈이 필요해요. 그렇지 않나요? 푸에르토리코는 가난해요. 아니에요. 내 아들은 여기, 이 도시에서 마약을 배웠어요."

"아이가 어떻게 마약을 시작했는지 아십니까?"

"시." 그녀가 한숨을 쉬며 대답했다. 그 한숨에는 그녀가 감당하기 힘든 문제에 대한 자포자기가 담겨 있었다. 그녀는 태양이 빛나는 섬에서 태어나 자랐다. 그리고 그녀의 아버지는 사탕수수를 베었고 비수기에는 고기를 낚았다. 맨발에 굶주린 시절이었지만 그곳은 언제나 태양이 빛났고 열대의 향기가 가득했다. 결혼하고 나서 남편이 그녀를 코메리오의 섬마을에서 산후안으로 데려갔다. 산후안은 그녀가 태어나서 처음으로 가 본 도시였고, 그녀는 빠른 속도로 적응했다. 태양은 여전히 빛났지만 그녀는 더 이상 마을의 잡화점에서 가게 주인 미겔과 농담을 주고받던 맨발의 아가씨가 아니었다. 열여덟 살에 그녀는 첫아이 마리아를 낳았다. 불행히도 그 무렵 남편은 일자리를 잃었고, 그들은 모로 성 밑자락에 자리 잡은 오래된 빈민가 라 페를라로 이사했다. 진주라는 뜻의 라 페를라는 가난에 찌든 그곳 사람들이 붙인 이름이었다. 가진 것 하나 없이 옛 스페인 요새의 위풍당당한 벽 아래에 있는 진흙탕 속 초라한 판잣집에서 옷가지도 없이 사는 사람들이었지만 그들에게서 유머 감각까지 빼앗아 갈 수는 없었다.

라 페를라에서 마리아라는 이름의 어린 딸을 키우며 몇 년에 걸쳐 두 번의 유산을 한 그녀가 후아니타라는 이름의 둘째 딸을 낳은 후, 남편이 카타뇨의 작은 옷 공장에서 일자리를 얻었을 때 그들은 그곳으로 이사했다.

그녀가 아니발을 임신하고 나서 어느 일요일, 가족은 카리브 열대우림 국립공원이 있는 엘윤데로 놀러 갔다. 거기서 아버지가 에르난데스 부인과 큰딸의 사진을 찍고 있는 동안 갓 두 살이 된 후아니타는 15미터 높이의 낭떠러지 끝으로 기어갔다. 그 아이는 아무런 소리도 내지 않았다. 비명조차 지르지 않았지만 낭떠러지에서의 추락은 그녀를 순식간에 죽음으로 몰고 갔다. 그들은 아이의 시체를 안고 국립공원에서 집으로 돌아왔다.

그녀는 배 속의 아이도 잃을까 봐 두려웠다. 그런 일은 없었다. 아니발이 태어났고, 장례식에 이어 세례식이 행해졌다. 그 후 카타뇨의 공장이 문을 닫는 바람에 에르난데스는 일자리를 잃었고, 가족은 다시 라 페를라로 돌아갔다. 그곳에서 아니발은 유년 시절을 보냈다. 그때 그의 어머니는 스물셋이었다. 태양은 여전히 빛났지만 웃을 때 눈가에 깊이 패는 그녀의 주름은 태양 때문만이 아니었다. 에르난데스 부인은 삶에 직면했다. 삶은 에르난데스 씨로 하여금 더 많은 일을 찾도록 이끌었다. 카타뇨로 되돌아가는 가족들은 자신들의 보잘것없는 재산을 옮겼다. 이번 이사가 마지막일 거라고 확신하며.

새 일은 영구적으로 보였고, 수 년 동안 그 일을 유지했다. 좋았던 시절이었으며, 에르난데스 부인은 많이 웃었다. 그녀의 남편은 그녀가 여전히 자신이 아는 가장 예쁜 여자라고 말했다. 그녀는 열정적인 그의 사랑을 받아들였다. 그리고 아이들—아니발과 마리아—은 무럭무럭 자랐다.

그가 영구적으로 보였던 일자리를 잃었을 때 에르난데스 부인은 그에게 섬을 떠나 본토의 도시로 가 보라고 제의했다. 그들에게는 비행기 표를 끊을 돈이 있었다. 그녀는 그에게 비행기에서 먹을 점심으로 치킨을 싸 주었고, 그는 낡은 야전 상의를 꺼내 입었다. 도시는 1년 내내 햇볕이 내리쬐는 푸에르토리코와 전혀 다르게 매우 춥다고 들었기 때문이었다.

그는 늦지 않게 부두 일거리를 잡았다. 그는 에르난데스 부인과 아이 하나를 불렀고, 그녀는 엄마 없는 섬에 남길 완강히 거부한 마리아를 데려갔다. 그녀는 아니발을 할머니에게 맡기고 떠났다. 3년반 후, 아니발은 가족과 상봉했다.

4년 후, 아니발은 도시 공동주택의 지하실에서 자살했다.

지난 세월을 돌아본 에르난데스 부인의 얼굴에 조용히 눈물이 흐르기 시작했다. 그리고 다시 한숨을 쉬었다. 한숨은 텅 빈 무덤처럼 공허했다. 형사들은 앉아서 그런 그녀를 지켜보았다. 클링은 이 집에서 얼른 나가길 바랐다. 이 집은 죽음을 상기시켰다.

"마리아." 그녀가 흐느끼면서 말했다. "마리아가 그 애를 꼬드겼어요."

"따님이오?" 클링이 믿을 수 없다는 듯이 물었다.

"내 딸. 그래요, 내 딸이오. 내 두 애들은 마약중독이에요. 그 애들이⋯⋯." 그녀는 말을 멈추었다. 눈물이 걷잡을 수 없이 흘러서 말을 할 수가 없었다. 형사들은 기다렸다.

"어찌 된 일인지 모르겠어요." 그녀가 마침내 말했다. "남편은 좋은 사람이에요. 평생 일만 했어요. 지금, 지금 이 순간에도 일을 하고 있어요. 그럼 내가 나쁜 걸까요? 내가 애들을 잘못 가르쳤던 걸까요? 나는 그 애들을 교회로 보냈고, 하느님을 믿으라고 가르쳤고, 부모를 존경하라고 가르쳤어요." 그녀가 자부심을 갖고 말했다. "우리 애들은 바리오_{스페인계 주민 거주 구역}에 사는 누구보다 영어를 잘해요. 미국인. 난 그 애들이 그렇게 되길 바랐어요. 미국인이오." 그녀는 머리를 저었다. "도시는 우리에게 많은 걸 주었어요. 남편에게 일자리를 주었고 진흙탕에서 벗어날 수 있는 집을 주었어요. 하지만 도시는 하나를 주고 하나를 뺏어 갔어요. 그렇더라도 세뇨레스_{형사분들}, 요새의 그림자 속에서 행복하게, 행복하게 뛰어놀던 아이들 모습을 욕실에 놓을 깨끗한 욕조나 거실에 놓을 텔레비전과 바꾸지 않을 거예요."

그녀는 입술을 깨물었다. 매우 세게 깨물었다. 카렐라는 피가 날 줄 알았지만 놀랍게도 피는 나지 않았다.

그녀는 입술에서 이를 떼고 의자에서 몸을 펴고 꼿꼿이 앉았다.

"이 도시는," 그녀가 천천히 말을 뗐다. "우리를 받아 줬어요. 그런가요? 아니, 그렇지 않아요. 하지만 그것도 이해할 수 있어요. 우리는 이주민, 이방인이에요. 이주민은 시간이 지나도 이방인이에요. 내 말이 틀린가요? 그들이 좋은 사람이든 어떻든 상관없어요. 그들은 악마예요. 왜냐하면 그들은 이방인이니까요. 하지만 그건 받아들일 수 있어요. 하지만 이곳에 친구와 친척이라도 있다면 일요일 밤에 섬으로 돌아오는 것 같은 기분이 들 거예요. 기타를 튕기며 웃고 떠들면서요. 그리고 일요일에는 교회에 가겠죠. 그리고 거리에서 만난 이웃들에게 인사를 하면 기분이 좋을 거예요. 세뇨레스, 아주 기분이 좋을 거예요. 너무 기분이 좋아서 어떤 일이라도 받아들일 기분이 될 거예요. 그리고 모든 게 괜찮겠죠. 이 모든 것들에 대해서 감사한 기분이 들 거예요.

하지만 도시가 아이들에게 한 짓에 대해서는 절대 감사할 수 없어요. 마약 따위에 절대 감사해하지 않을 거예요. 이제 막 부푼 가슴, 미끈한 다리, 행복한 눈을 한 내 딸까지…… 바스타르도스_{bastardos} _{개자식들}와 출로스_{chulos}_{포주들}가 내게서 **뺏어** 갔다는 걸 잊지 마세요. 잊

지 마세요. 잊지 말라고요. 그리고 이제 내 아들이 죽었어요. 죽었어요, 죽었어요."

"에르난데스 부인," 카렐라가 그녀의 손을 잡으려고 손을 뻗으며 말했다. "저희는……,"

"우리가 푸에르토리코 사람인 게 문제일까요?" 그녀가 갑자기 물었다. "어쨌든 그 애를 죽인 놈을 잡아 주실 거죠?"

"누군가가 그 애를 죽였다면 저희가 그놈을 잡을 겁니다." 카렐라가 약속했다.

"무차스 그라시아스^{Muchas gracias 고마워요}." 에르난데스 부인이 말했다. "고마워요. 난…… 난 당신들이 어떻게 생각하실지 알아요. 우리 애들은 마약쟁이고, 딸애는 매춘부라고요. 하지만 믿어 주세요. 우리는……,"

"따님이……?"

"시, 시. 마약 살 돈이 필요할 테니까요." 그녀의 얼굴이 갑자기 일그러졌다. 조금 전까지 평온했던 얼굴이 갑자기 일그러졌다. 그녀는 숨을 깊이 들이마시며 격렬한 흐느낌을 참다가 결국 흐느끼기 시작했다. 영혼을 쥐어짜는 듯한 흐느낌이었다. 그 흐느낌이 카렐라의 마음을 후벼 팠다. 그는 몸이 움찔하며 무기력한 가운데 얼굴에 피가 몰리는 것을 느꼈다. 에르난데스 부인은 가파른 낭떠러지 끝에 매달려 있는 것처럼 보였다. 자포자기한 것처럼 매달려 있다가 이내 한숨을 쉬고 다시 두 형사를 쳐다보았다.

"페르도네메^{Perdóneme 죄송합니다}." 그녀가 속삭였다. "죄송해요."

"따님과 이야기할 수 있을까요?" 카렐라가 물었다.

"포르 파보르^Por favor 그럼요. 제발 그래 주세요. 그 애가 도움을 드릴 수 있을지도 몰라요. 엘 센트로에서 만날 수 있을 거예요. 그곳을 아세요?"

"네." 카렐라가 말했다.

"거기 가면 그 애를 볼 수 있을 거예요. 그 애는…… 뭔가 알지도 몰라요. 그 애가 만나 준다면요."

"만나 보겠습니다." 카렐라가 그렇게 말하며 일어섰다. 클링도 동시에 일어났다.

"매우 감사합니다, 에르난데스 부인." 클링이 말했다.

"데 나다^De nada 천만에요." 그녀는 그렇게 대답하며 창가를 향해 머리를 돌렸다. "이런," 그녀가 말했다. "아침이 다 됐군요. 해가 뜨고 있어요."

그들은 아파트에서 나왔다. 두 남자는 아무 말도 없이 거리로 내려갔다.

카렐라는 아니발 에르난데스 어머니의 가슴에 다시는 해가 뜨지 않으리라고 생각했다.

4

87분서는 하브 강 북쪽과 구불구불하게 이어지는 고속도로 북쪽에 인접해 있었다. 거기서 남쪽을 향해 아이솔라를 한 블록씩 가로지르면 실버마인 가와 마주치고 강과 실버마인 공원에 면해 있는 고급 아파트 건물과 마주친다. 남쪽으로 계속 걸으면 스템 가를 거쳐 에인슬리 가, 컬버 가가 나오고 그다음에 푸에르토리코인들에게 라 비아 데 푸타스^{La Via de Putas}사창가라고 불리는 짤다란 메이슨 가가 나온다.

엘 센트로는 마리아 에르난데스의 직업에도 불구하고 사창가에 있지 않았다. 그곳은 동서로 뻗어 있는 87분서 관할구역의 서른다섯 개 블록 가운데 한 블록의 골목에 웅크리고 있었다. 87분서 관할 내에는 이탈리아인, 유대인, 그리고 가장 많은 인구를 차지하는 아일랜드인들이 있었지만 엘 센트로는 오로지 푸에르토리코인들의 거리였다.

그곳은 코카인에서 섹시한 여자에 이르기까지 무엇이든 구할 수 있는 곳이었다. 알파벳 C코카인에서 S섹스 사이에 있는 것은 무엇이든. 엘 센트로는 도시에 존재하는 그런 곳들 중 하나였다.

강 건너 옆 주에 사는 사내가 엘 센트로의 소유주였다. 그는 자신이 소유한 그곳에 거의 가지 않았다. 그는 유능한 경영자 테리 도너휴에게 그곳을 맡기고 간섭하지 않았다. 테리 도너휴는 큰 주먹의 덩치 큰 사람으로 푸에르토리코인들을 좋아하는 흔치 않은 아일랜드인이었다. 그 푸에르토리코인들이 여자들만을 뜻하는 것은 아니었다. 그것은 분명한 사실이었다. 87분서 관할 내에는 씰룩씰룩 흔들리는 외국 여자들의 빵빵한 엉덩이에 남몰래 감탄하면서도 '외국인'의 유입을 혐오하는 '미국인'이 많았다. 테리는 남자와 여자를 가리지 않고 모두 좋아했다. 엘 센트로를 경영하는 일 역시 좋아했다. 그는 전 세계를 돌아다니며 변변찮은 술집들에서 일했고, 엘 센트로가 일해 본 곳 가운데 가장 변변찮은 곳이라는 말을 입에 달고 살았지만 그래도 그곳을 좋아했다.

사실, 테리 도너휴는 만사가 다 좋을 뿐이었다. 그리고 그가 운영하는 지저분한 가게를 고려하면 도너휴가 경찰을 좋아한다는 사실이 놀라울 따름이었다. 하지만 그는 스티브 카렐라를 좋아했고, 그가 그날 늦게 가게에 모습을 나타냈을 때 도너휴는 그를 따뜻하게 맞아 주었다.

"이게 누구야, 왑^{wop}남부 유럽, 특히 이탈리아인을 낮잡아 부르는 말 **짭새** 아니야!" 그가 소리쳤다. "결혼했다는 소식 들었네."

"했지." 카렐라가 바보처럼 히죽거리며 말했다.

"그 불쌍한 여자는 미친 게 분명하군." 테리가 머리를 거세게 흔들며 말했다. "나는 그녀에게 애도의 꽃을 보낼 생각이야."

"그 불쌍한 여자는 제정신이야." 카렐라가 응수했다. "그녀는 이 도시에서 가장 쓸 만한 남자를 고른 거지."

"후! 이 친구 보게." 테리가 외쳤다. "이름이 뭐야, 친구?"

"테디."

"테리?" 테리가 못 믿겠다는 듯이 물었다. "테리라고?"

"테오도라의 테디."

"테디 뭐였어?"

"프랭클린이었어."

테리는 머리를 한쪽으로 숙였다. "아일랜드 아가씨겠구먼?"

"아일랜드 여자들은 나와 결혼하고 싶어서 안달이지." 카렐라가 씩 웃으며 말했다.

"자네 같은 산골 촌놈이 사랑스러운 아일랜드 아가씨를 마누라로 맞는 것보다 나쁜 일은 없을 거야." 테리가 말했다.

"아내는 스코틀랜드계야."

"좋아! 좋아." 테리가 우렁차게 소리쳤다. "내 피의 오분의 사는 아일랜드계야. 나머지 오분의 일은 스코틀랜드계지."

"이런!"

테리가 머리를 긁었다. "이 이야기를 하면 경찰들은 대개 웃음을 터뜨리네. 뭐 마시겠나, 스티브?"

"됐어. 일 때문에 온 거야."

"알코올 한 모금은 하느님께 맹세코 일에 해가 되지 않네."

"여기서 마리아 에르난데스를 본 적 있나?"

"이봐, 스티비." 테리가 말했다. "집에 귀여운 스코틀랜드 아가씨를 두고 왜……."

"일 때문이라니까."

"그래야지." 테리가 말했다. "배후자에게 충실하지 않은 이 배반의 도시에 흔들리지 않는 남자라."

"배우자." 카렐라가 정정해 주었다.

"어쨌든, 오늘은 아직 오지 않았어. 그 애 동생 때문이야?"

"그래."

"그 녀석도 마약쟁이야?"

"그래."

"나를 화나게 하는 것 중 하나가," 테리가 말했다. "마약이야. 여기서 마약 파는 놈을 본 적 있나, 스티브?"

"아니." 카렐라가 말했다. "길거리에서는 차고 넘칠 만큼 봤지."

"그러게. 마약을 찾는 놈들이 있고, 놈들은 그들이 원하는 걸 갖고 있으니까. 하지만 자네, 내 가게에서 그런 잡놈들을 본 적 있나? 앞으로도 못 볼 걸세. 정말이야."

"그녀가 언제쯤 나타날 것 같나?"

"두 시 전에는 나타나지 않을 거야. 오늘 여기 온다면 말이야. 마약쟁이들이 어떤지 알잖나, 스티브. 도대체가 무슨 생각을 하는지 알 수 없지. 장담하는데 제너럴 모터스 회장이라고 해도 마약쟁이만큼 속을 모를 사람은 아닐 걸세."

카렐라는 손목시계를 힐끗 봤다. 12시 27분이었다.

"이따 다시 오지." 그가 말했다. "점심 먹고 나서."

"짜증 나게 하는군."

"응?"

"밖에 바 앤드 그릴이라는 간판 못 봤나? 저 뒤에 새 테이블 보여? 이 도시에서 최고로 끝내주는 점심이 나온다네."

"그래?"

"아로스 콘 폴로_{닭과 쌀이 주재료인 스페인 음식}. 오늘의 특별 요리지. 예쁘고 귀여운 아가씨가 하는 요리야." 테리가 씩 웃었다. "낮에는 음식을 요리하고 밤에는 남자를 요리하는 여자지. 그녀가 만든 아로스 콘 폴로는 세계 최고라고, 친구."

"어떤 여잔데?"

테리가 씩 웃었다. "안 가르쳐 줘. 귀염둥이가 만든 요리 맛이나 보게."

"난 엉터리 음식점의 끔찍한 음식에 익숙해." 카렐라가 말했다. "그걸로 하지."

마리아 에르난데스는 오후 3시까지 엘 센트로에 오지 않았다. 시

내에서 로맨스를 찾아 외도를 하러 온 손님은 그녀를 귀엽고 순진한 여고생 정도로 여기고 지나쳤을지도 모르리라. 일반적으로 매춘부라면 배꼽을 드러낸 타이트한 실크 드레스 차림이겠지만 실제로 꼭 그렇지만은 않았다. 대체로 87분서 관할 내 대부분의 매춘부들은 보통 여자들보다 훨씬 멋진 옷차림을 하고 있었다. 그들은 차림새가 단정했고, 때때로 매우 예의가 바르고 공손했기 때문에 동네의 많은 어린 여자들은 창녀들을 사교계의 꽃이라도 되는 양 우러러보았다. 그런 여자들은 아무 표식도 없는 갈색 봉투에 담겨 보내지는 팸플릿처럼 한 꺼풀 벗겨 실제로 어떤 모습인지 알기 전까지는 알 수 없었다.

카렐라는 마리아 에르난데스가 누군지 몰랐다. 그가 음료수를 마시고 있을 때 그녀가 바 안으로 걸어 들어왔다. 그녀는 다소 마른 몸매로 열여덟 이상은 되어 보이지 않았다. 검은 머리에 진한 갈색 눈의 그녀는 흰 스웨터 위에 녹색 코트, 검은색 스트레이트 스커트 차림을 하고, 평범한 가정주부처럼 나일론 스타킹에 단화를 신고 있었다.

"그녀야." 테리가 말하자 카렐라가 끄덕였다.

마리아는 바의 맨 끝에 있는 스툴에 앉았다. 그녀는 테리에게 인사의 의미로 고개를 끄덕이고 카렐라가 잠재적인 고객인지 아닌지 확인하기 위해 그를 힐끗 쳐다봤다가 거리로 면한 유리창으로 시선을 돌렸다. 카렐라가 그녀에게 다가갔다.

"에르난데스 양?"

그녀가 스툴에 앉은 채 몸을 빙글 돌렸다. "그런데요?" 그녀가 교태를 부리며 말했다. "마리아예요."

"경찰이야." 카렐라는 그녀가 쓸데없는 노력을 기울이기 전에 곧장 본론으로 들어갔다.

"동생이 왜 자살했는지 전혀 몰라요." 마리아가 말했다. 교태는 멀리 사라졌다. "또 물을 게 있나요?"

"약간. 조용한 데로 옮겨 앉을까?"

"난 여기가 좋아요."

"난 아니야. 조용한 데 아니면 경찰서, 둘 중에서 골라."

"이미 정해진 거 아닌가요?"

"예의상 물어본 거야."

마리아는 스툴에서 내려왔다. 그들은 카렐라가 식사를 하던 곳의 반대편으로 함께 걸었다. 마리아는 코트를 벗고 카렐라의 맞은편에 앉았다.

"말해요."

"마약을 한 지 얼마나 됐지?"

"그게 내 동생이랑 무슨 상관이에요?"

"얼마나 됐지?"

"삼 년쯤."

"왜 그 애를 끌어들였지?"

"그 애가 부탁했어요."

"못 믿겠는데."

"내가 왜 거짓말을 하겠어요? 어느 날 밤 욕실에서 주사를 맞고 있는데 그 건방진 녀석이 노크도 없이 들어와서 내가 뭘 하고 있는지 알고 싶어 했어요. 나는 걔한테 코카인을 줬어요."

"그러고 나서?"

"걔는 좋아했어요. 그리고 아시겠지만 더 원했어요."

"모르겠는데. 자세히 말해 봐."

"몇 주 후에는 푹 빠졌죠. 그게 다예요."

"매춘은 언제부터 했지?"

"어, 저기요……."

"조사하면 다 나와."

"중독이 되고 나서 꽤 오랫동안 했어요. 어떤 방법으로든 돈을 벌어야 했으니까요. 안 그렇겠어요?"

"그럴 것 같군. 누가 마약을 댔지?"

"오, 제발, 경찰 아저씨. 아저씨가 더 잘 알잖아요."

"동생한테는 누가 마약을 댔지?"

마리아는 침묵했다.

"네 동생은 죽었어. 그건 알고 있나?" 카렐라가 매몰차게 물었다.

"알아요." 마리아가 대답했다. "내가 어떻게 하길 바라요? 걔는 멍청한 짓만 골라 하는 건방진 꼬마였어요. 걔가 자살하고 싶었다면……."

"그 애는 자살한 게 아닐 거야."

마리아는 눈을 껌벅거리며 놀란 것처럼 보였다. "아니라고요?"

그녀가 조심스럽게 말했다.

"아니야. 그 애한테 마약을 댄 놈이 누구지?"

"그걸 안다고 뭐가 달라지죠?"

"많은 게 달라지겠지."

"어쨌든 난 몰라요." 그녀가 사이를 두었다. "이봐요." 그녀가 말했다. "왜 날 내버려 두지 않죠? 난 경찰을 잘 알아요."

"그래?"

"그래요. 날 떠보는 거죠? 나를 겁먹게 하면 내가……,"

"난 동생의 정보를 원할 뿐이야."

"왜 아니겠어요."

"네가 이긴 것 같군."

마리아는 눈살을 찌푸리고 그를 한참 노려보았다. "난 경찰이 어떤 인간들인……,"

"난 매독에 걸린 창녀들을 잘 알지." 스티브 카렐라가 심드렁하게 말했다.

"이봐요, 당신이 그렇게 말할 권리는 없……,"

"이제 판에 박힌 이야기는 그만두지." 그가 말을 잘랐다. "난 정보를 원할 뿐이야."

"오케이." 마리아가 말했다.

"오케이." 카렐라가 반복했다.

"그래도 난 아는 게 없어요." 마리아가 덧붙였다.

"넌 네가 동생을 마약에 빠지게 했다고 했어."

"그래요."

"좋아. 그러고 나서 넌 아마 그 애를 위해 누군가와 접촉했겠지. 그 애가 마약에 빠진 뒤에. 자, 그게 누구지?"

"걔를 위해서 누구와도 접촉한 적 없어요. 걔는 늘 제 앞가림을 했어요."

"마리아……."

"나한테서 뭘 원하는 거예요?" 그녀가 갑자기 버럭 화를 냈다. "난 동생에 대해서 아무것도 몰라요. 걔가 죽었다는 걸 남한테서 들었을 정도예요. 집에 가 본 지도 일 년이 넘었어요. 그러니 걔한테 누가 마약을 줬는지 누가 안 줬는지, 아니면 자기가 스스로 조달했는지 어땠는지 내가 어떻게 알겠어요?"

"그 애는 계속 마약을 하고 있었나?"

"아무것도 몰라요. 이제는 걔가 어떤 애인지도 모르겠어요. 무슨 말인지 알겠어요? 길거리에서 걔를 봤다고 하더라도 누군지 몰랐을 거예요. 동생에 대해서 아는 게 그 정도예요."

"거짓말을 하고 있군."

"내가 왜 거짓말을 하겠어요? 누굴 보호하겠다고요? 걔는 스스로 목을 맨 거예요. 그러니까……."

"내가 아까 말했을 텐데." 카렐라가 말했다. "그 애는 자살한 게 아닐 거라고."

"당신은 별 볼 일 없는 마약쟁이 일로 소란을 피우고 있는 것뿐이에요." 마리아가 말했다. "어디 한번 열심히 해 보세요." 그녀의 눈이 순간적으로 어두워졌다. "걔는 죽는 게 나아요. 정말이에요."

"죽는 게 낫다고?" 카렐라가 물었다. 테이블 주위에 정적이 감돌았다. "뭔가를 숨기고 있군, 마리아. 그게 뭐지?"

"아무것도요."

"뭘 알고 있지? 그게 뭐야?"

"아무것도요."

눈이 마주쳤다. 카렐라는 그녀의 눈을 오랫동안 응시하며 그녀의 눈이 하는 말을 이해했다. 그녀가 더 이상 아무 말도 하지 않을 거라는 것을 알았다. 그는 한 쌍의 불투명 막을 응시했을 뿐이었다. 그녀의 눈이 그녀의 입을 막고 있었다.

"좋아." 그가 말했다.

검시관은 신참과 상대하는 것을 좋아하지 않았다. 그게 그가 살아온 방식이었다. 그는 새로운 사람과의 만남을 싫어했고 낯선 사람에게 비밀을 털어놓는 것을 좋아하지 않았다. 검시관에게 비밀은 중요했고, 버트 클링은 낯선 사람이었다. 그래서 검시관은 그의 얼굴을 살피고 마지못해 얼마나 자신을 드러내야 할지 마음속으로 헤아려 보았다.

"형사실에서 자네를 왜 보냈나?" 그가 물었다. "공식 보고서를 못 기다리겠는 모양이지? 뭐가 그리 급한가?"

"카렐라가 검시관님, 닥터 솜스에게 가 보라고 했습니다." 클링이 말했다. "왜인지는 모르지만 그는 이 건을 빨리 시작하고 싶은 것 같고, 보고서가 올 때까지 기다릴 필요가 없다고 생각한 것 같습니다."

"글쎄, 난 왜 그 친구가 보고서를 기다릴 수 없는지 모르겠군." 솜스가 말했다. "여기서의 오랜 경험에 따르면 누구나 보고서를 기다리네. 누구나 보고서가 올 때까지 기다린다고. 그런데 카렐라는 기다릴 수 없다고?"

"먼저 알려 주신다면 감사하겠……,"

"당신네 형사반 친구들은 불쑥 들이닥쳐서 즉각적인 결과를 기대하지. 우리가 놀고 있다고 생각하나? 저기에 부검을 기다리는 시체들이 얼마나 많은 줄 아나?"

"얼마나 많습니까?"

"따지지 말게." 솜스가 충고했다. "나는 자네한테 이런 일이 부담스럽다는 것을 말하고 있는 걸세. 내가 신사이자 훌륭한 검시관이 아니었다면 자네가 여기 와 있는 일이 빌어먹게 골치 아프다고 말했을 걸세."

"저, 귀찮게 해 드려서 정말 죄송합니다. 하지만……,"

"정말 죄송하다면 귀찮게 하지 말게. 이보게, 내가 보고서를 타이핑하는 걸 잊어버렸다고 생각하는 건 아니겠지? 나는 손가락 두 개로 타이프를 치네. 그리고 내 부하 중 어느 누구도 그 이상 잘하지 못할 걸세. 여기 인원이 얼마나 부족한지 아나? 자네들이 요구하는 사건에만 특별한 관심을 가져야 한단 말인가? 이 일에도 조립라인처럼 절차라는 게 있네. 절차가 무시되면 모든 게 엉망진창이

된단 말이야. 그런데도 자네들은 왜 못 기다리겠다는 거지?"

"왜냐하면……,"

"알았네. 알았어. 알았다고." 솜스가 퉁명스럽게 말했다. "마약쟁이 하나 때문에 이 난리군." 그가 머리를 흔들었다. "카렐라는 자살이라고 생각하나?"

"그는…… 제 생각엔 이쪽 의견을 듣고 싶어 하는 것 같습니다. 왜 그 꼬마가……,"

"그러니까 그 친구는 그게 의문이라고 생각한다는 건가?"

"그러니까, 겉으로…… 겉으로 보기엔…… 즉, 그는 그 꼬마가…… 질식사한 건지 미심쩍어하는 것 같습니다."

"그래서 뭐라고 생각하나, 미스터 클링?"

"저 말입니까?"

"그래." 솜스가 입을 다문 채 미소를 지으며 말했다. "자네."

"잘…… 잘 모르겠습니다. 모…… 목맨 시체는 처음 봐서."

"교살에 대해서 좀 아나?"

"아니요, 검시관님."

"내가 자네한테 의학 강좌를 하면 어떻겠나? 아무것도 모르는 불청객 형사를 위해 세미나를 개최하면 말이야?"

"아닙니다, 검시관님." 클링이 말했다. "그럴 필요는……,"

"지금 교살 기법에 대해서 말하는 게 아니네." 솜스가 말했다. "굵은 매듭으로 목을 감은 다음 갑자기 떨어뜨려서 목을 부러지게 하는 교수형 올가미로 교살된 시체에 대해서 말하는 게 아니란 말이네. 우리는 지금 교살에 대해서 말하고 있는 걸세. 질식사 말이야. 질식에 대해서 아는 게 좀 있나, 미스터 클링?"

"아니요, 검시관님. 목 조르기는⋯⋯,"

"우리는 목 조르기에 대해서 말하고 있는 게 아니네, 미스터 클링." 불청객에 대한 짜증과 클링의 무지에 대한 짜증이 겹쳐 솜스의 말이 빨라졌다. "경찰에게 목 조르기는 손을 상정하지. 스스로 목을 졸라서 죽는 건 불가능해. 밧줄, 철사, 수건, 고무줄, 벨트, 밴드, 붕대, 스타킹 등등에 의한 경동맥과 경정맥 압박에 따른 질식을 말하는 걸세. 아니발 에르난데스의 경우에는 교살에 사용된 방법이 밧줄이라고 알고 있네."

"네." 클링이 말했다. "맞습니다. 밧줄입니다."

"이 건이 교살이라면 밧줄에 의한 경동맥 압박⋯⋯," 솜스는 말을 멈췄다. "경동맥은, 미스터 클링, 피를 뇌로 보내네. 경동맥을 압박하면 피의 공급이 멈춰 뇌빈혈을 일으키고 의식을 잃지."

"압니다."

"안다고? 밧줄이 경정맥 역시 압박하기 때문에 경정맥을 흐르는 피의 흐름을 방해하여 상황은 더욱 악화되고 뇌압은 높아지지. 결국에는 엄밀한 의미의 교살─혹은 질식─이 되고 의식을 잃으며 죽음에 이르게 되네."

"네." 클링이 침을 삼키며 대답했다.

"질식사란 것은, 미스터 클링, 핏속의 극단적인 산소 부족과 이산화탄소 증가에 따르는 죽음을 정의하네."

"아……주 흥미롭군요." 클링이 힘없이 말했다.

"그래. 아주 흥미롭지. 그 지식을 얻는 데 내 부모에게 이만 달러를 지불하게 했네. 자네는 지금 그 지식을 공짜로 배우고 있는 걸세. 그것도 자네와 내 시간을 뺏어 가면서."

"저, 죄송합니다. 만약 제가……,"

"질식에 따른 치아노제는 흔한 게 아닐세. 어쨌든……,"

"치아노제?"

"청색증. 어쨌든 내가 말한 것처럼 질식사인지 아닌지 알기 위해서는 검사가 더 필요하네. 예를 들면 점막 검사와 목의…… 이만하면 충분히 말했네. 어쨌든 검사를 더 해 봐야 해. 그리고 물론, 치아노제는 여러 형태의 중독 증세 때문에 나타나기도 하지."

"오?"

"그래. 우린 독살 가능성을 고려해서 소변과 위와 창자의 내용물, 피, 뇌, 간, 신장, 뼈, 폐, 머리카락과 손톱, 근육 조직을 검사할걸세." 솜스는 말을 멈추더니 건조하게 덧붙였다. "자네도 알다시피 우리는 여기서 일을 할 때도 있지."

"네. 저는……."

"일반적인 오해에도 불구하고 우리는 시체 애호가가 아닐세."

"물론입니다. 그렇게 생각한 적 없습니다." 클링은 그가 무슨 말을 하는지도 확실히 모르면서 그렇게 말했다.

"그런가?" 솜스가 따지듯 말했다. "그렇다면 그 전부를 모으면 어떤 결론인가? 질식사인가?"

"그렇습니까?"

"보고서가 나올 때까지 기다려야 하네." 솜스가 말했다. "정말로 기다려야 할 거야. 이 특별 요청 사항은 정말 하기 싫군."

"질식에 대한 것 말입니까?"

"아니. 질식 건 말고."

"그럼 뭡니까?"

"알칼로이드 중독."

"알칼…… 뭐라고요?"

"정확히 말해서 헤로인 과다 복용. 극도로 과다한 복용 말일세. 치사량인 영 점 이 그램을 훨씬 초과하는 복용량 말이네." 솜스가 말을 멈췄다. "실제로 우리의 어린 친구 에르난데스는 죽기에 충분할 만큼 많은 양의 헤로인을 맞았네. 이런 표현을 써서 그렇네만, 미스터 클링, 좆같은 일이지."

5

해야 할 일이 8백만 가지쯤 있었다.

일은 언제나 사람이 감당할 수 있는 것보다 훨씬 많은 것을 요구하는 것 같았고, 가끔 피터 번스는 자신에게 머리와 팔이 서너 개쯤 더 있었으면 했다. 이런 상황은 의심할 여지 없이 어떤 분야의 일에서나 마찬가지라는 것은 알고 있었지만, 그와 동시에 냉철한 이성적 모순에 입각하여 일이란 것이 없다면 경찰 업무도 없을 것이라고 중얼거렸다.

피터 번스는 형사이자 경위였고, 87분서를 자신들의 집처럼 생각하는 형사들을 이끌었다. 다소 비꼬자면, 필리핀에 파견 나가 있는 녹슨 보병 상륙용 주정舟艇이 점차 디트로이트 출신 해병의 집이 되어 가는 것처럼 87분서는 그들의 집이었다.

솔직히 말해서 경찰서는 집처럼 편한 곳은 아니었다. 경찰서는 꽃무늬 커튼이 걸려 있지도 않았고, 빵이 툭 튀어나오는 토스터나 음식물 찌꺼기 처리기, 편안한 안락의자도 없었거니와 파이프와 슬리퍼가 구비된 거실 안으로 힘차게 뛰어오르는 로버라는 이름의 개도 없었다. 경찰서는 남쪽 관할구역을 둘러싸고 있는 그로버 공원을 면한 차가운 돌덩어리 건물일 뿐이었다. 입구 통로 아치를 지나 건물 안으로 들어오면 바로 을씨년스러운 마룻바닥과 법정 판사석처럼 보이는 데스크 하나가 놓인 정사각형 방이 있는데 데스크 위에 놓인 표시판이 엄중히 선언하고 있었다. **방문자는 데스크로**. 방문자가 그렇게 데스크 앞에 서게 되면 시민의 골칫거리를 기쁘게 받아 줄 공손하고 열정적인 당직 경위나 당직 경사나 그들 모두와 마주하게 된다.

건물 1층에는 유치장이 있었고, 위층으로 올라가면 그물 철망으로 싸인 창문—이 일대의 아이들은 조금이라도 법의 냄새가 풍기는 곳이라면 돌을 던지는 경향이 있기 때문에—이 있는 라커 룸과 서무과와 형사실과 그 밖의 잡다한 집무실과 좁지만 편안한 휴게실이 있었고, 그 중간에 남자 화장실과 번스 경위의 방이 위치해 있었다.

경위의 방을 변호해 말하자면, 그 방에는 벽을 따라 늘어선 소변기는 없다고 말해 두는 편이 공정할 것이다.

경위가 자신의 사무실을 마음에 들어 한다고 말해 두는 편 역시 공정할 것이다. 그는 상당히 오랫동안 그 사무실을 써 왔다. 그는 정원 손질을 할 때 끼는, 다소 낡은 장갑을 대할 때 느끼는 것처럼 그 사무실에 대해 그렇게 느꼈다. 물론 때로는, 특히 87분서라는 정원에서는 잡초가 무성히 자랄 때도 있었다. 번스가 절실하게 여분의 머리와 팔을 바랐던 것은 그런 때였다.

추수감사절은 전혀 도움이 되지 못했고, 다가오는 크리스마스는 상황을 더욱 악화시켰다. 크리스마스가 다가올라치면 번스 휘하의 형사들은 사건 투입 통보를 받곤 했다. 예를 들어 그로버 공원에서의 칼부림은 하루도 쉬는 날이 없었기 때문에 대수로운 일도 아니었지만 크리스마스가 다가오면, 크리스마스 기분에 들뜬 분서의 경찰들은 명절을 축하하며 크리스마스트리라도 꾸미듯, 기꺼이 옅어진 녹음과 피바다로 어우러진 공원의 장식을 시작했다. 지난주에만 공원에서 열여섯 건의 칼부림이 있었다.

컬버 가에는 분서의 경찰들에게 쇼핑센터처럼 통하는, 장물 파는 곳이 있었다. 적당한 때에 적당한 돈을 들고 그곳에 가면 중고 아프리카 주술사 가면에서부터 새 거품기에 이르기까지 어떤 물건이라도 살 수 있었다. 법이 장물의 매매 행위를 경범죄(1백 달러 이하로 매매되는 장물이라면)와 중죄(1백 달러 이상으로 매매되는 장물이라면)로 정했음에도 불구하고. 법은 낮에 힘들게 훔쳐서 밤에 장사하는 전문 좀도둑들을 신경 쓰지 않았다. 자신들의 습관을 충족시키기 위해서나 매매를 위해서 도둑질하는 마약중독자들 역시 신경 쓰지 않았다. 장물을 사는 사람 또한 신경 쓰지 않았다. 그들의 관점에서 컬버 가는 도시에서 가장 큰 할인 매장이었다.

법이 귀찮게 하는 것은 오직 경찰뿐이었다.

특히 크리스마스 시즌 동안 그들을 귀찮게 했다. 즐거운 연휴 기간 동안 백화점은 매우 혼잡했고, 좀도둑들은 콩나물시루 같은 혼잡함 속에서 자유를 즐겼다. 게다가 크리스마스 선물로 고민하는 고객들로 만원을 이루고 있었기 때문에 더 크고 좋은 물건을 훔치려고 애쓰는 절도범들에게는 빠른 상품의 회전율만큼 자극적인 것은 없었다. 모든 사람들이 크리스마스 쇼핑을 일찌감치 끝내기를 갈망하는 것처럼 보였고, 그래서 번스와 그의 부하들은 정신없이 바빴다.

사창가의 매춘부들 또한 정신없이 바빴다. 성탄절 연휴 기간과 상관없이 매춘부들은, 번스는 전혀 모를 이국적인 느낌을 기대하며 시 외곽을 찾는 남자를 꼬이느라 바빴다. 남자들이 추구하는 시 외곽과 사창가는 행복한 사냥터였고, 그들이 밤에 벌이는 장난은 종종 골목길에서 강도에게 돈을 털리는 것으로 대미를 장식했다.

과음 또한 약간의 일탈로 시작했다. **알 게 뭐야. 남자라면 명절에 술을 마셔야 하지 않겠어?** 물론 그렇고말고. 그것을 금지하는 법도 없다. 하지만 과음은 가끔 객기를 이끌어 내고 그 객기는 때때로 원시적인 감정을 이끌어 내기도 한다.

알 게 뭐야. 남자라면 명절에 싸움박질도 해야 하는 거 아니겠어?

물론 그렇고말고.

하지만 과음이 이끈 싸움박질은 때때로 경찰이 호루라기를 불게 만든다.

호루라기를 불게 하는 모든 일들이 번스에게 두통을 가져다주었

56

다. 호루라기 소리는 그가 감사해야 할 음악이 아니었다. 호루라기는 그로 하여금 유독 창의력 없는 악기라는 사실만을 깨닫게 할 뿐이었다.

그래서 신앙심이 깊은 번스일지라도 크리스마스가 1년에 한 번뿐이라는 사실에 대단히 감사하지 않을 수 없었다. 크리스마스는 형사실 안으로 골칫덩이들을 몰고 왔을 뿐이었고, 1년 내내 얼마나 많은 골칫덩이들이 형사실로 들이닥칠지는 신만이 아는 일이었다. 번스는 골칫덩이들을 좋아하지 않았다.

그는 불성실을 개인적인 모욕으로 생각했다. 그는 열두 살 이래로 생계를 위해 일해 왔다. 돈을 벌기 위해서 일하는 것을 바보짓이라고 일컫는다면 번스를 멍청이라고 부르는 것과 같았다. 번스는 일이 좋았다. 일 때문에 파일이 잔뜩 쌓였을 때도, 일이 두통을 가져다줬을 때도. 그의 관할 내에서 일어난 일이 자살이든 살인이든 마약중독이든 뭐든 번스는 일이 좋았다.

책상 위의 전화기가 울려 명상을 방해하자 언짢은 기분이 들었다. 그는 수화기를 들었다. "번스입니다."

아래층 당직 경사가 전화를 연결했다. "사모님입니다, 반장님."

"연결하게." 번스가 무뚝뚝하게 말했다.

그는 기다렸다. 잠시 후 전화선을 타고 해리엇의 목소리가 들려왔다.

"피터?"

"응, 해리엇." 그는 그렇게 대답하며 남자들은 자신을 피트라고 부르는 반면, 왜 여자들은 예외 없이 피터라고 부르는지 궁금했다.

"많이 바빠?"

"조금 바쁘지만 괜찮아. 무슨 일이야?"

"로스트용 고기 때문에."

"로스트용 고기가 왜?"

"내가 고기 일곱 근을 주문해야 한다고 말하지 않았어?"

"그런 것 같은데. 왜?"

"내가 그렇게 말했어, 안 했어, 피터? 고기에 대한 얘기를 했을 때 얼마나 필요한지 얘기한 거 기억나? 일곱 근이라고 안 그랬어?"

"그래, 그런 것 같은데. 그게 뭐?"

"정육점 주인이 두 근짜리를 보냈어."

"그럼 돌려보내면 되잖아."

"벌써 전화했더니 너무 바쁘대."

"너무 바쁘다고?" 피터 번스가 수상쩍다는 듯이 물었다. "정육점 주인이?"

"그래."

"빌어먹을, 그가 고기 자르는 일 말고 할 일이 뭐가 더 있다는 거지? 이해가 안 되는……."

"내가 가면 교환해 주긴 할 텐데. 지금 당장 손이 비는 배달부가 없다나 봐."

"그럼 당신이 가면 되잖아, 해리엇. 뭐가 문제야?"

"나는 지금 집을 비울 수가 없어, 피터. 식료품점에서 배달 오는 걸 기다려야 해."

"래리를 보내." 번스가 참을성 있게 말했다.

"학교에서 아직 안 왔어."

"대단한 학자 나셨군."

"피터, 당신도 알다시피 그 애는 학교에서⋯⋯,"

"⋯⋯누굴 닮아 그런 거야? 그 녀석은 학교에서 살다시피⋯⋯,"

"⋯⋯연극 리허설을 하고 있잖아." 해리엇이 말을 맺었다.

"교장한테 전화로 얘기 좀 해야⋯⋯,"

"말도 안 되는 소리 좀 하지 마."

"나 원, 집에서 애하고 저녁 먹기도 힘들다니!" 번스가 화가 난다는 듯이 말했다.

"피터," 해리엇이 말했다. "난 지금 래리나 그 애가 좋아하는 일에 대해서 길게 얘기할 시간 없어. 정말이야. 고기를 어떻게 해야 할지 알고 싶을 뿐이라고."

"빌어먹을, 난들 알겠어? 나더러 정육점에 경찰차라도 보내라는 거야?"

"바보 같은 소리 좀 하지 마, 피터."

"그럼 뭘 어쩌라고? 내가 아는 한 그 정육점 주인이 범죄를 저지른 것도 아닌데."

"그 양반은 주문 불응죄를 저질렀다고." 해리엇 번스가 침착하게 말했다.

번스는 자기도 모르게 빙그레 웃었다. "당신은 똑똑한 여자야."

"맞아." 해리엇이 태연하게 인정했다. "고기는 어떻게 하지?"

"두 근이면 충분하지 않아? 두 근이면 러시아 군대도 먹일 수 있을 것 같은데."

"루이스 시아주버니도 오신단 말이야." 해리엇이 그의 기억을 일깨워 주었다.

"오." 번스는 그 집의 많은 식구들을 상기했다. "그렇군. 일곱 근이 필요하겠군." 그는 말을 멈추고 잠시 생각했다. "식료품점 주인에게 전화해서 배달을 좀 늦추지 그래? 그럼 당신은 정육점으로 갈 수 있고, 가서 가게를 뒤집어 놓으면 될 거 아니야. 어때?"

"괜찮은데." 해리엇이 말했다. "당신, 보기보다 똑똑해."

"난 고등학교 때 장학금으로 동銅반지를 받은 사람이야."

"알고말고. 내가 끼고 있으니까."

"그럼 고기 건은 이것으로 된 거야?"

"그래. 고마워."

"천만에." 번스가 말했다. "래리는······,"

"얼른 정육점에 가 봐야 해. 당신은 늦겠지?"

"아마. 정말 할 일이 태산이야, 여보."

"알았어. 기다리지 않을게. 끊어."

"안녕." 번스는 전화를 끊었다. 그는 가끔 해리엇을 이해할 수 없었다. 그녀는 일반적인 교양 수준에 비추어 봐도 매우 똑똑한 여자였다. 가계의 수지를 맞추는 회계사의 능력을 가지고 있었고, 가계부를 열심히 쓰는 여자였다. 거의 집에 있는 일이 없는 경찰 남편을 둔 탓에 그녀는 남편의 몫까지 도맡아 혼자서 그럭저럭 아들을 키워 냈고, 래리는 번스 집안 자식답지 않게 과장된 면이 있긴 해도 분명히 자랑할 만한 녀석이었다. 그렇다. 해리엇은 유능하고 신중한 여자였고, 잠자리에서도 훌륭한 여자였다.

그런 그녀가 로스트용 소고기 따위로 혼란에 빠지다니.

여자들이란. 번스는 그들을 절대 이해할 수 없었다.

그는 한숨을 크게 쉬고 일로 돌아갔다. 그가 죽은 소년에 대한 카렐라의 보고서를 훑어보고 있을 때 방문을 두드리는 소리가 났다.

"들어와."

문이 열리고 핼 윌리스가 사무실 안으로 들어왔다.

"무슨 일이지, 핼?"

"저, 이상한 게 있어서요." 윌리스가 말했다. 그는 키가 작은 남자였고, 분서 내 다른 형사들과 비교하면 경마 기수처럼 보였다. 언제나 호기심이 가득한 얼굴에 미소 짓는 듯한 갈색 눈의 그는 유도의 명인으로, 수많은 좀도둑들이 그의 엎어치기에 내동댕이쳐졌다.

"뭐가 이상한데?"

"당직 경사가 연결해 준 전화를 제가 받았는데, 전화 건 사람이 반장님이 아니면 아무하고도 얘기를 하지 않겠답니다."

"누군데?"

"저, 그게 다예요. 이름을 밝히지 않았습니다."

"지옥에나 가라고 해."

"반장님, 그가 말하기를 에르난데스 건과 관련된 사항이라고 하던데요."

"그래?"

"네."

번스는 잠시 생각하더니 마침내 "좋아."라고 말했다. "연결해."

6

스티브 카렐라는 어떤 이론도 갖고 있지 않았다.

이 상황은 수상쩍은 냄새를 풍길 뿐이었다.

아니발 에르난데스는 12월 18일 새벽 2시에 시체로 발견되었다. 그 사건은 월요일 새벽에 일어난 일이었고, 지금은 이틀이 지난 수요일 오후로 이 상황은 여전히 수상쩍은 냄새를 풍기고 있었다.

검시관의 보고서에 의하면 에르난데스의 사망 원인은 헤로인 과용이었는데 약쟁이들에게 이런 죽음은 놀랄 일이 아니었다. 에르난데스의 손 옆에 놓인 주사기에 남은 지문들은 면밀히 검토되었고, 그 지문들을 에르난데스의 지문과 비교 중이었다. 카렐라는 그 지문들이 에르난데스의 지문과 일치하지 않을 거라고 확신했다. 누군가가 에르난데스가 죽은 뒤 밧줄을 그의 목에 감았고, 카렐라는 그 누군가가 치사량의 헤로인을 투여한 사람이라는 데 기꺼이 돈을 걸 수 있었다.

그런 상황은 몇 가지 문제를 몰고 왔다. 그 문제가 상황 전체에 썩은 내를 풍겼다.

누군가가 에르난데스의 죽음을 원했다고 가정하자. 그 가정은 충분히 근거가 있어 보였고, 그 누군가는 살인 무기로 치사량의 헤로인 주사기를 사용했다. 그렇다면 왜 그 누군가는 살해 현장에서 그 살인 무기를 치우지 않았을까?

이 경우, 목매달아 자살한 것처럼 꾸민 시도가 오히려 제 무덤을 판 것이나 같지 않을까?

이렇게 소소한 문제들이 스티브 카렐라 형사의 머리를 아프게 했다. 그는 물론 약물 중독이라는 뒤틀린 세계에서의 살인에 수천 가지의 동기가 있을 수 있다는 것을 알고 있었다. 그는 또한 검시관이라는 존재가 있다는 것을 모르는 누군가가 천진난만하게도 독살을 교살로 속이길 바랐다는 것 역시 알았다. 무엇보다 그는 미국에서 모든 남자와 소년이 지문을 찍어 왔다는 걸 알고 있었다. **나쁜 짓을 했다고? 지문을 지우게, 친구.** 주사기의 지문은 지워지지 않았다. 지문은 거기에 떡하니 남아 있었다. 채취되어 조사받길 기다리며. 주사기 역시 거기에 놓여 있었다. 범인이 교살이라고 속이고 싶었다면 주사기를 거기에 놔두었을까? 범인은 경찰이 주사기와 약물 과용으로 인한 죽음을 자연스럽게 연결 지어 생각 못 할 거라고 믿을 만큼 바보 같은 놈이었을까?

뭔가 냄새가 났다.

모든 점에서 냄새가 났다.

카렐라의 코는 예민했고, 모르긴 몰라도 사고 또한 예민할 터였다. 그는 관할 내 거리를 걸으며 생각에 빠졌다. 어디서부터 수사를 시작해야 할지 고민했다. 보통 올바른 시작이 수사 업무에 있어서 시간을 절약하는 가장 중요한 방법이기 때문이었다. 그 순간만큼은 에르난데스 건과 관련한 생각을 하고 있었지만 자신이 보수를 받는 이유가 1년 365일, 하루 24시간 법을 집행하는 경찰이기 때문이라는 사실만큼은 잊지 않았다.

그는 그로버 공원 모퉁이에 주차된 차를 힐끗 보았다. 그는 오후 산책을 나온 평범한 시민이었기 때문에 힐끗 본 것만으로 충분했지만 또한 법을 집행하는 경찰이었기 때문에 다시 한 번 힐끗 보았다.

그 차는 1939년형 회색 플리머스 세단으로 42L-1731 번호판을 달고 있었고, 오른쪽 뒤 범퍼가 찌그러져 있었으며, 뒷좌석에는 어린 남자 두 명이 타고 있었다. 운전자는 없었다. 이 친구들이 그로버 공원 옆에 차를 대고 누군가를 기다리는 이유는 뭘까?

그 순간만큼은 아니발 에르난데스에 대한 생각이 카렐라의 머리에서 말끔히 사라졌다. 그는 별다른 의식 없이 그 차를 천천히 지나쳤다. 두 탑승자는 스물한 살 이상은 되어 보이지 않았다. 그들은 자신들을 지나치는 카렐라를 보았다. 그들은 매우 가까이에서 그를 보았다. 카렐라는 주차된 차를 돌아보지 않았다. 그는 거리를 계속 걸어 맥스 코엔의 양복점으로 들어갔다.

맥스는 후광처럼 머리 주변에만 흰머리가 난 대머리로 얼굴이 둥근 남자였다. 카렐라가 가게 안으로 들어오자 그가 시선을 들고 말했다. "안녕, 스티비. 잘 지냈나?"

"별일 없죠?" 카렐라가 갈색 오버코트를 벗으며 말했다. 맥스가 호기심 어린 눈초리로 그를 쳐다보았다.

"그냥 일하고 있지. 옷이 찢어지기라도 했나?"

"아니요. 코트 좀 빌리려고요. 저기 걸려 있는 가죽 코트 어때요? 나한테 맞을까요?"

"빌리고 싶다고……?"

"급해요, 맥스. 바로 돌려 드릴게요. 어떤 사람들을 감시하는 중입니다."

카렐라의 목소리에는 긴박함이 담겨 있었다. 맥스는 바늘을 내려놓고 옷걸이로 갔다. "더럽히면 안 돼." 그가 말했다. "세탁 끝난 거니까."

"그럴게요." 카렐라가 약속했다. 그는 맥스에게서 건네받은 코트에 어깨를 밀어 넣고 다시 밖으로 나갔다. 차는 여전히 공원 모퉁이에 서 있었다. 두 녀석도 여전히 뒷자리에 앉아 있었다. 카렐라는 차가 있는 길 건너편, 그들이 볼 수 없는 차의 뒤 사각지대에 자리를 잡고 참을성 있게 그들을 감시했다.

5분쯤 후에 세 번째 녀석이 나타났다. 그는 빠르게 공원에서 걸어 나와 곧장 차로 향했다. 카렐라는 몸을 숨기고 있던 가로등에서 즉시 나와 길을 가로지르기 시작했다. 카렐라를 보지 못한 세 번째 녀석은 곧장 차로 걸어가 운전석 문을 열고 차에 올랐다. 그 즉시 카렐라가 조수석 문을 열었다.

"헤이, 무슨……," 운전석에 탄 녀석이 말했다.

카렐라는 차 안으로 몸을 기울였다. 그는 코트 앞섶을 열고 총의 개머리에 손을 가져갔다. "그대로 앉아 있어." 그가 말했다.

뒷좌석의 두 친구가 공포에 질린 눈빛을 빠르게 교환했다.

"이봐요, 당신에게는 이럴 권리가……," 운전석에 앉은 친구가 입을 열었다.

"시끄러워." 카렐라가 말했다. "공원에서 뭘 하고 있었지?"

"네?"

"공원에서 말이야. 거기서 누굴 만났나?"

"나요? 아무도요. 그냥 걸었어요."

"어디를?"

"그냥 주변을요."

"왜?"

"걷고 싶어서요."

"왜 네 친구들은 같이 가지 않았지?"

"얘네는 걷고 싶지 않았으니까요."

"왜 너는 내 질문에 대답하고 있지?" 카렐라가 을러댔다.

"네?"

"젠장, 왜 너는 나한테 대답을 하고 있느냐고? 내가 경찰인 건 어떻게 알았어?"

"나는…… 난 그냥 그럴 것 같아서……."

"문제라도 일으킬 작정이었나?"

"내가요? 아니, 나는 그냥 산책……."

"주머니를 비워 봐."

"왜요?"

"왜냐하면, 내가 그러라고 했으니까!" 카렐라가 소리쳤다.

"쟤가 우리를 협박했어요." 뒷좌석의 한 녀석이 말했다.

"닥쳐!" 운전석의 녀석이 돌아보지도 않고 쏘아붙였다.

"늑장 부리지 마." 카렐라가 말했다.

운전석의 녀석이 조심스럽고 신중하게 주머니에 손을 넣었다. 그는 차 시트에 담뱃갑을 놓고 그 위에 재빨리 빗, 지갑, 열쇠고리를 쌓았다.

"잠깐." 카렐라가 말했다. 그는 집게손가락으로 조심스럽게 쌓인 물건을 헤치고 담뱃갑을 한쪽으로 치웠다. 담뱃갑 아래에는 작은 봉지가 있었다. 카렐라는 그 봉지를 주워 올려서 개봉한 다음 손바닥 위에 약간의 흰 가루를 쏟고 맛을 보았다. 차 안의 녀석들은 그의 행동을 말없이 지켜보았다.

"헤로인이군." 카렐라가 말했다. "어디서 났지?"

운전석의 녀석은 대답하지 않았다.

"공원에서 샀나?"

"주웠어요."

"왜 이래. 어디서 샀어?"

"주웠다고 했잖아요."

"이봐. 네가 이걸 주웠든 누구한테 받았든 너는 마약을 소지한 거야. 누가 너한테 이걸 줬는지 말하는 편이 신상에 좋을 거야."

"우릴 데려가세요." 뒷좌석의 녀석들이 말했다. "우리는 마약하고 아무 상관 없어요. 뒤져 봐요. 자요, 뒤져 봐요."

"너희 셋 모두 같은 혐의로 입건할 생각이야. 자, 누가 줬지?"

"주운 거라니까요." 운전석의 녀석이 말했다.

"알았어, 똑똑한 친구들." 카렐라가 고개를 끄덕였다. "그렇다고 하지. 운전면허증 있나?"

"물론이죠."

"그럼 운전해."

"어디로요?"

"생각해 봐." 카렐라는 그렇게 말하며 좌석에 몸을 싣고 문을 세게 닫았다.

로저 하빌랜드가 가장 좋아하는 것은 용의자를 심문하는 일이었다. 특히 혼자 하는 심문을 좋아했다. 덩치로 따지자면 로저 하빌랜드가 87분서 내에서 가장 큰 형사인지는 확실치 않지만 세상에서 가장 성질이 더러운 개자식이라는 점에서는 의심의 여지가 없었다. 사정을 알면 하빌랜드가 범죄자들을 대하는 태도를 비난할 수 없으리라. 하빌랜드는 예전에 길거리 싸움을 말리다가 팔뼈가 네 군데나 부러진 적이 있었다. 그전까지 하빌랜드는 점잖은 경찰이었지만 적절한 치료를 받지 못해 뼈가 붙기도 전에 다시 부러진 복잡골절은 그의 기질 형성에 전혀 도움을 주지 못했다. 그가 팔을 치료받고 병원을 나섰을 때는 다소 이상한 철학을 갖게 되었다. 그 이후 하빌랜드가 불시에 습격당하는 일은 없었다. 하빌랜드는 말보다 주먹이 앞서게 되었다.

때문에 그에게 용의자를 심문하는 것보다 더 즐거운 일은 없었고, 특히 누구의 도움도 받지 않고 혼자서 하는 심문을 좋아했다. 불행히도, 12월 20일 수요일 오후 심문에는 카렐라와 함께였다.

헤로인 소지 혐의로 잡힌 녀석은 반항적인 눈을 하고 고개를 치켜든 채 의자에 앉아 있었다. 차의 뒷좌석에 앉아 있던 두 소년은 각각 다른 장소에서 마이어와 윌리스 형사에게 심문을 받는 중이었다. 이렇게 동시에 심문을 진행하는 목적은 그들의 마약 구매처를 알아내기 위함이었다. 마약 사용자 검거는 재미없는 일이었다. 마약 상습자로 판결이 나면 마약 상용자 재활 시설에서 30일을 보내는 비용을 시에서 부담했다. 주요한 수사 대상은 마약 밀매인이었다. 87분서 형사들이 하루에 1백여 명의 마약 상용자를 검거하고 싶다면 한 명의 형사가 한두 명의 마약 상습자를 체포하면 되었고, 담당 구역을 돌기만 하면 되는 일이었다. 소량이라도 마약 소지는 공중위생법 위반 및 경범죄에 해당되는 범죄였다. 마약 상용자는 베일리 섬에서 30일 또는 그 이상의 형을 선고받는다. 그리고 형을 치르고 나오면 다시 마약을 찾을 준비를 한다.

반면, 마약 밀매인은 보다 심각한 처지에 놓이게 된다. 주의 법은 일정량 이상의 마약 소지를 흉악 범죄로 규정하였고, 그 일정량은 다음과 같다.

1. 헤로인, 모르핀 또는 코카인 7그램, 혹은 그러한 성분이 1퍼센트 이상 포함된 복합물.
2. 그 외 마약류 56그램 또는 그 이상.

이러한 마약 소지는 1년에서 10년의 금고형을 받는다. 또한 함유량 3퍼센트 또는 그 이상의 헤로인, 모르핀, 코카인 등을 총 56그램, 혹은 그 이상을 소지하거나 그 밖의 마약을 450그램, 혹은 그 이상을 소지할 경우 법에 의해 판매할 의도가 있다고 보고, 부인할 수 없는 증거로 판단한다.

마약중독이 범죄는 아니지만 마약이나 마약 제조 도구를 소지했다면 어려운 처지에 빠질 수 있다. 마약이나 마약 제조 도구 소지는 범죄였다.

그로버 공원에서 마약을 산 녀석은 헤로인 식스틴스^{sixteenth}₁그램 정도의 소량을 뜻한다를 소지한 죄로 체포되었지만 금액은 필경 5달러 내외일 것이었다. 그는 잔챙이였다. 87분서 형사들은 그에게 물건을 판 사람에게 관심이 있었다.

"이름이 뭐야?" 하빌랜드가 청년에게 물었다.

"어니스트요." 사내가 대답했다. 그는 큰 키에 호리호리한 몸집이었고, 헝클어진 금발이 지금은 이마 위에 맥없이 늘어져 있었다.

"어니스트 뭐야?"

"어니스트 헤밍웨이요."

하빌랜드는 카렐라를 쳐다보고 다시 청년을 쳐다보았다. "좋아, 잘난 친구." 그가 말했다. "다시 묻지. 이름이 뭐야?"

"어니스트 헤밍웨이요."

"내가 건방진 양아치와 노닥거리고 있을 만큼 한가해 보여!" 하빌랜드가 소리쳤다.

"왜 그래요?" 청년이 말했다. "내 이름이 뭐냐고 물었잖아요. 그래서 난……."

"이 자리에서 이빨이 뽑히고 싶지 않거든 순순히 대답하는 게 좋을 거야. 이름이 뭐야?"

"어니스트 헤밍웨이라니까요. 저기요, 도대체 왜……."

하빌랜드가 큰 힘 들이지 않고 벼락같이 녀석을 후려쳤다. 녀석의 머리가 한쪽으로 쏠렸고, 하빌랜드는 한 방 더 먹이기 위해 손을 들어 올렸다.

"그만둬, 록." 카렐라가 말했다. "그게 이 친구 이름이야. 징병 카드에 쓰여 있더군."

"어니스트 헤밍웨이라고?" 로저 하빌랜드가 믿을 수 없다는 듯이 말했다.

"이름이 왜요?" 헤밍웨이가 물었다. "이봐요, 도대체 왜 그러는 거예요?"

"이봐, 친구." 카렐라가 말했다. "그런 작가가 있어. 그 사람 이름

72

도 어니스트 헤밍웨이야."

"그래요?" 헤밍웨이가 말했다. 그는 잠자코 뭔가 생각하더니 말을 이었다. "그런 사람 들어 본 적 없는데요. 고소해도 돼요?"

"안 될걸." 스티브 카렐라가 건조하게 말했다. "누가 너한테 저걸 팔았지?"

"댁의 작가 친구요." 헤밍웨이가 히죽거리며 대답했다.

"이놈은 점점 귀여워지는군." 하빌랜드가 말했다. "난 이런 놈들이 귀여워질 때가 좋아. 꼬마야, 조금 있으면 태어난 걸 후회하게 될 거야."

"잘 들어, 꼬마야." 카렐라가 말했다. "너는 화를 자초하고 있어. 넌 삼십 분에서 한 시간 반이면 여기서 나갈 수도 있어. 네가 어떻게 하느냐에 따라서. 누가 알아, 집행유예로 끝날지?"

"약속해요?"

"약속은 할 수 없지. 판사한테 달린 일이야. 만약 네가 우리한테 마약 판 놈을 알려 준 걸 판사가 안다면 관용을 베풀지도 모르지."

"내가 경찰 앞잡이로 보여요?"

"아니." 하빌랜드가 대답했다. "대부분의 경찰 앞잡이들도 네놈보단 나아 보여."

"이 아저씨는 경찰이 되기 전에 뭐였어요?" 헤밍웨이가 물었다. "코미디언?"

하빌랜드가 천천히 미소 짓더니 헤밍웨이의 입을 후려쳤다.

"손대지 마." 카렐라가 말했다.

"건방진 약쟁이가 허튼소리를 못 하게 하려고 그러는 건 아니야. 나는 말이지……,"

"빌어먹을 손 좀 치우라고." 카렐라가 이번에는 좀 더 큰 소리로 말했다. "운동이 하고 싶으면 본부 체육관으로 가게."

"이봐, 난……,"

"괜찮냐, 꼬마야?" 카렐라가 물었다.

"도대체 자신이 뭐라고 생각하는 거지, 카렐라?" 하빌랜드가 말했다.

"자네는 도대체 자네가 뭐라고 생각하나, 하빌랜드?" 카렐라가 말했다. "이 꼬마를 제대로 심문할 생각이 없다면 나가. 이 녀석은 내가 데려왔으니까."

"자네는 내가 이놈 대가리에 구멍이라도 낼 줄 아나 보군." 하빌랜드가 부아를 내며 말했다.

"난 자네한테 그럴 기회를 주고 싶은 생각은 없네." 카렐라가 그렇게 말하며 헤밍웨이를 돌아보았다. "어때, 꼬마?"

"꼬마라고 부르지 마요, 경찰 아저씨. 나한테 물건을 판 놈을 분다고 해도 콩밥을 먹는 건 변함없을 테니까."

"네놈은 우리가 네놈한테서 식스틴스가 아니라 칠 그램을 찾았다고 말하게 하고 싶은가 보군." 하빌랜드가 말했다.

"그렇게 못 할걸요. 허풍쟁이 아저씨." 헤밍웨이가 말했다.

"우린 오늘 감방을 가득 채울 만큼 많은 마약쟁이들을 잡아들였지." 하빌랜드가 거짓말을 했다. "네놈이 얼마나 갖고 다녔는지 누가 알겠어?"

"형사님도 그게 식스틴스라는 걸 알잖아요." 헤밍웨이가 기어드는 목소리로 말했다.

"물론이지. 어쨌든 우리 말고 누가 또 알겠어? 칠 그램이면 십 년 형이야, 친구. 저 밖에 있는 네놈 친구들에게 팔 목적이었잖아."

"누가 그걸 팔려고 했다는 거예요? 맙소사, 난 그걸 샀을 뿐이라고요! 그리고 그건 식스틴스예요. 칠 그램이 아니라!"

"그렇고말고." 하빌랜드가 말했다. "안됐지만 그걸 아는 사람은 우리뿐이야, 안 그래? 자, 마약 판 놈의 이름이 뭐야?"

헤밍웨이는 조용히 생각에 잠겼다.

"팔 의도로 칠 그램 소지로 하지." 하빌랜드가 카렐라에게 말했다. "여기서 끝내자고, 스티브."

"헤이, 잠깐만요." 헤밍웨이가 말했다. "정말로 날 곤란하게 만들 작정은 아니겠죠?"

"안 그럴 이유라도 있나." 하빌랜드가 말했다. "네놈이 내 친척도 아닌데."

"저기, 그러지 말고……." 헤밍웨이가 잠시 말을 멈췄다. "그러지 말고……."

"판 놈을 말해." 카렐라가 말했다.

"곤조라는 친구예요."

"그게 이름이야, 성이야?"

"몰라요."

"어떻게 알게 됐지?"

"오늘 처음 안 거예요." 헤밍웨이가 말했다. "그러니까 오늘이오. 그에게서 산 건 처음이에요."

"아, 처음이겠지." 하빌랜드가 말했다.

"뻥치는 거 아니라고요." 헤밍웨이가 설명했다. "전에는 다른 애한테서 샀었어요. 동물원 사자의 집 옆 공원에서요. 거기서 다른 애한테 사곤 했어요. 그래서 오늘 그 장소로 갔는데 거기에 처음 본 사람이 있는 거예요. 그가 자기 이름이 곤조라고 했고, 좋은 걸 갖고 있었어요. 그래서 좋다, 모험을 해 보자 했던 거라고요. 그다음에 경찰이 나타난 거죠."

"뒷자리의 두 녀석은 뭐야?"

"마약쟁이죠. 상황을 파악하셨으면 걔들은 풀어 주세요. 이 일로 파랗게 질렸을 테니까요."

"처음 걸린 거야?" 카렐라가 물었다.

"네."

"마약은 언제부터 했어?"

"팔 년 전쯤부터요."

"정맥주사?"

헤밍웨이가 쳐다보았다. "다른 방법도 있나요?" 그가 물었다.

"곤조가 댔나?" 하빌랜드가 물었다.

"네. 저기요, 이제 주사를 맞을 수 있을까요? 내 말은, 이제 슬슬 아픈 것 같다고요. 이해하겠어요?"

"형사님을 붙여." 하빌랜드가 말했다. "재활 시설을 고려해 봐."

"네?"

"거기 있는 사람들은 네가 가는 사자의 집 근처엔 가지도 않아."

"형사님이 아까 집행유예라고 했잖아요."

"그럴지도 모르지. 우리가 네놈에게 마약을 또 하게 할 거라고 생각했나?"

"아니요. 그렇지만 나는…… 젠장, 여기 어디 의사 없어요?"

"누구한테 마약을 샀었지?" 카렐라가 물었다.

"무슨 말이에요?"

"사자의 집에서. 곤조는 새로운 놈이라며. 전에는 누가 너한테 약을 팔았지?"

"오, 저기요. 나를 어떻게 해 줄 의사에 대한 얘기는 어때요? 그러니까, 알잖아요. 이 바닥에 토할 것 같다고요."

"대걸레를 갖다 주지." 하빌랜드가 말했다.

"다른 마약팔이가 누구야?" 카렐라가 다시 물었다.

헤밍웨이가 지쳤다는 듯 한숨을 쉬었다. "아나벨이라는 꼬마요."

"계집애야?" 하빌랜드가 물었다.

"아니요. 히스패닉계 꼬마예요. 히스패닉계 이름이라고요."

"아니발이겠지?" 카렐라는 머리가 간질거리는 것을 느끼며 그렇게 물었다.

"그래요."

"아니발 뭐야?"

"페르난데스? 에르난데스? 고메스? 누가 그 스페인어를 알아듣겠어요? 나한테는 다 비슷하게 들려요."

"아니발 에르난데스였나?"

"그래요. 그런 것 같아요. 네. 그럴듯하게 들리네요. 저기요. 한 대 맞으면 안 돼요? 정말 토할 것 같아요."

"토해." 하빌랜드가 말했다. "하라고."

헤밍웨이가 다시 한 번 크게 한숨을 쉬고 얼굴을 찌푸리더니 고개를 들고 물었다. "헤밍웨이라는 작가가 진짜 있어요?"

7

밧줄에 대한 실험실 보고서와 지문에 관한 신원 조회 부서의 보고서가 오후 늦게 도착했다. 두 보고서에 공통된 단 한 가지 정보가 카렐라를 놀라게 했다.

에르난데스의 목을 감고 있던 밧줄에 대한 분석으로, 소년이 자살했을 가능성이 없다는 보고에는 놀라지 않았다. 모두가 알다시피 밧줄을 구성하고 있는 섬유들에는 밧줄만이 갖는 독특한 성질이 있다. 에르난데스가 목매달아 자살했다면 그 아이는 의심할 여지 없이 우선 밧줄의 한쪽 끝을 창틀에 묶고 다른 한쪽 끝을 자신의 목에 감은 다음 산소의 공급이 끊어질 때까지 밧줄을 당겼을 터였다.

납작해진 밧줄 표면의 섬유질은 소년이 위로 당겨졌다는 것을 가리켰다. 간단히 말해, 우선 소년의 목에 걸린 밧줄의 반대쪽 끝을 창틀로 넘긴 다음 사체가 기울어질 위치까지 잡아당긴 것이었다. 창틀에 걸린 밧줄의 섬유질 방향이 사실을 말해 주었다. 에르난데 스는 치사량의 헤로인을 맞았을 터이지만 그 아이는 확실히 창틀에 자신을 매달지 않았다.

주사기에서 발견된 지문은 자살의 가능성을 확실히 배제한 것 같 았지만, 그 또한 카렐라를 놀래지 못했다. 주사기에서 발견된 지문 들은—모두 한 사람의 지문이었고, 뚜렷했다— 아니발 에르난데스 의 지문과 일치하지 않았다. 어쨌든 그 아이가 주사기를 사용했다 면 그 아이는 미지의 인물에게 그것을 건네기 전에 깨끗하게 닦았 다는 뜻이었다.

그 자리에 **미지의 인물**이 있었다는 사실이 카렐라를 놀라게 했다. 신원 조회 부서는 지문에 관한 조회를 마쳤고, 지문의 주인공을 공 란으로 남겨 두었다. 주사기를 건넨 자가 누구든, 이른바 에르난데 스에게 헤로인을 주사한 자가 누구든, 범죄 기록상에는 아무것도 남아 있지 않았다. 물론, 아직 **FBI**의 기록이 남아 있었지만, 그렇다 고 해도 카렐라는 실망스러웠다. 내심 그는 에르난데스를 죽음으로 몰고 간 엄청난 양의 헤로인이 담긴 주사기에 손을 댄 자의 기록이 남아 있길 바랐다. 그는 번스 반장이 사무실로 머리를 들이밀었을 때 자신의 실망에 대해 곰곰이 생각 중이었다.

"스티브," 그가 불렀다. "잠깐 볼까?"

"네, 반장님." 카렐라가 말했다. 그는 자리에서 일어나 번스의 사 무실 문을 향해 걸음을 옮겼다. 반장은 카렐라가 문을 닫을 때까지 잠자코 있었다.

"상황이 안 좋나?" 이윽고 그가 입을 열었다.

"네?"

"맞는 지문이 없는 모양이군."

"오, 네. 기대하는 바는 있습니다."

"나도 그러네." 번스가 말했다.

두 사람은 생각에 잠겨 서로 응시했다.

"복사본을 갖고 있나?"

"지문에 관한 거요?"

"그래."

"줘 보겠나?"

"이미 확인했습니다. 그러니까, 별로……"

"나도 알아, 스티브. 수사를 진행시킬 만한…… 생각이 막 떠올랐네."

"에르난데스 건에 대해서요?"

"대충 그래."

"감이 오는 게 있으신가요?"

"아니야, 스티브." 그가 말을 끊었다. "아직."

"그러시겠죠." 카렐라가 말했다. "감이 잡히시면 언제라도."

"수사에 착수하기 전에 그 지문들을 내게 주겠나, 스티브?" 번스가 미소를 띠며 물었다.

"물론이죠." 카렐라가 말했다. "그게 답니까?"

"그래, 가 봐. 퇴근하고 싶어 죽을 지경이겠지." 그가 말을 끊었다. "아내는 잘 지내나?"

"오, 좋죠."

"좋아, 좋아. 부부 사이에서 중요한 건……," 번스가 머리를 흔들더니 말을 흐렸다. "어쨌든 퇴근해, 스티브. 붙들어 두기 전에."

그는 그날 밤 곧장 집으로 갔다. 테디가 문가에서 그를 반겼고, 그는 신혼답지 않게 습관적으로 그녀에게 키스했다. 그녀는 호기심 어린 눈빛으로 그를 바라보고 마실 것을 준비해 놓은 거실로 그를 이끈 다음 저녁 준비를 위해 주방으로 향했다. 그녀가 그를 저녁 식탁으로 불렀을 때도 그는 여전히 말이 없었다.

테디는 태어나면서부터 말을 하지 못하고 듣지 못했기 때문에 작은 주방에서의 침묵은 완벽에 가까웠다. 그녀는 자신이 자신도 모르게 그를 화나게 했는지 궁금해하며 그를 자꾸 쳐다보며 그의 입술이 말을 하길 갈망했다. 그녀는 입술을 읽을 수 있었다. 그리고 마침내, 그녀는 테이블 너머로 팔을 뻗어 그의 손을 잡고 간청하는 눈빛으로 계란형 얼굴 속에 있는 갈색 눈을 크게 떴다.

"아니야, 별일 아니야." 카렐라가 부드럽게 말했다.

하지만 여전히 그녀의 눈이 그에게 질문을 던졌다. 한쪽으로 기울인 그녀의 검고 윤기 나는 단발머리가 그녀의 뒤 흰 벽과 뚜렷하게 대비되었다.

"이번 사건 때문에 그래." 그가 시인하듯 말했다.

그녀는 고개를 끄덕이고 다음 말을 기다리며 그의 문제가 자신 때문이 아니라 일 때문이라는 사실에 안도했다.

"도대체 왜 빌어먹을 살인 도구에 완벽한 지문을 남긴 누군가가 어떤 신참 경찰이라도 발견할 수 있는 곳에 그걸 남겨 놨을까?"

그녀는 그의 말에 동감이라는 듯이 어깨를 으쓱하고 고개를 끄덕였다.

"그리고 왜 살인을 한 다음에 목매달아 자살한 것처럼 보이게 하려고 애썼을까? 젠장, 범인은 자신이 바보들을 상대한다고 생각한 걸까?" 그는 화가 난다는 듯 머리를 흔들었다. 테디가 의자를 밀치고 일어나더니 테이블을 돌아 나와 그의 무릎 위에 앉았다. 그녀는 그의 손을 잡아 자신의 허리에 두른 다음 그에게 바싹 안겨 그의 목에 키스했다.

"그만." 그는 그렇게 말한 다음—그녀의 얼굴이 자신의 목에 파묻혀 있어서 자신의 입술을 볼 수 없다는 것을 깨닫고— 그녀의 머리를 부드럽게 떼어 놓고 다시 말했다. "그만. 자기가 이렇게 하고 있으면 내가 그 사건에 대해서 생각이나 할 수 있겠어?"

테디의 단호한 끄덕임은 자신이 왜 그러는지 알지 않느냐고 말하고 있었다.

"자기는 뇌쇄적이야." 카렐라가 웃으며 말했다. "언젠가 나를 잡아먹을 거야. 자기가 생각하기에……,"

테디가 그의 입술을 덮쳤다.

카렐라가 부드럽게 몸을 뺐다. "자기 생각에 지문……,"

그녀가 다시 그에게 키스했고, 이번에 그는 몸을 물리기 전에 오랫동안 같은 자세를 유지했다.

"……지문투성이 주사기 음음음음음음……."

그는 자신의 입술에서 얼굴을 뗀 그녀의 입가와 그녀의 눈 속에서 기쁨을 볼 수 있었다.

"맙소사, 자기란 여자는."

그녀가 일어나 그의 손을 잡고 주방 밖으로 그를 이끌자 그가 그녀를 돌려세우고 말했다. "저녁. 우린 아직 저녁이……." 그러자 그녀가 그에 대한 답으로 돌아서더니 캉캉 댄서들이 하듯 치마를 들어 올렸다. 거실에서 그녀는 깔끔하게 반으로 접은 종이 한 장을 그에게 건넸다.

"난 자기가 내 편지에 답장하고 싶어 했는지 몰랐어." 카렐라가 말했다. "나는 당신이 추파를 던지는 줄 알았지."

테디가 참을성 있게 그의 손안에 든 종이를 가리켰다. 카렐라가 종이를 펼쳤다. 흰 종이에는 타이프로 친 사행시가 쓰여 있었다. 사행시의 제목은 이랬다. '스티브에게 부치는 시'.

"나한테 쓴 거야?"

응. 그녀가 끄덕였다.

"집안일 대신 하루 종일 한 일이 이거야?"

그녀가 시를 어서 읽으라고 재촉하면서 집게손가락을 좌우로 흔들었다.

스티브에게 부치는 시

사랑해, 스티브
너무 사랑해
당신이 가는 곳이라면
나도 갈 거야

당신이 하늘이라면 나는 땅
앞과 뒤와 왼쪽과 오른쪽
언젠가 돌아보면
나도 있을 거야

너무 사랑하는 자기
내 메시지는 이제
덧붙일 거야
정중한 인사를

자기가 가면 나도 갈 거야
봐, 나를 봐
머무르고 떠나고 오는 거야
함께

"마지막 행에는 운율이 없는데."

테디는 과장되게 놀랐다는 듯이 곤란한 얼굴을 지어 보였다.

"게다가 이 시에는 성적인 은유가 함축된 것 같은데." 카렐라가 덧붙였다.

테디가 무슨 상관이냐는 듯 손을 흔들고 천진난만하게 어깨를 으쓱한 다음—몸값 비싼 패션모델을 흉내 내는 풍자극 여배우처럼—우아하고, 도발적으로 엉덩이를 과도하게 씰룩이며 침실을 향해 걸었다.

카렐라는 활짝 웃으며 종이를 접었다. 그는 그 종이를 지갑에 갈무리하고 침실 문을 향해 걸어가 문설주에 기댔다.

"자기도 알겠지만," 그가 말했다. "자기는 시를 쓰는 일을 하면 안 될 것 같아."

테디가 방 저편에서 그를 응시했다. 그는 그녀를 보았다. 그리고 문득 번스가 왜 지문에 대한 복사본을 원했는지 의아해하며 허스키한 목소리로 말했다. "자기가 해야 할 일은 유혹이야."

번스는 오직 묻고 싶을 뿐이었다.

그의 생각에 거짓말이라는 것은 겉으로 보이는 것과 또 달라서 그에 대해 한번 묻는다면 깨끗하게 의문을 해소할 수 있는 것이었다. 자신이 주차된 차에 앉아 기다리고 있는 것은 그 때문이었다. 묻기 위해서는 물을 상대가 있어야 한다. 그 상대를 찾으면 궁지에 몰아넣고 물어야 한다. "내가 하는 말 잘 들어. 너는 정말······?"

아니, 그보다 다른 방법은 없을까?

도대체 어찌 된 일인가. 빌어먹을, 도대체 어찌 된 일이지? 그토록 정직하게 살아온 사람이 갑자기 이런 곤경에 빠지다니. 아니야! 아니야, 빌어먹을 거짓말이야. 그곳에 누군가가 있었고, 사체가 있었다. 그 누군가가 어떤 짓을 하려고 했다는 건 어리석은 거짓말이야…… 하지만 거짓말이 아니라면?

그 거짓말의 처음 부분만 사실이라면 그건 뭐지? 거짓말에 겉과 속이 있다고 해도 겉만이 진실이라고 한다면 도대체 어떻게 되는 거지? 그렇다면, 그렇다면, 그렇다면 뭔가가 행해졌어야 했다. 뭐가? 거짓말의 처음 부분이 사실이었다면 무슨 말을 해야 하지? 내가 어떻게 해야 하지? 그 거짓말의 처음 부분, 그것만으로도 충분했다. 만약 그것이 사실이라면 그가 제정신인지 의심하기에 충분했다. 그 거짓말의 처음 부분이 사실이라면, 아니, 아니야, 그게 사실일 리 없어!

하지만 그럴지도 모른다. 그럴 가능성을 직시하자. 적어도 첫 부분이 사실일 수도 있다는 것을 직시하자. 그러면 거기서부터 그것을 처리할 계획을 짜는 거야.

그리고 만일 다른 것도 사실이라면, 만약 그렇다면, 그걸 어떻게 감당해야 하지? 번스 자신뿐만 아니라 해리엇까지도. 맙소사, 왜 아무런 죄도 없는 해리엇이 고통을 받아야 하는 거지? 그리고 경찰에는. 경찰에 어떻게 이해를 구해야 할까. 오, 맙소사. 사실이어서는 안 돼. 형편없는 거짓말이어야 해.

번스는 주차된 차 안에 앉아 기다렸다. 그가 건물 밖으로 나오기라도 한다면 분명히 알아볼 터였다. 번스가 사는 곳인 캄스 포인트에 있는 그 건물 주위에는 잔디가 감싸고 있었고, 도처에 나무들이 있었다. 겨울인 지금, 벌거벗은 나무는 눈으로 몸통을 휘감고 뿌리로 언 땅을 움켜쥐고 있었다. 건물에는 불이 켜져 있었고, 그 불은 추운 겨울 하늘과 대조적으로 따뜻한 호박색이었다. 그리고 번스는 그 불빛을 지켜보며 생각에 빠졌다.

번스는 리벳 대가리처럼 단단한 사내였다. 푸른 눈은 작지만 아무것도 놓치지 않았고, 햇빛에 그은 눈가의 주름 속에 박혀 있었다. 코는 얼굴의 나머지 부분과 마찬가지로 우락부락했고, 입은 얇은 윗입술과 도톰한 아랫입술로 단단히 닫혀 있었다. 바위 같은 턱은 가운데가 움푹 파여 있었다. 머리는 무언가를 방어하기 위해 움츠린 듯 어깨에서 낮게 솟아 있었다. 그는 자신의 입에서 하얗게 나오는 입김을 바라보며 차 안에 앉아 있었다. 그리고 장갑 낀 손을 뻗어 뿌옇게 된 창문을 닦고 건물에서 나오는 사람들을 보았다.

어린 친구들이 서로에게 농담하며 웃음을 터뜨렸다. 한 소년이 멈춰 서서 뭉친 눈을 또래의 여자에게 던지자 그녀가 유쾌한 장난에 소리를 질렀다. 이내 그 소년은 그림자 속으로 사라진 그녀의 뒤를 쫓았고, 번스는 자신이 아는 인물의 얼굴을 찾아 앞을 주시했다. 이제 사람들이 점점 많아졌다. 자세히 살피기에는 사람들이 너무 많았다. 번스는 허둥지둥 차 밖으로 나왔다. 추위가 그 즉시 얼굴을 공격했다. 그는 어깨를 움츠리고 건물을 향해 걸었다.

"안녕하세요, 번스 아저씨." 한 아이의 인사에 번스가 고개를 끄덕이며 무리를 이루며 지나는 다른 아이들의 얼굴을 둘러보았다. 이내 갑자기 댐의 수로가 막히기라도 한 듯 아이들의 무리가 멈췄다. 그는 고개를 돌려 느긋하게 다시 움직이는 아이들을 보고 숨을 깊이 들이마신 다음 발걸음을 옮겨 '캄스 포인트 고등학교'라는 글자가 새겨진 아치를 지났다.

그는 오래전 학교 참관일에 이곳을 방문한 이래 이 건물 안으로 들어가 본 적이 없었다. 얼마나 오래전이더라? 번스는 머리를 흔들었다. **더 신경을 써야겠어.** 그는 생각했다. 더 주의를 기울였어야 했다. 하지만 누가 의심이나 했겠는가. 누군들 막을 수 있었겠는가. 해리엇. 해리엇은 좀 더 주의 깊게 살폈어야 했다. 만약 그게 사실이라면. 그게 사실이라면.

그는 강당일 거라고 생각했다. 그곳이 그들이 있는 곳이었다. 그들 중 누구라도 있다면 그들은 강당에 있을 게 분명했다. 밤이 다가오자 학교는 매우 조용했고, 그는 대리석 바닥에 자신의 신발이 울리는 공허한 소리를 들었다. 그는 본능적으로 강당이 어딘지 찾아내고, 역시 자신은 감이 나쁜 형사가 아니었다는 듯 쓴웃음을 지었다. 젠장, 지금 이 일이 경찰로서 하는 일일까?

그는 문을 열었다. 강당 저 끝 피아노 옆에 여자가 서 있었다. 피터 번스는 어깨를 펴고 긴 통로를 따라 걷기 시작했다. 그 여자는 자신을 빼면 천장이 높고 널찍한 이 강당에 있는 유일한 사람이었다. 그가 다가감에 따라 그녀가 의아한 눈으로 그를 쳐다보았다. 그녀는 40대 중반으로 목덜미께에서 머리를 묶은 통통한 여자였다. 눈은 송아지 같은 밤색이었고 호감이 가는 얼굴이었다.

"어떻게 오셨지요?" 그녀는 머리를 꼿꼿이 들고 눈썹을 치켜세우고 목소리를 높여 물었다. "무엇을 도와 드릴까요?"

"그러니까 저," 번스가 상냥한 미소를 지으려고 노력하며 말했다. "여기가 연극반 리허설을 하는 곳입니까?"

"그래요." 여자가 말했다. "저는 케리라고 해요. 연극반을 가르치고 있어요."

"안녕하세요." 번스가 말했다. "만나 뵙게 돼서 반갑습니다."

그는 갑자기 불편함을 느꼈다. 그가 생각하기로, 자신의 임무는 기본적으로 비밀리에 행동하는 것이었지, 고등학교 선생님과 즐겁고 따뜻한 대화를 나누는 것이 아니었다.

"아이들이 집으로 돌아가고 있더군요."

"네." 케리 선생님이 웃으며 대답했다.

"저는 이 근처에 사는데 지나는 길에 들러서 아들놈을 태워 갈까 생각했습니다. 선생님도 아시다시피 그놈은 이 연극반에 있지요." 피터 번스는 억지로 미소를 지었다. "집에서 내내 그 이야기만 하더군요."

"오, 그래요?" 케리 선생님이 기쁘다는 듯 말했다.

"네. 그런데 밖에서 다른 애들과 함께 있는 그놈을 못 봐서요. 혹시 선생님이……," 그가 어둡고 텅 빈 무대를 힐끗 보았다. "……여기서 아들놈과……," 그의 말이 점점 느려졌다. "무대 작업이

나…… 뭐 다른 일을 하고 있는지 궁금해서."

"그 아이를 놓치셨나 보군요." 케리 선생님이 말했다. "연극반 학생들은 모두 조금 전에 막 갔어요."

"모두요?" 번스가 물었다. "래리도요?"

"래리요?" 케리 선생님이 순간적으로 얼굴을 찌푸렸다. "오, 래리요. 물론이죠. 죄송하지만 그 애는 친구들과 갔답니다."

번스는 엄청난 안도를 느꼈다. 최소한 연극반의 일은 그간 아들이 보낸 밤을 해명해 주었다. 아들은 그 점에 관한 한 거짓말을 하지 않았다. 그의 얼굴에서 미소가 뭉게뭉게 피어올랐다. "그럼," 그가 말했다. "귀찮게 해 드려서 죄송합니다."

"전혀요. 사과드려야 할 사람은 저예요. 순간적으로 래리의 이름이 생각나지 않아서요. 연극반에서 유일하게 열심히 하는 애가 래리예요. 그리고 정말 잘해요."

"뭐, 그렇게 말씀해 주시니 기쁘군요."

"네, 슈워츠 씨." 케리 선생님이 대답했다. "아들이 무척 자랑스러우시겠어요."

"뭐, 그렇습니다. 그런 말씀을 들으니 기쁘……." 번스는 말을 멈췄다. 그는 케리 선생님을 오랫동안 응시했다. 끔찍한 순간이었다.

"제 아들은 래리 번스입니다."

케리 선생님이 얼굴을 찌푸렸다. "래리 번스. 오, 죄송합니다. 저는…… 래리는 연극반이 아니에요. 그 애가 말하지 않던가요? 그러니까…… 음, 그 애는 연극반에 지원하지도 않았어요."

"그렇군요." 번스가 억지로 입을 뗐다.

"이렇게 일부러 오셨는데…… 그 애는 아버지가 그렇게 믿길 바랐던 어떤 사정이 있었을 거예요…… 그러니까…… 이런 상황을 늘 곧이곧대로 받아들이시면 안 돼요, 번스 씨. 그 애는 틀림없이 다른 이유가 있을 거예요."

"네." 번스가 슬픈 목소리로 말했다. "그렇겠지요."

그는 다시 한 번 케리 선생님에게 감사하다는 말을 하고 나서 크고 텅 빈 강당에 그녀를 남겨 두고 떠났다.

8

번스는 큼지막한 괘종시계가 단조롭게 시간을 새기는 소리를 들
으며 거실에 앉아 있었다. 그가 소년이었을 때부터 갖길 바랐던 그
시계는 언제나 그에게 위안을 주었다. 그는 왜 자신이 큼지막한 괘
종시계를 원했는지 설명할 수 없었지만 어쨌든 하나 정도 갖길 바
랐다. 그러던 어느 날 해리엇과 교외로 드라이브를 나갔다가 빨간
색과 흰색으로 새로 칠한, 오래된 헛간에 붙은 '골동품'이라고 쓰인
간판을 보고 멈춰 섰다.

가게 주인은 시골의 대지주처럼 팔꿈치에 가죽을 댄 스포츠 재킷
에 조끼까지 완벽하게 차려입은 호리호리한 남자로 걸음걸이가 여
자 같았다. 번스는 희귀한 도자기와 커트 글라스 주위를 돌아다니
는 해리엇이 그릇을 집어 들 때마다 가슴이 콩닥콩닥 뛰었다. 마침

내 그들은 커다란 괘종시계에 관심을 갖기 시작했다. 가게에는 시계가 몇 개 있었는데, 그중에는 시계를 제작한 제작자의 사인과 제조일이 새겨진 영국제 시계가 있었고 가격은 573달러였다. 그 시계는 지금도 위풍당당한 모습을 뽐내며 정밀하게 작동했다. 나머지 시계들은 미국제였고, 사인과 제조일자가 없었으며, 수리가 필요해 보였다. 가격은 200달러였다.

가게 주인은 번스가 더 싼 시계에 관심을 갖는 모습을 보고 마치 진짜 시계광이나 된 것처럼 그것들을 즉시 배제시키려다가 이내 새된 목소리로 신랄하게 말했다. "음, 선생께서 흔해 빠진 괘종시계를 원하신다면야." 그는 그렇게 말하더니 혐오스럽다는 듯 과장된 표정을 짓고 거래를 마무리했다. 번스는 흔해 빠진 괘종시계를 집으로 가지고 왔다. 동네 시계방 주인은 그 시계가 잘 굴러가게 하는 데 14달러를 청구했다. 그 후 시계는 번스에게 어떤 골칫거리도 안겨 주지 않았다. 그 시계는 지금 거실 복도에 서서 깊고 단조로운 소리를 내며 시간을 새겼다. 시곗바늘은 활짝 웃는 듯한 하얀 문자반 위에서 1시 50분을 가리켰다.

지금 그 시계는 위안을 주지 않았다. 질서정연하고 차분한 속도로 숨을 쉬듯 시간을 새기는 시계 역시 편안해 보이지 않았다. 그 뿐만 아니라—기묘하게도— 이 시계에서는 시간관념이 느껴지지 않았고, 대신 필사적인 절박감이 느껴지는 시곗바늘이 문자반을 돌며 전진하고 있었다. 시계는 마치 살아 숨 쉬는 우주의 시간과 단절된 듯 홀로 아들을 기다리고 있는 번스의 거실에서 갑자기 바늘을 멈추고 폭발할 것 같았다.

집이 삐걱거렸다.

그는 집이 이토록 삐걱거리는지 이전에는 결코 알지 못했다. 그의 주위 도처에서 소리가 났다. 그 소리는 류머티즘성관절염에 걸린 노인이 내는 소리 같았다. 그는 위층 침실에서 깊은 잠에 빠진 해리엇이 내는 소리를 들을 수 있었다. 그녀가 내는 소리가 집이 불안하게 으르렁거리는 소리와 쫓기듯 시간을 매기는 똑딱 소리와 겹쳐졌다.

이윽고 번스는 조그마한 소리를 들었다. 그가 밤새도록 듣길 고대하던 그 소리는 귀청을 찢을 것 같은 천둥소리처럼 들렸다. 현관문 자물쇠에 열쇠가 돌아가는 소리였다. 그 순간 다른 소리들은 모두 사라졌다. 그는 열쇠가 돌아가는 동안 의자에서 몸을 긴장시키고 정신을 집중했다. 이윽고 희미하게 삐걱거리며 문이 활짝 열리는 소리가 들렸다. 바깥바람이 내는, 악의로 가득한 험담 소리가 들렸다. 이내 문이 부드럽고 조용하게 움직이더니 문설주를 파고들었다. 그리고 거실 복도는 발이 닿을 때마다 삐걱거리는 소리를 냈다.

"래리?" 그가 불렀다.

어둑한 거실에서 뻗어 나간 그의 목소리는 텅 빈 집 안을 공허하게 울리고 사라졌다. 잠시 완벽한 침묵이 찾아든 순간 번스는 다시 커다란 괘종시계가 시간을 매기는 소리를 자각했다. 그의 흔해 빠진 괘종시계는 길목의 약국 유리창에 기대 있는 게으름뱅이처럼 만족스럽다는 듯이 벽에 기대 서 있었다.

"아버지?" 그 목소리는 놀란 듯했고, 젊었으며, 약간 숨이 찬 것 같았다. 바깥의 음침한 추위 속에서 따뜻한 집 안으로 들어오는 목소리의 주인이 낼 법한 소리였다.

"이리 오너라, 래리." 그가 말했다. 그리고 다시 침묵이 그를 맞았다. 이번에는 계산된 침묵이었고, 시계의 규칙적인 초침 소리만이 그 침묵을 깨뜨렸다.

"네." 래리가 대답했다. 이윽고 번스는 복도를 지나 다가오는 그의 발소리를 들었고, 그 발소리는 거실 입구에서 잠시 멈췄다.

"불 켜도 돼요?" 래리가 물었다.

"그러려무나."

거실로 들어온 래리는 오랜 세월 이 집에 산 사람답게 머뭇거림 없이 어둠 속을 걸어 테이블 끝에 놓인 램프를 켰다.

그는 키가 큰 소년이었다. 아버지보다도 컸다. 머리털은 붉은색이었고, 갸름한 얼굴에 우락부락한 코는 아버지를 쏙 뺐으며 정직한 회색 눈은 어머니를 닮았다. 번스는 아들의 턱이 유약해 보인다고 생각했다. 사춘기 때 이미 얼굴이 자리를 잡았을 터이므로 앞으로도 강하게 보이지 않으리라. 그는 슬랙스와 스포츠 셔츠를 입고, 그 위에 스포츠 재킷을 걸치고 있었다. 번스는 그가 거실 복도에 오버코트를 벗어 두었는지 궁금했다.

"뭐, 읽으세요?" 래리가 물었다. 아들의 목소리는 더 이상 아이의 목소리가 아니었다. 껑충한 몸의 가슴 깊은 곳에서 울리는 소리로 이제 막 열여덟이 된 소년에게서 나오기에는 우스울 만큼 이상한 울림이었다.

"아니." 번스가 말했다. "너를 기다리고 있었다."

"네?" 번스는 갑작스러운 경계와 주의가 담긴 "네?"라는 한 마디에 귀를 기울이며 아들을 바라보았다.

"어디 있었니, 래리?" 번스가 물었다. 그는 아들이 거짓말을 하지 않길 바라며 아들의 얼굴을 쳐다보았다. 이제 거짓말은 그를 산산조각 낼 터였고, 그를 파괴할 터였다.

"학교예요." 래리의 답에 번스는 그 거짓말을 탐색했다. 그 거짓말은 자신이 받으리라 생각했던 것만큼 상처를 주지 않았고, 갑자기 속에서 뭔가가 솟구쳐 올랐다. 부자 관계에 적합하지 않은 무언가. 87분서 형사반에서나 적합할 만한 무언가. 그것은 머릿속으로 들어왔다가 오랜 세월을 거치며 익숙해진 빠른 속도로 혀를 향했다. 3초 만에 피터 번스는 용의자를 심문하는 경찰이 되었다.

"너희 학교에 말이냐?"

"네, 아버지."

"캄스 포인트 고등학교는 아니겠지? 네가 다니는 데가 거기가 아니지?"

"모르세요, 아버지?"

"내가 지금 묻고 있다."

"맞아요. 캄스 포인트예요."

"집에 오는 게 늦구나. 그렇지 않니?"

"그 말씀을 하시려는 거예요?"

"요즘 너무 늦지 않니?"

"아버지도 아시다시피 리허설 때문에 그래요."

"무슨 리허설?"

"연극반이오. 참, 아버지, 이 얘긴 수백 번이나 했잖아요."

"연극반에는 누가 있지?"

"애들이오."

"연극반 담당 선생님이 누구시냐?"

"케리 선생님이오."

"몇 시에 리허설을 시작했냐?"

"참, 왜 그러세요?"

"몇 시에 파했지?"

"한 시쯤이오. 끝나고 나서 애들하고 소다 마시러 갔어요."

"리허설은 열 시 반에 끝났다." 번스가 분명하게 말했다. "너는 거기 없었어. 너는 연극반에 있지도 않아, 래리. 있었던 적도 없다. 어제 오후 세 시 반에서 오늘 새벽 두 시 사이에 어디에서 뭐 하고 있었니?"

"세상에!" 래리가 말했다.

"집에 있었다는 말은 마라."

"뭐예요? 검사처럼 말씀하시네요."

"어디 있었냐, 래리?"

"좋아요, 전 연극반이 아니에요." 래리가 말했다. "됐어요? 엄마한테 말하고 싶지 않았어요. 처음 몇 리허설 후에 쫓겨났어요. 배우

소질이 없나 봐요. 저는 아마⋯⋯,"

"넌 끔찍한 배우에다 말귀도 못 알아듣는 놈이다. 너는 연극반에 있은 적이 없어, 래리. 내가 조금 전에 말했을 텐데."

"그러니까⋯⋯,"

"왜 거짓말을 하지? 뭘 하고 다니는 거냐?"

"제가 지금 뭘 하고 있겠어요?" 래리가 말했다. "저기요, 아버지. 저는 졸려요. 괜찮으시면 자러 갈게요."

번스가 소리를 지르려는 참에 그가 거실에서 나가려고 하고 있었다. **"안 괜찮아! 이리 와!"**

래리가 아버지를 향해 천천히 돌아섰다. "여기는 아버지의 지저분한 형사실이 아니에요." 그가 말했다. "아버지 부하들에게 하듯이 나한테 소리치지 마세요."

"여기는 팔십칠 분서보다 더 오랫동안 내 형사실이었다." 번스가 엄격한 투로 말했다. "나한테 그딴 식으로 말하지 마라. 그랬다가는 네놈 엉덩이를 걷어차서 밖으로 쫓아낼 테니까."

래리의 입이 떡 벌어졌다. 그가 잠시 번스를 응시하고 나서 말했다. "저기요, 아버지. 저는 정말⋯⋯,"

번스가 갑자기 의자에서 벌떡 일어났다. 그가 아들에게 다가가 말했다. "주머니를 비워라."

"뭐라고요?"

"분명히 말했⋯⋯,"

"오, 잠깐만요." 래리가 격렬하게 말했다. "흥분하지 마세요. 도대체 왜 그러시는 거예요? 하루 종일 경찰 놀이를 하셨으면 됐잖아 요. 집에 오면……,"

"닥쳐, 래리. 경고하마!"

"아버지나 닥치세요! 젠장, 제가 아버지한테 이런 취급을 받아야 할 이유가 없……,"

갑자기 번스가 맹렬하게 따귀를 올려붙였다. 그는 열두 살 이래 로 일을 해 왔던 거칠고 못 박인 손을 활짝 펴 아들의 따귀를 갈겼 고, 그 따귀는 그의 발아래 래리를 나뒹굴게 할 만큼 강력했다.

"일어나!"

"저를 다시 때리지 않으시는 게 좋을 거예요." 래리가 구시렁거 렸다.

"일어나!" 번스가 손을 뻗어 아들의 옷깃을 움켜잡았다. 그는 아들 을 발치로 잡아끌어 가까이 당긴 다음 꽉 다문 잇새로 말했다. "너 마약 하니?"

침묵이 집 안 구석구석을 채웠다.

"뭐…… 뭐라고요?"

"너 마약 하니?" 번스가 재차 물었다. 그는 이제 속삭이고 있었 고, 그 속삭임은 조용한 거실에 크게 울렸다. 거실 복도에 있는 시 계가 단조로운 소리를 더했다.

"누…… 누가 그래요?" 래리가 마침내 입을 열었다.

"그러니?"

"자…… 장난삼아 약간 해 봤어요."

"앉아라." 번스가 지친 듯이 말했다.

"아버지, 전······."

"앉아."

래리는 아버지가 앉았던 의자에 앉았다. 번스가 잠시 거실을 서성이더니 래리 앞에 멈추고 물었다. "얼마나 심각한 상태냐?"

"그렇게 심각한 정도는 아니에요."

"헤로인?"

"네."

"얼마나 됐지?"

"이제 넉 달 정도 됐어요."

"코로 흡입하는 게냐?"

"아니요, 아니요."

"주사니?"

"아버지, 전······."

"래리, 래리, 정맥에 주사하는 게냐?"

"네."

"어쩌다 시작한 게냐?"

"학교에서요. 어떤 애가 담배를 줬어요. 마리화나요. 우린 그걸······."

"나도 뭐라고 부르는지 안다."

"시작은 그랬어요. 그 후로는 정확히 기억이 안 나는데 코카인을 흡입하다가 누군가가 헤로인을 줬어요. 그러다······ 주사를 맞았어요."

"주사는 언제부터 맞았냐?"

"두 주쯤 전부터요."

"그럼 중독이겠구나."

"저는 제가 원하는 대로 끊을 수 있어요." 래리가 반항적으로 대답했다.

"그렇겠지. 어디서 났냐?"

"저기요, 아버지……,"

"나는 지금 경찰로서가 아니라 아버지로서 묻는 거다!" 번스가 낚아채듯 말했다.

"그…… 그로버 공원 위쪽이오."

"누구한테서?"

"그게 무슨 상관이에요? 저기요, 아버지. 저는…… 이제 끊을 거예요. 됐죠? 그러니까, 정말 끊을 거라고요. 그러니까 그만하세요. 제 입장이 난처하다는 거 아시죠?"

"너는 지금 네가 생각하는 것보다 더 난처한 입장이다. 아니발 에르난데스라는 꼬마를 아니?"

래리는 말이 없었다.

"얘야, 너는 마약을 사기 위해 아이솔라를 온통 헤집고 다녔다. 너는 내 구역인 그로버 공원에서 마약을 샀어. 아니발 에르난데스를 알아?"

"네." 래리가 인정했다.

"얼마나 잘 아냐?"

"걔한테서 몇 번 샀어요. 걔는 뮬이었어요, 아버지. 뮬은 애들한 테 공급하는 사람을 말해요. 대개 중독된 애들이 해요."

"나도 뮬이 뭔지 안다." 번스가 참을성 있게 말했다. "정확히 몇 번이나 그 애한테서 샀니?"

"몇 번이오. 말씀드렸잖아요."

"두 번을 말하는 게냐?"

"그러니까, 그보다 좀 더요."

"세 번?"

"아니요."

"네 번? 맙소사. 래리, **몇 번이냐고!**"

"그러니까, 음, 솔직히 말해서 비슷한데…… 거의 걔한테서 샀 어요. 제 말은, 아버지도 마약 밀매자에 대해 아시겠지만, 누가 좋 은 물건을 갖다 주면 계속 그 사람과 거래하게 되잖아요. 어쨌든 걔 는…… 걔는 나쁜 애가 아니었어요. 몇 번 우리는…… 우리는 같이 주사를 맞았어요. 공짜로요. 그러니까 제 말은, 걔는 마약에 대한 대가로 저한테서 아무것도 바라지 않았어요. 걔는 나한테 그걸 공 짜로 줬어요. 걔는 착한 애였어요."

"너는 그 애를 **과거형으로** 말하는구나. 그 애가 죽었다는 걸 알고 있니?"

"네. 목매달아 자살했다고 들었어요."

"이제 내 말 잘 들어라, 래리. 며칠 전에 전화를 받았다. 전화를 건 사람은……,"

"누구였어요?"

"이름을 밝히지 않았다. 에르난데스의 죽음과 관련이 있어서 내가 받았다. 검시관에게서 보고서를 받기 전이었다."

"네?"

"전화를 걸어온 사람이 너에 대해 몇 가지 사실을 말해 줬다."

"뭐에 대해서요? 제가 마약 중독자라고요?"

"그뿐만이 아니야."

"그럼요?"

"네가 십이월 십칠일 밤과 십팔일 새벽에 어디에서 뭘 했는지 말이다."

"그래요?"

"그래."

"그래서 제가 어디에 있었다던가요?"

"아니발 에르난데스와 지하실에."

"그래요?"

"그게 전화를 걸어온 사람이 한 말이다."

"그래서요?"

"사실이냐?"

"그럴걸요."

"래리, 한 번만 더 건방을 떨었다간 맹세코 너를……,"

"알았어요, 알았어요. 아나벨과 있었어요."

"몇 시부터 몇 시까지?"

"몇 시였더라…… 그러니까…… 아홉 시쯤이었을 거예요. 맞아요. 아홉 시부터 자정까지였을 거예요. 맞아요. 열두 시 좀 넘어서 나왔으니까요."

"오후 내내 그 애와 있었냐?"

"아니요. 아홉 시쯤에 길에서 걔를 만났어요. 그리고 지하실로 갔죠."

"그 애와 헤어지고 곧장 집으로 왔냐?"

"아니요. 마약에 취해 있었어요. 아나벨은 그때 이미 침대에서 꾸벅꾸벅 졸고 있었고, 저는 거기서 잠들고 싶지 않았어요. 그래서 밖으로 나와서 좀 걸었어요."

"얼마나 취했니?"

"많이요."

"몇 시에 집으로 왔냐?"

"모르겠어요. 아주 늦게요."

"아주 늦게가 몇 시야?"

"서너 시요."

"자정까지 에르난데스와 둘이 있었냐?"

"네."

"그 애도 주사를 맞은 게 틀림없냐?"

"네."

"너는 그 애가 잠든 다음에 떠났고?"

"그러니까, 걔는 졸고 있었어요. 아시잖아요. 비몽사몽인 거요."

"에르난데스는 얼마나 맞았지?"

"우린 식스틴스를 나눴어요."

"확실하냐?"

"확실해요. 아나벨이 약을 꺼냈을 때 그렇게 말했어요. 그 애가 그게 식스틴스라고 했어요. 사실일 거예요. 같이 맞아서 좋았어요. 저는 혼자 맞는 건 싫어요. 과잉 투여할 수 있으니까요."

"너는 지금 같이 맞았다고 하는 게냐? 같은 주사기를 썼다고?"

"아니요. 아나벨은 자기 걸 쓰고 저는 제 걸 썼어요."

"네 주사기는 지금 어딨냐?"

"저한테요. 왜요?"

"아직도 네 주사기를 갖고 있냐?"

"네."

"무슨 일이 있었는지 정확히 말해라."

"뭘 말하라고 하시는지 모르겠어요."

"아나벨이 약을 꺼낸 다음에 말이다."

"전 제 주사기를 꺼내고 걔는 자기 걸 꺼냈어요. 그런 다음에 우리는 약을 병뚜껑에 담고 나서……."

"전등 밑에 있는 오렌지 상자 위에서 그 병뚜껑을 찾았냐?"

"네. 그럴 거예요. 네, 방 한복판에 오렌지 상자가 있었어요."

"오렌지 상자 쪽으로 갔을 때 네 주사기를 가지고 갔냐?"

"아닌 것 같아요. 우린 침대 위에 뒀을 거예요."

"그런 다음?"

"우린 약을 조제한 다음 침대로 갔어요. 그리고 아나벨이 자기 주사기를 들었고, 저도 제 걸 들었어요. 그리고 거기다 약을 넣은 다음 맞았어요."

"아나벨이 먼저 자기 주사기를 들었냐?"

"네, 그럴 거예요."

"그 애가 다른 주사기를 들었을 가능성은 없냐?"

"네?"

"그 애가 네 주사기를 썼을 가능성은 없어?"

"아니요. 전 제 걸 알아요. 그럴 가능성은 없어요. 저는 제 걸로 맞았어요."

"네가 나왔을 때는 어땠냐?"

"무슨 말씀인지 모르겠어요."

"네 주사기를 놓고 너도 모르게 아나벨의 주사기를 갖고 나오지 않았냐?"

"모르겠어요. 우리가 주사를 맞은 다음에 아나벨이…… 잠깐만요. 아버지 때문에 헷갈리잖아요."

"어땠는지 정확히 말해."

"그러니까, 우리가 주사를 맞은 다음에 우리는 주사기를 내려놓은 것 같아요. 네, 맞아요. 그러고 나서 아나벨이 막 졸기 시작했어요. 그러다가 자리에서 일어나더니 주사기를 자기 재킷 주머니에 넣었어요."

"자세히 본 거냐?"

"아니요. 전 그 애가 코를 푼 것만 기억나요. 아버지도 아시겠지만 중독자들은 감기에 잘 걸려요. 어쨌든 그런 다음 걔는 주사기를 생각해 내고 그걸 주머니에 넣었어요. 그때 저도 제 걸 챙겼어요."

"그때 약에 취해 있었냐?"

"네."

"그렇다면 주사기를 잘못 집어 왔을 수도 있지 않니? 아나벨이 썼던 걸? 놓아둔 데를 잊은 건 아니냐?"

"그럴 수도 있긴 하지만……,"

"네 주사기는 지금 어디 있니?"

"저한테요."

"보자."

래리가 주머니로 손을 뻗었다. 그는 손바닥 위에 주사기를 놓고 그것을 자세히 들여다보았다. "제 것 같은데요."

"확실하냐?"

"잘 모르겠어요. 왜요?"

"네가 알아야 할 게 몇 가지 있다, 래리. 우선, 에르난데스는 자살하지 않았어. 그 애는 헤로인 과용으로 죽었다."

"네? 뭐라고요?"

"둘째, 그 애와 함께 방에서 발견된 주사기는 하나뿐이었다."

"뭐, 그건 당연하겠죠. 그 애는……,"

"나에게 전화를 한 사람은 뭔가 목적이 있다. 그게 뭔지는 아직 몰라. 그 사람은 내가 너와 얘기한 다음 다시 전화하겠다고 했다. 그자는 너와 에르난데스가 그날 오후 싸웠다고 했어. 그자는 자기가 본 걸 맹세라도 할 수 있다고 했다. 그자는 그날 밤 에르난데스와 있던 사람이 너뿐이라고 했어. 그자는……,"

"제가요? 젠장, 저는 아나벨과 싸우지 않았어요. 걔가 약을 공짜로 줬다고 했잖아요. 그게 싸운 것처럼 들리세요? 그 사람이 그걸 어떻게 알아요? 맙소사, 아버지……."

"래리……."

"그 사람이 누구예요?"

"모른다. 그자는 이름을 밝히지 않았어."

"그럼…… 그럼, 법정에서 증언하라고 하세요! 전 아나벨과 싸우지 않았어요. 우리는 아주 친하다고요. 그 사람이 주장하는 바가 뭐예요? 제가 아나벨에게 치사량을 나 줬다고요? 그거예요? 그 사람을 증인석에 세우시라고요, 어서요, 증언하라고 해요."

"그 사람은 증언할 필요가 없다, 얘야."

"없다고요? 판사는 분명……,"

"나한테 전화를 한 사람은 경찰이 그 지하실에 있던 주사기에서 네 지문을 찾았다고 했다."

9

새벽 3시, 마리아 에르난데스는 일을 마칠 준비를 했다. 지갑에는 35달러가 모였고, 춥고 지쳐 있었다. 피곤한 데다 자고 싶었기 때문에 이제부터 마약을 하고 푹 잠이 든다면 밤을 위한 준비는 끝이었다. 잠자리에 들기에 마약만큼 따뜻하고 기분 좋은 것은 없었다. 마리아에게 헤로인 주사 한 대는 온몸을 황홀하게 하는 쾌감을 뜻했다. 마약이 그녀의 몸 구석구석을 얼얼하게 했다. 풍기 단속반과 자신마저도 '국부'라고 부르는 곳까지.

풍기 단속반원들이 쓰는 그 단어의 완곡한 사용은 법에 의해 규정되어 있었고, 법 조항에 고객으로 위장한 형사는 매춘부가 '국부'를 노출했다는 혐의가 제기되기 전까지 매춘부를 체포할 수 없다는 항목이 있었다. 마리아가 그 단어를 풍기 단속반원에게서 주워들고 쓴 것인지, 본인이 원해서 정숙한 아가씨들이 쓰는 얌전한 표현을 선택했는지는 논쟁해 볼 만한 문제였다. 그녀는 괜찮은 풍기 단속반원들을 많이 알고 있었다. 그들 중 몇몇과는 사업상 합의를 본 관계였고, 몇몇은 그녀에게 골치를 안겨다 주었다. 그 골칫거리는 합법적인 풍기 유형과 사회적인 풍기 유형 모두에 해당되었다. 대부분의 매춘부들에게 있어서 풍기 단속반은 독특하게도 그 두 가지 문제를 협공하는 악덕 부서였다. 다시 말하지만 그것은 완곡한 표현이었다.

마리아의 사업에는 많은 완곡한 표현이 있었다. 마리아가 하는 토론이 보다 냉철하고 감정에 휘둘리지 않는다는 점을 빼면 그녀는 대부분의 다른 여성들이 최근 패션 트렌드를 토론하는 방식처럼 섹스에 대해 토론했다. 어쨌든 그녀는 섹스에 관해 자유롭게 토론했고, 대체로 같은 업계에 있는 다른 여자들과는 다르게 애매한 말을 쓰지 않고 분명하게 토론했다. 남자들과는 다른 방식으로 토론했다. 그녀가 여자의 몸을 원하는 남자들에 대해 다른 매춘부들과 이야기할 때는, 그런 남자를 가리켜 '존_{매춘부의 고객을 뜻한다}'이라고 불렀다. 하지만 남자와 여자가 섞여 있는 점잖은 식당 같은 곳에서는 고객을 언제나 '친구'라고 지칭했다.

마리아가 "내게 중요한 친구가 몇몇 있어요."라고 말할 때 그것은 그녀가 그에게서 좀처럼 구하기 힘든 특급열차의 티켓을 구할 수 있다는 뜻이 아니었다. 단순히 말해서 그녀에게 그 말은, 완곡하게 말해, 자신과 잠을 자는 많은 남자들이 돈 많고 존경받을 만한 남자라는 것을 뜻했다. 그녀는 자신이 행하는 서비스들에 대해 저속한 말로 묘사하는 데 주저하기도 했다. 마리아는 결코 남자와 '자지' 않았다. 마리아는 완곡하게 말해, '친구와 자리했다'.

그녀가 누구와 무엇을 하든 간에 그녀는 그것을 하는데 기이하게도 초연한 태도를 유지했다. 그녀는 돈을 버는 데 보다 점잖은 방법이 있다는 것을 알고 있었다. 하지만 마리아는 자신의 습관을 충족시키는 데 하루에 약 40달러가 필요했고, 마리아 또래의 여자들은- 무비 스타가 아니고서는- 그만큼의 돈을 간단하게 벌 수 없었다. 마리아에게는 손쉽게 팔 수 있는 그 일이 앞날을 대비하는 완벽한 상품처럼 보였다. 그리고 고래로 수요가 있는 한 공급이 있다는 확실한 실용성에 따라 그녀는 수요가 있을 때면 언제나 충실하게 공급에 응했다.

마리아는 수요가 있었다.

황금색 결혼반지를 낀 손으로 뜨개질과 바느질을 하며 안정된 생활을 하는 따분한 주부들이 마리아에 대한 수요가 얼마나 많은지 안다면 놀라리라. 장담컨대 그들은 충격을 받으리라.

마리아에게는 그녀의 순진한 여고생 같은 외모를 좋아하는 친구들이 많이 있었다. 그 친구들은 마리아와 함께 있으면 다시 소년으로 돌아간 것 같았다. 따분한 주부들조차 남자들이란 다 큰 애들이나 마찬가지라는 사실은 알고 있었다. 마리아가 말하는 친구들은 돈 많은 회사 임원에서 일반 회사원에 이르기까지 각양각색이었고, 밀회 장소는 안락한 개인 사무실에서 공장 바닥의 모포 위에 이르기까지 다양했다. 그녀가 87분서 관할 내에서 영업을 할 때면, 그녀는 대개 친구 한 사람당 3달러씩을 내야 하는 방을 빌렸다. 그런 방은 다양한 계층의 사람들이 빌리곤 했는데 보통은 방을 빌려 주는 것으로 생계를 잇는 노파에게서 빌렸다. 마리아는 시 외곽에서 일하는 것을 좋아하지 않았다. 그곳의 고객들 때문이었는데 그곳에서는 가격이 도심보다 쌌고, 하루 치 마약을 사기 위해서는 도심에서보다 더 많은 친구들과 자야 한다는 것을 뜻했다.

마리아 에르난데스가 몸을 파는 것으로 돈을 버는 일을 경멸한다는 것은 사실이 아닐 것이다. 그녀가 그 일을 즐긴다는 것도 마찬가지로 사실이 아니리라. 그녀는 그 일을 즐기지도, 경멸하지도 않았다. 그녀는 그 일을 잘 감내했다. 그것은 일이었고, 자신들의 일을 즐기지도 경멸하지도 않고 단순히 감내할 뿐인 화이트칼라들이 도시에 많이 있었기 때문에 그녀의 그런 태도는 이해할 만했다. 그녀의 감내는 정상적인 성욕을 억제해 주는 마약의 기이한 성질에 도움을 받았다. 그래서 마약의 힘으로 자극에 무감각해지게 되고 매춘에 무관심하게 되는 2연발 엽총을 장착한 마리아가 사냥감을 노릴 때면, 기이하게도 사냥당하는 쪽은 그런 그녀를 피가 끓는 사냥꾼으로 생각했다.

새벽 3시에 끝난 그녀의 사냥은 그녀를 다소 지치게 했다. 지갑에는 35달러가 들어 있었고, 호텔 방에는 헤로인 에잇스*eighth 식스틴스*의 2배 분량가 있었다. 그리고 이제는 정말 일을 마쳐야 할 시간이었다. 하지만 35달러는 40달러가 아니었고, 다음 날 마리아에게 필요한 양을 채우기 위해서는 40달러가 필요했다. 하루의 일이 끝났다는 안도감에는 여전히 5달러가 부족한데도 일을 끝마쳐서는 안 된다는 불안한 기분이 부분적으로 깃들어 있었다.

아마 그러한 불안한 기분이 그녀를 병원으로 가게 한 일련의 사건으로 이끌었으리라.

안감을 대지 않은 레인코트 안에 흰 블라우스와 말쑥한 푸른 실크 스커트를 입고 하이힐을 신은 그녀는 바람을 피해 머리를 수그리고 걸었다. 전날 오후, 자신의 가장 중요한 친구 중 한 명에게서 시내에서 만나자는 호출을 받았기 때문에 최대한 잘 차려입은 상태였다. 그리고 그에게서 40달러를 벌 수 있길 바랐다. 하지만 그는 늘 현금이 모자랐고, 다음에 만날 때 나머지를 주면 안 되겠느냐고 사정했다. 이전에도 그랬다. 그 다음번에 만날 때면 그녀가 덜 받은 것에 대한 보상으로 얼마간의 돈은 더 얹어 준다는 것을 알고 있었다. 마리아는 그때마다 미소를 지으며 다음에 만날 때 꼭 줘야 한다고 덧붙이고 다음 손님을 찾아 시 외곽으로 향하곤 했다. 말쑥하게 차려입은 그녀는 꽤 괜찮아 보였다. 여전히 말쑥한 차림인 채의 그녀는 일을 마치는 것을 주저하면서도 집으로 돌아가 마약을 맞기를 갈망하며 지하철 매표소로 향했지만 불안감은 여전히 남아 있었다.

뒤에서 발소리가 들렸을 때, 그녀는 살짝 무서웠다. 시 외곽에 노상강도가 그리 횡행하는 편은 아니었지만 하루 종일 열심히 일해서 번 35달러를 잃고 싶지 않았다. 뒤에서 "마리아."라고 속삭이는 목소리가 들렸을 때, 두려움은 썰물처럼 사라졌다.

그녀는 멈춰 서서 가늘게 뜬 눈으로 뒤를 돌아보고 기다렸다. 그 남자는 씩 웃으며 그녀에게로 곧장 걸어왔다.

"안녕, 마리아."

"오, 당신이군요." 그녀가 말했다. "안녕."

"어디 가는 거야?"

"집에요."

"이렇게 일찍?"

그의 목소리는 듣기 좋았지만, 마리아는 오랜 매춘 경험상 이런 유형의 남자를 좋아하지 않았다. 얼른 집으로 돌아가 마약을 하고 싶은 생각이 간절했지만, 그럼에도 불구하고 아주 짧은 시간 내에 5달러나 혹은 그 이상을 벌 수 있지 않을지 곰곰이 생각했다. 그리고 듣기 좋은 목소리의 사내를 수락하기로 마음먹고 기계적인 미소를 지으며 대답했다.

"글쎄요. 생각만큼 그렇게 일찍은 아니에요." 그녀는 다소 바뀐 목소리로 여전히 미소를 지으며 말했다.

"오, 그렇겠지." 그가 말했다. "아직 이르니까."

"음," 마리아 에르난데스가 대답했다. "당신의 시간을 어떻게 쓸 지에 달렸겠죠."

"시간을 보낼 만한 몇 가지 일이 생각나는데."

"그래요?" 그녀는 한쪽 눈썹을 요염하게 올린 다음 혀로 입술을 핥았다.

"그래."

"음, 궁금한데요." 마리아는 이제 주의 깊게 자신의 사냥감에게 접근하며 말했다. 사냥이란 것도 사냥감이 쫓기고 있다는 사실을 느끼지 못한다면 재미가 떨어지는 법이었다. "시간이 이른 것 같진 않지만 그렇다면 당신은 이 시간에 뭘 하고 싶어요?"

"자기를 눕히고 싶어, 마리아."

"오, 음탕하시긴."

"이십 달러짜리 음탕함은 어때?" 그가 그렇게 말하자 마리아는 갑자기 더 이상 그 사냥을 하고 싶은 욕망이 사라졌다. 마리아는 그 20달러를 원했고, 사냥은 끝이 났다.

"좋아요." 그녀는 재빨리 말했다. "내가 방을 잡을게요."

"그래." 그가 말했다. 그녀는 그를 등지고 발걸음을 뗐다가 갑자기 그를 향해 몸을 돌렸다.

"이상한 짓은 사양이에요." 그녀가 그에게 경고했다.

"오케이."

"방을 잡을게요."

매우 늦은 시간이라는 것을 알았고, 보통 때처럼 3달러로는 방을 잡을 수 없을 터였다. 하지만 보장된 20달러가 있었고, 방값을 내는 데 5달러는 쓸 수 있을 것 같았다. 오, 멋진 상황이었다. 그녀가 바랐던 상황보다 더 멋졌다. 그녀는 공동주택 2층에 올라 문 하나를 두드렸다. 아무런 대답이 없자 다시 문을 두드렸고, "바스타Basta그만! 바스타!"라는 소리가 들릴 때까지 반복해서 두드렸다. 그녀는 "그만."이라는 그 말이 돌로레스의 입에서 나온 소리라는 것을 깨닫고 침대 밖으로 나오는 늙은 여자의 모습을 상상하며 복도에 서서 활짝 웃었다. 잠시 후 벗은 발이 복도 바닥에 닿는 소리가 들렸다.

"키엔 에스Quien es누구세요?"

"나예요." 그녀가 대답했다. "마리아 에르난데스."

문이 활짝 열렸다. "푸타Puta이 창녀야!" 돌로레스가 소리쳤다. "왜 문을 부수는 거야…… 케 오라 에스qué hora es대체 몇 시야?"

마리아는 손목시계를 보았다. "손 라스 트레스Son las tres세 시요. 저기요, 돌로레스. 나는 방이……,"

작고 여윈 돌로레스는 제멋대로 뻗친 회색빛 머리칼을 얼굴 한쪽에 늘어뜨린 채 색이 바랜 나이트가운을 입고 문가에 서 있었다. 가운 깃 끝자락으로 쇄골이 보였다. 그녀 안에 있던 분노가 점점 자라나기 시작하여 마침내 얼굴까지 퍼지더니 그녀의 입에서 욕설이 줄지어 폭발했다. "푸타!" 그녀가 소리쳤다. "이하 데 라 그란 푸타Hija de la gran puta이 빌어먹을 창녀! 펜데가Pendega미친년! 카아페라Cahapera이 쓰레기 같은 년! 새벽 세 시에 들이닥쳐서……,"

"방이 필요해요." 마리아가 재빨리 말했다. "아래층에 있는 걸로요. 방 있……?"

"베테 파라 엘 카라고Bete para el carago이 추잡하고 음탕한 년!" 돌로레스가 한바탕 퍼붓더니 문을 닫기 시작했다.

"오 달러 낼게요."

"메 카르고 엔 로스 산토스Me cago en los santos가서 엿이나 처먹어!" 돌로레스는 계속 저주를 퍼붓다가 닫기 시작한 문을 멈췄다. "신코Cinco오 달러? 오 달러라고 했어?"

"시^{Si}_그래요._"

"아래층에 빈 방이 있어. 열쇠를 가져오지. 이 멍청한 창녀야, 왜 오 달러 내겠다는 말을 안 했어? 들어와. 폐렴에 걸리겠어."

마리아는 아파트 안으로 발을 들였다. 그녀는 부엌에 서서 돌로 레스가 열쇠를 찾기 위해 서랍을 열며 투덜대는 소리를 들었다. 잠시 후 돌로레스가 돌아왔다.

"오 달러." 그녀가 말했다.

마리아는 지갑을 열어 5달러를 건넸다. 돌로레스가 그녀에게 열쇠를 주었다. "잘 가." 돌로레스는 그렇게 말하며 문을 닫았다.

마리아가 돌아왔을 때 그는 여전히 길가에서 그녀를 기다리고 있었다. "돌로레스에게서 방을 얻었어요."

"누구?"

"돌로레스 포레드요. 늙은 아줌만데……," 그녀는 말을 멈추고 활짝 웃었다. "들어와요." 그녀는 1층 뒤편에 있는 방으로 그를 이끌었다. 문을 열고 벽에 있는 스위치를 켠 다음 그를 등지고 문을 잠갔다.

그와 동시에 그가 그녀에게 손을 뻗었고, 그녀는 춤을 추듯 그에게서 떨어지며 말했다. "이십 달러요."

그가 지갑을 꺼내며 씩 웃었다. 그는 덩치가 큰 사내로 손이 큼지막했고, 그녀는 그 손을 쳐다보고 그 손이 꼼꼼하게 지폐를 세는 모습을 바라보았다. 그는 그녀에게 그 지폐를 건넸다. 그녀는 싸구려처럼 보이고 싶지 않았기 때문에−자신이 이미 방값으로 5달러를 지불했음에도 불구하고− 그 지폐를 세지 않았다. 그녀는 지폐를 지갑에 넣고 코트를 벗었다.

"마지막으로 봤을 때는," 그녀가 말했다. "나한테 별 관심이 없어 보이던데요. 카드에 더 관심이 있었죠."

"그때가 마지막이었던가."

"뭐, 따지자는 건 아니고요."

"난 밤새 자기를 지켜봤어."

"정말요?" 그녀가 도발적으로 엉덩이를 씰룩거리며 그에게 다가 갔다. 이제 20달러는 자신의 지갑 안에 있었고, 사냥은 다시 진행되 었다. "어쨌든 나를 찾아냈군요, 베이비."

"자기와 대화를 나누고 싶었지, 마리아."

"이리 와요, 자기. 이제 마주 보고 얘기해요."

"곤조 말이야."

"곤조?" 그녀가 어리둥절해하며 말했다. "오, 당신은 아직도 그 바보 같은 이름 타령이에요?"

"나는 그러고 싶은데." 그가 말했다. "자, 자기가 곤조와 한 거래 말이야."

"곤조와 거래한 것 없는데요." 그녀는 그렇게 말하며 천천히 블 라우스의 단추를 풀기 시작했다.

"아, 하지만 해야 할걸."

"이봐요. 당신이 하고 싶은 게 그거예요? 그러니까, 대화? 얘기나 하자고 나한테 이십 달러를 준 게 아닐 텐데요."

그녀는 블라우스를 벗어 의자 등받이에 걸쳤다. 의자와 침대, 그리고 화장대가 이 방에 있는 가구의 전부였다. 그는 그녀를 응시하더니 말했다. "가슴이 작군."

"난 제인 러셀영화 〈신사는 금발을 좋아해〉 등에 출연한 미국 여배우이 아니에요. 하지만 내 몸에 이 정도면 괜찮은 거예요. 이십 달러에 무비 스타를 안을 수는 없죠."

"뭐, 불평하는 건 아니야."

"그럼 뭘 기다리는 거예요?"

"우선 얘기를 더 하자고."

마리아가 한숨을 쉬었다. "옷 벗어요, 말아요?"

"잠깐."

"당신도 알다시피 이 방은 그렇게 따뜻하지 않아요. 하든 말든 가슴을 얼리고 싶지는 않다고요." 그녀는 자신의 웃음에 그가 응답하길 바라며 활짝 웃었다. 그는 웃지 않았다.

"곤조 말이야." 그가 그 말을 반복했다.

"곤조, 곤조. 당신은 곤조와 대체 무슨 사이예요?"

"밀접한 사이지." 그가 말했다. "곤조에게 자기와 거래를 하라고 말한 사람이 나야."

"뭐……," 그녀가 놀라서 그를 응시했다. "당신이? 그에게……?"

"그래, 나야." 그는 그렇게 말하고 이제 웃고 있었다.

그녀가 조심스럽게 물었다. "무슨 거래를 말하는 거예요?"

"곤조와 자기 동생 간의 거래 말이야."

"계속해요." 그녀가 말했다. "더 말해 봐."

"자기가 자기 동생과 번스의 아들내미가 다투는 걸 분명히 본 걸로 하겠다고 곤조와 약속한 거 말이야."

"그거요?" 그녀가 미심쩍다는 듯이 물었다.

"그래." 그가 대답했다. "곤조는 내 지시를 따른 거야. 그 친구가 자기한테 이십오 달러를 주지 않았나?"

"그래요."

"걔네가 다투는 소리를 들었다고 맹세했다면 곤조가 한 말이 더 있었겠지."

"그래요." 마리아가 몸을 떨며 말했다. "추워요. 이불을 덮어야겠어요." 그녀는 그를 의식하지 않고 스커트를 벗더니 속옷만 입은 채 침대로 달려가서 목까지 이불을 끌어당겼다. "으으으."

"곤조가 사정을 다 말했어?"

"그게 좋은 일이라는 것과 동생이 중요한 인물이라는 것만요."

"자기 동생이 죽은 다음에는 어땠어? 곤조에게서 뭔가 들었어?"

"그가 내 동생이 그 거래를 망쳤다고 했어요. 이봐요. 난 추워요. 이리 와요."

"동생이 죽은 다음에 그 거래에 뭔가 변화가 있다는 느낌은 없었어?" 그가 침대로 다가가며 물었다. 그는 오버코트를 벗어서 침대 발치에 걸었다.

"아니요. 왜 그래야 하죠? 그 애는 자살했어요. 그러니까 왜……."

남자가 씩 웃었다. "좋아. 자기는 그렇게 생각한다 이거군."

"당연하죠." 그녀가 그의 웃음을 어리둥절해하며 대답했다. "왜 그렇게 생각하면 안 되죠? 그 일은 아니발의 죽음과 아무 상관도 없잖아요."

"없지." 그가 말했다. "거래가 있었다는 건 잊어버려, 알았지? 자기가 아는 건 자기 동생과 번스의 아들내미가 다퉜다는 것뿐이야. 그게 다야. 알겠어? 만약 누군가가—경찰들이든 기자들이든 누구든— 자기한테 그 일을 물으면 그게 자기가 아는 이야기라고."

"그건 그렇고 번스 아들내미라는 게 누구예요?" 그는 이제 침대 위에 앉는 중이었다. "옷 안 벗을 거예요?"

"응, 입고 있을 거야."

"뭐라고요? 젠장, 나는……."

"입고 있을 거라니까."

"좋아요." 그녀가 조용히 말했다. 그녀는 그의 손을 잡아 그 손을 자신의 가슴에 댔다. "번스 아들내미가 누구예요?"

"신경 쓸 필요 없어. 그 애가 자기 동생과 다툰 거라고."

"그래요. 알았어요." 그녀는 잠시 말이 없었다. "봐요. 그렇게 작은 편은 아니죠?"

"그래."

"그래요." 그녀가 반복했다. "전혀 작지 않아요. 그렇죠?" 침묵이 찾아왔다. 그가 그녀를 안으며 침대에 누웠다.

"명심해." 그가 다시 말했다. "누가 묻든, 경찰이든 누구든."

"난 벌써 어떤 경찰에게 말했어요."

"누구?"

"이름은 몰라요. 잘생긴 경찰이었어요."

"무슨 말을 했어?"

"아무것도요."

"다툰 것에 대해서 말했어?"

"아니요, 곤조가 그것에 관해서 자기 말이 있을 때까지 기다리라고 했어요. 그때까지는 조용히 있으라고요. 그 경찰이⋯⋯," 그녀가 눈살을 찌푸렸다.

"뭐?"

"그 경찰이⋯⋯ 그러니까 그 경찰이 아니발은 자살한 것 같지 않다고 했어요."

"자기는 뭐라고 했지?"

마리아가 어깨를 으쓱했다. "걔는 자살했을 거라고요." 그녀가 말을 끊었다. "맞죠?"

"그렇고말고. 걔는 자살했어." 남자가 말했다. 그는 이제 그녀를 더욱 세게 끌어안았다. "마리아⋯⋯."

"아니, 잠깐만요. 내 동생. 걔는⋯⋯ 그 마약 거래 때문에 죽은 게 아니죠? 그렇죠? 그 일은 아무 상관 없는⋯⋯ 잠깐 기다려요!"

"난 기다리고 싶지 않은데."

"자살한 게 맞아요?" 그녀가 그를 자신에게서 떨어뜨리려 애쓰며 물었다.

"그래, 그래. 젠장, 걘 자살했다고!"

"그럼 왜 당신은 내가 경찰에게 거짓말을 하게 하는 데 관심이 많죠? 내 동생은 살해당한 거예요? 내 동생이…… 오! 그만해요. 아프단 말이에요!"

"빌어먹을 년, 입 좀 닥칠 수 없어!"

"그만!" 그녀가 말했다. "그만해요, 제발. 아프단……."

"그럼 그놈이 살해됐든 아니든 입 좀 닥쳐. 어떤 놈이 그 일에 대해서 신경이나 쓰겠어? 뭐야, 자기는 몸 팔러 온 거 아니었어?"

"걘 살해된 거죠?" 그녀가 자신을 눌러 오는 그의 몸무게를 견디며 물었지만 몸무게의 압박은 점차 사라졌다. "누가 걜 죽였죠? 당신이 죽였어요?"

"아니."

"당신이 죽였어요?"

"닥쳐! 맙소사, 닥치라고!"

"당신이 내 동생을 죽였어요? 정말 당신이 죽였다면 결코 거짓말 따위는 안 할 거예요. 당신의 마약 거래를 위해서 걜 죽였다면……," 그녀는 아주 갑작스럽게 얼굴 한편에 뭔가 따뜻한 것을 느꼈지만 그녀는 그게 뭔지 몰랐기 때문에 계속 말을 이었다. "……나는 곧장 경찰에게 갈 거예요. 걔가 쓸모없는 꼬마였는지는 몰라도 내 동생이었고, 난 그 일로 거짓말할 생각이……,"

얼굴에 따뜻한 것이 흘렀고 이내 목까지 내려왔다.

그에게 깔려 있던 그녀는 황급히 손을 뻗어 얼굴을 만지고 손을 살핀 후, 손에 묻은 피를 보고 공포로 눈이 커졌다. **나를 벴어.** 그녀가 생각했다. **오, 맙소사, 나를 벴어!**

그는 몸을 활처럼 구부린 채 그녀에게서 몸을 뗐다. 그녀가 그의 오른손에 칼날이 펴진 나이프가 들려 있는 것을 본 순간, 그가 그녀의 가슴에 나이프를 휘둘렀고, 그녀는 온 힘을 다해 그를 떠밀었다. 그가 그녀의 팔을 잡아채고 방바닥으로 밀친 뒤 다시 나이프를 들고 그녀에게 다가갔다. 그녀는 그의 공격을 막기 위해 손을 들었지만 그는 가차 없이 나이프를 휘두르고 다시 휘둘렀다. 그녀는 그가 나이프를 연이어 휘두르며 손바닥과 손을 베자 비명을 지르기 시작했다. 그녀는 문을 향해 달려가 베인 손으로 문손잡이를 잡고 잠긴 문을 열려고 했지만 손가락이 자신이 원하는 대로 움직여 주지 않았다.

그가 그녀에게 다가왔고, 그녀는 그가 나이프를 휘두르기 전에 나이프를 쥔 손을 뒤로 젖히는 모습을 보았다. 이내 앞으로 향한 칼 끝이 피부를 찢고 명치 아래로 들어오는 것을 느꼈다. 이윽고 그 나이프는 그녀의 몸을 찢고 몸속에서 위로 들렸다. 그녀는 문에 몸을 기댔고, 그는 그녀의 목과 얼굴을 베며 윽박질렀다. "이제 나를 위해 거짓말을 할 필요가 없어, 이년아! 너는 어떤 말도 할 필요가 없어. 더 이상은!" 그는 그녀를 문에서 밀쳐 내고 문의 자물쇠를 푼 다음 침대에서 자신의 코트를 집어 들고 그녀 앞에 서서 잠시 그녀를 응시했다. 한때 마리아 에르난데스였던, 피 칠갑을 한 만화 같은 몸뚱이를 응시했다. 이윽고 그는 악의를 담아 심장이라고 생각되는 부분에 나이프를 깊이 찔렀다 뺐다. 그는 그녀가 방바닥으로 쓰러지는 모습을 바라본 후 문을 열고 재빨리 방에서 빠져나와 건물 밖으로 나갔다.

그녀는 자신의 피 웅덩이에 누워 생각했다. 그가 내 동생을 죽이고 이제 나를 죽인 거야. 그는 마약 거래 건 때문에 동생을 죽였고, 나에게 번스와 아니발이 다퉜다는 거짓말을 하라고 했어. 곤조는 좋은 거래라고 했는데. 내게 이십오 달러를 주면서. 그놈이 내 동생을 죽였어.

그리고 그녀는 기적 같은 힘으로 열린 문을 향해 피투성이 벌거벗은 몸을 조금씩 기어서 복도로 나아갔다. 그녀의 몸 안에는 비명을 지를 힘이 남아 있지 않았다. 길고 긴 복도를 기어가는 동안 건물의 휑한 갈색 나무 바닥에 피를 흘렸다. 몸에서 조금씩 생명이 빠져나가고 있었다. 이윽고 우편함이 있는 입구 복도까지 기어 나와 너덜너덜해진 손으로 간신히 문손잡이를 잡고, 간신히 손잡이를 돌린 다음 여전히 피를 흘리면서 보도를 향해 얼굴을 내밀었다.

30분 뒤 앨프 러빈이라는 순찰 경관이 자신의 구역을 돌다가 그녀를 발견했다. 그는 즉시 앰뷸런스를 불렀다.

10

마리아 에르난데스가 칼에 찔린 밤, 87분서 형사실에는 네 명의 형사가 있었다.

마이어와 윌리스 형사는 책상 위에 앉아 커피를 마시고 있었고, 본지오르노 형사는 자료과와 수사 기록실에 제출할 리포트를 작성 중이었다. 템플 형사는 자리에 앉아 전화를 받고 있었다.

"난 캔 커피는 별로야." 마이어가 윌리스에게 말했다. 마이어는 유대인이었고, 그의 아버지는 유머 감각이 있는 사람이었다. 어머니에게 폐경이 찾아왔을 무렵 들어선 마이어는 아버지에게는 짓궂은 장난이나 마찬가지였다. 그는 아들에게 작은 장난을 치기로 결심했다. 성이 마이어였기 때문에 아버지는 이름 또한 마이어라고 짓는 것만큼 배꼽 빠지게 우스운 일은 없을 거라고 생각했다. 당시에는 산파의 도움을 받아 집에서 아기를 낳았다. 따라서 아기의 이름을 짓는 데 병원 측의 간섭이 없었다. 마이어의 아버지는 아기의 이름을 짓는 데 브리스_{유대인이 생후 8일째의 남아에게 행하는 할례 의식}까지도 기다리지 않았다. 모헬_{할례를 행하는 사람}이 할례를 행하는 그 순간 그는 그 이름을 공표했고, 이에 놀란 모헬은 마이어의 아버지에게 거세된 아들을 넘겨줄 뻔했다.

다행히도 마이어 마이어는 아무런 손상도 입지 않고 할례를 마칠 수 있었다. 마이어 마이어 같은 이름으로 산다는 것은 참기 힘든 일이었다. 특히 이웃에 극성스러운 아이들이 있고, 푸른 눈을 갖고 태어났다면. 놀랍게도 마이어 마이어라는 이름과 푸른색 눈으로 태어났다는 점을 고려하면 마이어는 그럭저럭 살아남은 셈이었다. 그는 자신의 생존을 거의 초인적인 참을성의 결과로 보았다. 마이어 마이어는 세계에서 가장 참을성이 많은 사람이었다. 성과 이름이 같다는 것을 참고 살 때, 비유대교인들을 이웃으로 두고 정통파 유대인으로 성장할 때, 자신의 신조가 인내일 때는 그에 따른 보상으로 무언가가 주어지기 마련이었다.

마이어 마이어는 서른일곱의 나이에도 불구하고 당구공 같은 대머리였다.

"이건 커피가 아니야." 그가 설명했다.

"그래? 그럼 뭐지?" 윌리스가 한 모금 마시며 물었다.

"자네가 알고 싶다면 말해 주지. 여기서는 판지板紙 맛이 나. 내 말을 오해하지 마. 나는 판지를 좋아해. 내 마누라는 가끔 저녁 식탁에 판지를 올리지. 마누라는 멋진 판지 레시피를 알고 있거든."

"자네 아내가 내 마누라한테서 그 레시피를 얻은 게 틀림없군." 템플이 끼어들었다.

"음," 마이어가 말했다. "자네는 주부들이 어떤지 알고 있군그래. 항상 레시피를 교환한단 말이야. 하지만 중요한 건 나한테 판지에 대한 편견이 있다고 자네가 생각하지 않았으면 한다는 거야. 전혀 없지. 사실, 판지는 전 세계 문명인들과 미식가들 사이에서 세련된 맛으로 인정받고 있는지도 몰라."

"그렇다면 뭐가 불만이야?" 윌리스가 웃으며 물었다.

"기대지." 마이어가 참을성 있게 말했다.

"무슨 말인지 모르겠는걸." 윌리스가 말했다.

"핼, 내 마누라가 저녁 식사를 내오면 난 판지 맛을 기대해. 우리는 결혼한 지—그녀에게 축복이 있기를— 십이 년이 됐고, 아내는 저녁 식사에 대한 내 기대를 결코 실망시킨 적이 없어. 내가 판지 맛을 기대하면 그 맛은 판지 맛이야. 하지만 동네 식당에서 커피를 주문할 때 내 미각은 커피의 쌉싸름한 맛을 즐길 준비가 되어 있단 말이야. 말하자면, 내 얼굴에는 커피가 마시고 싶다고 쓰여 있다는 거지."

"그런데?"

"그러니까 엄청난 기대 뒤의 그 실망이란 건 참기에는 너무 힘들다는 거야. 커피를 주문했는데 판지를 마시도록 강요당하니까."

"누가 강요하는데?" 윌리스가 물었다.

"사실을 말하자면," 마이어가 말했다. "이 캔 안에 든 커피가 무슨 맛인지 모르겠네. 내 인생의 모든 맛이 이제 판지 맛 같아. 슬픈 일이지."

"눈물 나는군." 템플이 말했다.

"뭔가 보상이 따르겠지." 마이어가 피곤하다는 듯이 말했다.

"그 보상이 뭔데?" 윌리스가 여전히 웃으며 물었다.

"내 친구 아내는 모든 음식에서 톱밥 맛을 내는 멋진 재주를 가졌지." 윌리스가 크게 웃음을 터뜨리자 마이어는 빙그레 웃고 어깨를 으쓱했다. "그래도 톱밥보다는 판지가 낫잖아."

"가끔 아내를 교환할 필요가 있어." 템플이 조언했다. "단조로움을 깨 주잖아."

"음식에 대한 걸 말하는 거겠지?" 마이어가 물었다.

"다른 게 또 있나?" 템플이 과장되게 어깨를 으쓱하며 말했다.

"자네의 추잡한 속마음을 아는데 말이야," 마이어 마이어가 말을 꺼냈을 때 템플의 책상 위에 놓인 전화기가 울렸다. 템플이 수화기를 들었다.

"팔십칠 분서의 템플 형사입니다." 그가 귀를 기울였다. 형사실이 조용해졌다. "그래, 알았네. 지금 당장 몇 사람 보내지." 그가 전화를 끊었다. "남 십사 번 가에서 칼부림이 났어. 러빈이 이미 앰뷸런스를 불렀대. 마이어, 핼, 자네들이 이 건을 맡겠나?"

마이어가 옷걸이로 걸어가 코트를 꺼내 어깨에 꿰기 시작했다. "왜," 그는 알고 싶었다. "자넨 언제나 추운 날씨에는 사무실에 일이 있는 거지?"

"무슨 병원이라고?" 월리스가 물었다.

"종합병원." 템플이 말했다. "이따 전화해 주겠나? 아주 심각해 보이는 건이야."

"어째서?" 마이어가 물었다.

"곧 살인 사건으로 바뀔 것 같아."

마이어는 병원 냄새를 좋아한 적이 없었다. 그의 어머니는 암에 걸려 병원에서 돌아가셨다. 그는 늘 고통으로 찌푸린 어머니의 얼굴을 기억했고, 질병과 죽음의 냄새를 기억했다. 병원 냄새는 그의 콧구멍으로 침입하여 영원히 그 안에서 자리를 잡았다.

그는 의사 또한 좋아하지 않았다. 그가 의사를 싫어하는 이유는, 의사가 처음에 어머니의 악성 암세포를 피지낭포로 오진했다는 것에 기인한 탓이리라. 하지만 이러한 명백한 편견 말고도 그는 의사들이 참을 수 없을 만큼 거들먹거리고, 쓸데없이 거만하다고 느꼈다. 마이어는 교육 자체를 비웃는 사람은 아니었다. 그 자신 역시 경찰이 되기 위해 대학을 졸업한 사람이었다. 의사들은 박사 학위를 취득한 대학 졸업자였다. 마이어가 생각하기에 그 의학박사 학위는 단지 학교를 4년 더 다녔다는 것을 의미할 뿐이었다. 의사가 병원 일을 시작하기 전에 필요한 그 4년의 기간은, 어느 분야에서든 그 분야에서 성공하기 전에 거쳐야 하는 수습 기간 같은 것이었다. 그렇다면 왜 대부분의 의사들은, 예를 들어 광고업자라든가 하는 다른 직업군보다, 자신들이 더 우월하다고 느끼는 걸까? 마이어는 결코 그것을 이해할 수 없었다.

그는 그것을 생존에 대한 근원적인 충동이라고 여겼다. 이른바 의사는 생살여탈권을 쥐고 있었다. 어쨌든 의사들은 자신들이 선택한 직업, 즉 의술을 추구하는 데 있어서 부지불식간에 부당한 생각을 하고 있다는 것이 마이어의 인상이었다. 마이어가 알고 있는 모든 의사들은 바로 그런 '의술'을 하고 있었다. 그리고 그는 그들을 믿을 수 있기 전까지 그들을 멀리할 생각이었다.

불행히도 마리아 에르난데스의 목숨을 쥐고 있는 인턴은 마이어의 의사에 대한 일반적인 견해를 뒤집는 데 어떠한 도움도 되지 않았다.

그는 두피가 보일 만큼 연한 황금빛 머리칼을 바짝 깎은 젊은이였다. 갈색 눈과 균형이 잘 잡힌 외모에, 티 하나 없이 깨끗한 가운을 입은 그는 매우 멋져 보였다. 매우 겁에 질린 것처럼도 보였다. 그는 칼에 찔려 죽은 사체를 의대에서 보았을 테지만 마리아 에르난데스처럼 칼에 찔려 심하게 훼손된 채 살아 있는 사람은 처음일 터였다. 그는 병원 복도에서 마이어와 윌리스에게 진술을 하며 신경질적으로 담배를 뻐끔뻐끔 피우는 중이었다.

"그녀의 상태는 지금 어떻습니까?" 윌리스가 물었다.

"비관적입니다." 젊은 의사가 말했다.

"얼마나 비관적입니까? 얼마나 버틸 수 있죠?"

"그건…… 그건 말하기 어렵습니다. 그 여자는…… 그 여자는 매우 심하게 베였습니다. 우리는…… 우리는 간신히 지혈을 하고 있지만 이곳에 오기 전에 너무 많은 피를 흘려서…….” 의사가 말을 삼켰다. “뭐라고 말씀드리기가 어렵습니다.”

“우리가 얘기해 볼 수 있을까요, 닥터 프레더릭스?” 마이어가 물었다.

“아…… 안 될 겁니다.”

“그녀는 말을 할 수 있습니까?”

“모…… 모르겠어요.”

“젠장, 정신 좀 차려요!” 마이어가 짜증을 냈다.

“뭐라고요?” 프레더릭스가 말했다.

“토할 것 같으면 얼른 가서 해요.” 마이어가 말했다. “그런 다음 분별 있게 얘기합시다.”

“네?” 프레더릭스가 말했다. “뭐라고요?”

“좋아요. 내 말 잘 들어요.” 마이어가 참을성 있게 말했다. “나는 당신이 이 크고 번쩍거리는 병원의 책임자라는 걸 알고 있고, 당신은 아마 세계 최고의 뇌 전문의겠죠. 그리고 푸에르토리코 아가씨가 당신의 병원 복도에 피를 철철 흘리고 있는 게 불편할 겁니다. 하지만……,”

“나는 그렇게 말한 적 없……,”

“**하지만,**” 마이어가 말을 이었다. “누군가가 그 아가씨를 칼로 찌른 일이 발생했고, 다시는 그런 일이 발생하지 않도록 그런 짓을 한 놈을 찾아내서 더 이상 당신이 불편하지 않도록 하는 게 우리 일입니다. 임종 시 진술은 결정적인 증겁니다. 만일 누군가가 회복할 희망이 없고, 우리가 그 전에 진술을 얻는다면 그 진술은 법정에서 유효할 겁니다. 자 이제, 저 여자는 살 것 같습니까, 아닙니까?"

프레더릭스는 망연자실한 것 같았다.

"살 것 같습니까?"

"아닐 것 같습니다."

"그럼 우리가 얘기해도 됩니까?"

"그걸 알아봐야 할 것 같습니다."

"그럼, 제발, 빌어먹을, 알아봐 주시겠습니까?"

"네, 네, 알아볼게요. 형사님도 이해하시겠지만 그건 제 권한이 아닙니다. 알아보지도 않고 그 여자에게 질문하시는 걸 허락하는 건 제가 정할 수 있는 게……,"

"가요. 이미 알아봤겠소." 마이어 마이어가 말했다. "알아보라고요. 얼른."

"네." 프레더릭스는 그렇게 말하며 갑자기 위엄을 차리고 곤두박질치듯 계단을 뛰어 내려갔다.

"우리가 무슨 질문을 해야 할지는 알아?" 윌리스가 물었다. "법정에서 유효할 만한 진술이 될?"

"아마도. 자네는 그렇게 하고 싶지 않은 거야?"

"좋지. 좋고말고. 여기로 속기사를 불러야 할 것 같은데."

"시간이 얼마나 남았느냐에 달렸지. 아마 이 병원에 한가한 의료 담당 비서가 있을 텐데. 경찰 속기사를 부르려면……,"

"안 돼. 시간이 없어. 속기가 가능한 사람이 있는지 프레더릭스에게 물어보지. 그녀가 사인은 할 수 있을까?"

"몰라. 물어야 할 건 뭐지?"

"일단 이름과 주소." 윌리스가 말했다.

"그렇지. 그다음엔, 당신은 자신이 이제 곧 사망할 것 같습니까?"

"그래." 윌리스가 말했다. "그다음엔?"

"젠장, 난 이런 일이 질색이야. 왠지 알아?" 마이어가 말했다.

"이런 말을 해야 해서겠지. 당신은 회복할 가망이 있다고……."

"아니지, 아니야. 이런 거지. 당신은 당신이 입은 심한 부상 때문에 회복할 가망이 없다고 생각하십니까?" 마이어가 머리를 흔들었다. "맙소사, 나는 이런 일이 질색이야."

"그리고 나서 당신은 지금 당신이 고통스러워하는 이 부상을 어떻게 입게 됐는지 기꺼이 진술할 의향이 있습니까? 그게 다 아니겠어?"

"그래." 마이어가 말했다. "맙소사, 저기 있는 여자는……."

"그러게." 윌리스가 말했다. 두 남자는 침묵에 빠졌다. 그들은 마치 거인의 심장이 펌프질을 하는 것 같은, 병원 도처에서 나는 조용하고 단조로운 기계음을 들을 수 있었다. 잠시 후, 그들은 복도를 울리는 발소리를 들었다.

"프레더릭슨가 보군." 윌리스가 말했다.

닥터 프레더릭스가 그들에게 다가왔다. 그는 땀을 흘리고 있었고, 점점이 피가 묻은 가운은 후줄근해져 있었다.

"어떻게 됐습니까?" 마이어가 물었다. "허락을 받았습니까?"

"받으나 마나예요." 프레더릭스가 말했다.

"네?"

"그 소녀는 죽었습니다."

11

마리아 에르난데스가 미지의 한 사람, 혹은 여러 사람과 치명적인 밀회를 가진 그 방은, 그녀와 그녀를 죽인 살인자가 마지막으로 머물렀다고 추정된 방이었기 때문에 경찰은 특별히 면밀하게 조사할 필요가 있었다.

이러한 정밀 조사는 이론적인 성질의 일은 아니었다. 그 방을 점령한 감식반원들은 그 방에서 어떤 일이 있었는지 자신들의 상상력을 발휘하는 것에는 관심이 없었다. 그들은 오로지 에르난데스라는 여자에게 무자비하게 칼을 휘둘러 살해한 한 사람, 혹은 여러 사람의 신원을 밝혀 줄 실마리를 찾는 데에만 관심이 있었다. 그들은 사실을 찾는 중이었다. 방에 대한 스케치와 사진 촬영이 끝난 후, 그들은 본격적인 일에 착수했다. 그들의 일은 많은 시간과 노력을 요

구했다.

현장에 남아 있을 가능성이 있는 검증물은 당연히 지문이다. 지문은 다음과 같은 세 가지 종류가 있다.

1. 잠재적 지문 – 이것은 눈으로 볼 수 없다. 매끄러운 표면에 남아 있거나 간접 조명을 사용할 때에 한해서 간혹 육안으로 보이기도 한다.

2. 식별 가능 지문 – 지문을 남긴 자가 멍청한 사람일 경우에는 육안으로 식별 가능하다. 색이 함유된 무언가로 지문을 남긴 경우로, 그 색은 대개 먼지나 혈흔이다.

3. 가소성 지문 – 이 정의가 암시하는 바와 같이 이러한 지문은 퍼티유리를 창틀에 끼울 때 바르는 접합제, 왁스, 타르, 점토, 또는 바나나 껍질의 안쪽 같은 가소성 물질에 남는다.

당연히 가소성 지문과 식별 가능 지문이 가장 좋은 물증이 된다. 최소한 그 지문들은 현장검증의 수고를 경감시켜 준다. 하지만 현장에 남은 증거–즉, 부주의하게 혹은 무심결에 남긴 지문–는 대개 그것을 남긴 자가 감식반을 배려할 작정으로 찾기 쉽도록 남긴 것은 아니다. 현장에 남는 대부분의 증거는 잠재적 지문이며, 가소성 지문은 사진에 찍히거나 금속 박편으로 옮겨지기 전에 극히 입자가 고운 파우더를 사용하여 육안으로 볼 수 있도록 작업해야 한다. 이 것은 시간이 걸린다. 감식반 친구들에게는 많은 시간이 필요했고, 그들이 다루어야 할 많은 잠재적 지문들이 있었다. 마리아 에르난 데스가 난자당한 그 방은, 누구나 알다시피, 많은 남자들과 그 짓을 하는 데 꾸준히 사용된 방이었다. 감식반 친구들이 인내심을 갖고 끈기 있게 파우더를 뿌리고, 티끌을 수집하고, 사진을 찍고, 지문을 수집한 끝에 그 방에 온전한 잠재적 지문을 남긴 남자가 총 10명이 라는 사실을 알아냈다.

그들은 이 남자들 가운데 누가 마리아를 죽였는지는 알지 못했 다. 그들은 마리아를 죽인 살인자가 그날 밤 마리아와 침대에 오르 기 전까지 장갑을 끼고 있었다는 사실도 알지 못했다. 그들은 몰랐 기 때문에 형사들에게 그 지문들을 넘겼고, 형사들은 신원 조회 부 서를 통해 그 지문들을 확인했고, 잠재적 살인자를 찾는 데 많은 시 간을 들였다. 지문이 확인된 잠재적 살인자는 모두 (대체로 사실임이 분명한) 알리바이가 있었다. 지문들 중 몇몇은 경찰과는 전혀 충돌 을 빚은 적이 없는 사람들이 남긴 것이었다. 신원 조회 부서는 이러 한 지문들에 관해서는 신원을 확인할 수 없었다. 이 사람들은 경찰 에 연행된 적이 없었던 것이다.

살인이 행해진 방의 특성을 고려할 때, 감식반 친구들은 사방에 서 판별이 명확한 맨발의 족문을 발견하고 놀라지 않았다. 특히, 침 대가의 먼지가 가득 쌓인 구석에서 발견된 족문에는. 불행히도 신 원 조회 부서에서는 족문 파일을 갖고 있지 않았다. 이 족문은 후에 용의자가 나타나면 비교할 요량으로 채취할 뿐이었다. 당연하게도 족문 중 하나는 마리아 에르난데스가 남긴 것이었다.

감식반 친구들은 그 방에서 수사에 도움이 될 만한 신발 자국은 발견하지 못했다.

그들은 수많은 머리카락과 피로 얼룩진 침대 시트에서 음모 몇 가닥을 찾았다. 그들은 정액 자국도 찾았다. 침대 위에 있던 담요를 진공청소기로 훑고 티끌들을 여과지에 모았다. 그 티끌들은 주의 깊게 조사되고 분석되었다. 감식반원들은 그 티끌들에서 도움이 될 만한 것을 전혀 찾지 못했다.

그들이 그 방에서 찾은 한 가지는 정말 유효한 증거가 될 수도 있는 것이었다.

깃털 하나.

음, 그들이 그 방에서 행한 조사가 매우 간단하고 별로 품이 안 드는 일처럼 들릴 수도 있다. 특히 그들이 찾아낸 것이란 게 고작 허접한 작은 깃털, 별로 중요치 않은 잠재적 지문 몇 점, 그리고 족 문 몇 점, 그리고 머리카락 몇 가닥, 그리고 혈흔, 그리고 약간의 정 액일 때.

하지만 그만한 일로 그간 얼마나 많은 성과를 이뤄 냈는지 안다 면 놀라리라!

어쨌건 간에, 정액 얼룩은 지형도처럼 보였고, 풀을 먹인 것 같 았다. 안타깝지만 외견상만으로는 신원을 알아내는 데 도움이 되지 않는다. 의심스러운 자국은 따로 보관된다. 말라붙은 정액은 쉽게 부서지기 때문에 마찰을 일으키지 않도록 잘 보관해야 했다. 마찰은 정자를 망가뜨릴 위험도 있었다. 다시 말해, 정액이 묻은 시트는 말아서도, 접어서도 안 되며, 무턱대고 낡은 천 가방 안에 쑤셔 넣어서도 안 된다. 그 시트는 양쪽 면이 어떤 마찰도 일으키지 않도록 신경 써서 보관되어야 하는데 이것은 시간과 품이 드는 일이었다.

증거물이 실험실에 도착하면 진짜 검사가 시작된다.

제일 먼저 행해지는 검사는 플로렌스 반응 검사로 불리는 미량 화학 검사로, 요오드화칼륨 1.56그레인과 순수 결정 요오드 2.54그램을 증류수 30시시에 녹인 용액에 얼룩의 작은 부분을 용해한다. 그 시험은 얼룩에 정액이 존재하는지 아닌지를 밝히는 데 지나지 않는다. 갈색의 마름모꼴 플로렌스 정액 결정이 현미경에 나타났으므로 정액이 존재하는 것으로 판명되었다. 불행히도 콧물과 타액 모두 비슷한 결정을 형성할 수 있으므로 이 테스트는 결정적인 증거가 될 수 없다. 하지만 충분한 개연성이 있었기 때문에 두 번째 테스트가 행해졌고, 두 번째 테스트는 푸라넨 반응 테스트였다.

소량의 식염수에 얼룩에서 추출한 것을 녹인 다음 나프톨, 술폰산, 플라비안 산 등으로 구성된 푸라넨 시약을 떨어뜨리고 마이크로튜브에 옮겨 담아 냉장고에 넣어 둔다. 수 시간이 지나자 튜브의 바닥에 누리끼리한 스페르민 플라비안 산 침전물이 보였다. 그 침전물을 현미경 아래 놓자, 그 전능한 눈에 정액 고유의 십자형 결정체가 모습을 드러냈다.

그런 다음 당연히 추가적으로 행해진 현미경 시험으로, 적어도 머리가 붙어 있는 몇 마리의 정자—형태와 색소로 명확해진—를 찾아냈다. 운이 좋게도 그 얼룩은 마찰과 부패에 의해 손상을 입지 않은 상태였다. 얼룩의 상태가 변했더라면 정자의 존재 여부를 알아내는 데 있어서 더 많은 시간이 소요됐을 터였고, 덜 생산적인 일이 됐으리라.

이것이 바로 단지 하나의 얼룩에 행해진 일이었고, 그 시험은 그날 하루를 잡아먹었다. 게다가 흥미 있는 일도 아니었다. 그들이 찾는 것은 찾기 힘든 세균이 아니었다. 그들은 암 치료법을 찾는 것이 아니었다. 그들은 단지 마리아 에르난데스를 죽인 자와 연결시킬 수 있는 입증 목록을 작성하기 위해 애쓸 뿐이었고, 그 자료는 후에 확실한 용의자를 찾는 데 도움이 될지도 몰랐다.

이 사람들이 한 마약쟁이의 죽음을 규명하기 위해 많은 시간을 할애하고 있었다면, 또 다른 누군가는 또 다른 마약쟁이의 삶을 위해 많은 시간을 할애하고 있는 중이었다.

그 마약쟁이는 그의 아들이었다.

처음 피터 번스는 자신이 처한 상황이 얼마나 심각한지 파악하지 못했다. 처음에 그는 이 모든 상황이 틀림없는 장난일 거라는 자신의 의심과 싸웠다. **내 아들이 마약 중독자라고?** 그는 자문했었다. **내 아들이? 주사기에 내 아들의 지문이 있다고?** 아니야. 그는 자신의 물음에 답했다. 거짓말이야. 처음부터 끝까지 새빨간 거짓말이야. 그는 이 거짓말의 근원을 찾아내려고 했다. 바위 밑바닥에서 그 거짓말을 끄집어내어 자신이 당당하게 걸어 다니는 햇빛 속으로 던져 버리려고 했다. 그는 그 거짓말을 아들에게 대면시키고 아들과 함께 그 거짓말을 끝장낼 생각이었다.

그러나 아들을 대면한 그는 "너, 마약 중독이니?"라고 묻기도 전에 이미 아들이 정말 마약 중독자이며, 그 거짓말의 상당 부분이 거짓이 아니라는 사실을 알아차렸다. 그 사실은 어느 정도 예상을 하고 있었음에도 불구하고 그에게 충격과 혐오를 안겨다 주었다. 번스보다 덜 무책임한 아버지였거나 번스보다 직급이 낮은 경찰이었다면 그 사실이 덜 충격적이었을지도 몰랐다. 그러나 번스는 범죄를 경멸했고, 불량 청소년을 경멸했다. 그리고 그는 자신의 아들이 범법 행위에 바쁜 불량 청소년이었다는 사실을 알게 되었다. 그들은 침묵이 감도는 거실에서 마주했었고, 번스는 아들이 얼마나 엄청난 궁지에 몰려 있는지에 대해 목구멍으로 치솟는 혐오를 드러내지도 않고, 한때 자신의 아들이었던 비행 청소년에게 윽박지르지도 않고, 집에서 쫓아내겠다는 협박도 없이 간략하게 설명해 주었다.

그의 본능은 이 녀석을 집 밖으로 내던지라고 말했다. 그 본능은 수년간 마음속에서 자라 왔고, 번스의 성격 일부에 뿌리 깊게 배어 있었다.

하지만 구석기 시대에 밤의 어둠 속에서 자식들을 지키기 위해 불가에 둘러앉아 남자들이 나눴던 더 깊은 본능이라는 게 존재했다. 그 본능은 남자들의 피를 통해 후대에 전해졌으며, 피터 번스의 핏줄에도 흐르고 있었다. 번스는 오직 그 생각뿐이었다. **걔는 내 아들이야.**

그래서 그는 한두 번 폭발한 것을 제외하면 차분하고 침착하게 이야기했다. 분노를 이기지 못해 폭발했을 때조차도 마음속에서 혐오가 이는 것을 허락하지 않았다.

아들은 중독자였다.

부정하려 해도 아들은 돌이킬 수 없는 중독자였다. 전화를 건 자는 그 점에 관해서만큼은 거짓말을 하지 않았다.

그 거짓말의 후반부 또한 사실로 바뀌었다. 번스는 주사기에서 채취되었다는 지문 건을 확인할 생각으로 아들의 지문을 검사했고, 그 지문은 일치했다. 그는 이 사실을 형사반의 누구에게도 밝히지 않았다. 그 은폐가 자신에게 죄책감을 남겼고, 자신이 더러운 사람이 된 것처럼 느껴졌다.

어쨌든 그 거짓말은 전혀 거짓이 아니었다.

2부작짜리로 시작된 거짓말은 반짝거리는 진실로 바뀌었다.

하지만 나머지 것들은? 에르난데스가 죽은 날 오후에 래리는 그 애와 싸웠을까? 만약 아들이 그랬다면 그 결과는 명백한 게 아닌가? 래리 번스가 아니발 에르난데스를 죽였다는 게 완벽하게 명백한 결론 아닐까?

번스는 그 결론을 믿을 수 없었다.

아들은 자신이 쉽게 이해할 수 없는 무언가로 바뀌어 있었다. 아마 이해했던 적도 없었고, 앞으로도 결코 이해할 수 없을 무언가로. 하지만 아들이 살인자가 아니라는 사실만큼은 알고 있었다.

그래서 그는 12월 21일 목요일에 전화를 걸어온 자가 다시 전화를 걸겠다고 한 약속을 기다리고 있었다. 그리고 지금은 아니발 누나의 죽음이라는 새로운 살인 사건의 부담까지 지고 있었다. 하루 종일 기다렸지만 전화는 오지 않았고, 그날 퇴근하고 귀가했을 때, 그 전화는 견디기 힘든 짐이 되어 있었다.

그는 자신의 원만한 가정을 자랑스럽게 여겼지만 지금 집 안에는 어떠한 즐거움도 존재하지 않았다. 복도에서 그를 맞은 해리엇은 그의 모자를 벗기고, 그의 품 안으로 파고들어, 그의 어깨에 기대 흐느꼈다. 그는 아내가 마지막으로 이처럼 운 적이 언제였는지 기억해 보려고 애썼다. 아주 오래전 일 같았고, 그 일은 왠지 열여덟 살짜리 소녀가 해결하기 어려운 문제인, 졸업반 무도회에서 어떤 코르사주를 달 것인가 하는 따위의 일이었던 것 같았다. 그 일을 빼면 기억나는 게 없었다. 해리엇은 더 이상 열여덟 살이 아니었다. 그녀에게는 거의 열여덟이 되어 가는 아들이 있었고, 그 아들의 문제는 졸업반 무도회나 코르사주와는 아무 상관도 없었다.

"애는 어때?" 번스가 물었다.

"안 좋아." 해리엇이 말했다.

"조니는 뭐래?"

"그가 대용재로 애한테 뭔가를 줬어." 해리엇이 대답했다. "하지만 그는 의사일 뿐이야, 피터. 그가 말하길 자신은 단지 의사일 뿐이고, 아이가 그 습관을 끊을 의지가 있어야 한대. 피터, 어쩌다 이렇게 됐지? 맙소사, 어떻게 된 거야?"

"나도 모르겠어."

"이런 일은 빈민가에서 자란 애들한테나 일어나는 일이라고 생각했어. 결손가정에서 애정을 모르고 자란 애들한테나 일어나는 일이라고 말이야. 어떻게 래리한테 이런 일이 일어날 수 있지?"

번스가 같은 말을 반복했다. "나도 모르겠어." 그리고 마음속으로 자신의 유일한 아들에게 기울였어야 할 많은 시간을 앗아 간 직업을 원망했다. 하지만 그는 그 일에 모든 책임을 돌리기에는 매우 정직한 사람이었고, 불규칙적인 근무 시간으로 오랜 세월 그 일을 하는 다른 사람들을 생각했다. 그리고 그들의 자식들은 마약 중독자가 아니었다. 갑작스레 늙어 버린 기분이었다. 그래서 그는 죄책감 아래 억누르기 힘든 혐오감을 느끼며 아들의 방으로 올라가는 계단으로 무거운 발걸음을 딛기 시작했다. 아들은 마약쟁이였다. 그 단어가 머릿속에서 네온사인처럼 명멸했다. **마약쟁이**. 마약쟁이. **마약쟁이**. 마약쟁이.

그는 아들의 방문을 노크했다.

"래리?"

"아버지? 문 열어 주실 거죠? 제발, 문 좀 열어 주세요."

번스는 주머니 속으로 손을 뻗어 열쇠고리를 꺼냈다. 그는 전에 딱 한 번, 래리를 방 안에 집어넣고 문을 잠가 버렸던 때가 기억났다. 아들은 어렸을 때 야구공으로 구멍가게의 유리창을 깨뜨리고 자신의 용돈으로 손해를 배상하길 딱 잘라 거절한 적이 있었다. 번스는 아들에게 네가 먹는 음식비에 해당하는 돈을 공제하겠다고 통지하고 그 순간부터 어떤 음식도 주지 않았다. 그는 아이를 방 안에 집어넣고 밖에서 문을 잠갔다. 래리는 저녁 식사가 끝난 그날 밤 굴복했다. 당시, 그 일은 아무 일도 아닌 것처럼 여겨졌다. 훈계의 한 방법이었지만 래리가 계속 거부했다면 번스도 결국 밥을 먹었을 터였다. 번스는 그때, 자신이 아들에게 자기 돈만큼 남의 재산도 존중해야 한다는 것을 가르치고 있다고 느꼈었다. 하지만 이제 와서 돌이켜 보니 자신이 잘못 처신한 게 아닌지 의구심이 들었다. 벌이라는 명목으로 아들에 대한 애정까지 격리했던 게 아닐까? 아들은 이 집안에 자신에 대한 애정이 없다고 자연스럽게 받아들였던 게 아닐까? 아들은 자신이 구멍가게 주인 편만 들고 혈육인 자기 편을 들지 않았다고 받아들였던 걸까?

그럼 어떻게 해야 했을까? 훈계를 하거나 벌을 주기 전에 심리학 책이라도 펴 놓고 연구라도 해야 했을까? 세월이 흐르면서 그간 얼마나 많은 사소한 사건들이 쌓여 온 걸까? 그 자체로서는 하찮은 일들이지만 그것들이 축적되어 길러진 힘이 공모하여 아이를 마약 중독에 빠뜨린 걸까? 그 많은 사건들 중에 얼마나 많은 것들이 아버지 탓이었을까? 나는 나쁜 아버지였을까? 난 정말로, 그리고 솔직하게 아들을 사랑하지 않았던 걸까? 평소에 아들에게 최선을 다하려고 애쓰지 않았던 걸까? 아들을 제대로 된 사람으로 키우려고 노력하지 않았던 걸까? 노력했더라면 좋았을까? 그랬다면 괜찮았을까?

그는 문을 열고 방 안으로 들어갔다.

래리는 주먹을 움켜쥐고 침대 앞에 서 있었다.

"저를 어떻게 감방 죄수 취급하실 수 있어요?" 그가 외쳤다.

"너는 감방 죄수가 아니야." 번스가 차분하게 말했다.

"아니라고요? 그럼 문을 잠근 건 뭐죠? 젠장, 제가 범죄자나 뭐 그런 거예요?"

"전문적으로 말하자면, 그래, 넌 범죄자야."

"아버지, 저를 데리고 장난칠 생각 마세요. 맞장구쳐 드릴 기분이 아니니까요."

"넌 피하 주사기를 가지고 다니다 경찰에게 들켰어. 그건 법을 어기는 짓이야. 그 경찰은 네 책상 서랍에서 헤로인 에잇스를 찾았고, 그것도 법을 어긴 짓이야. 그러니까 넌 사실상 범죄자고, 나는 네 죄를 방조하는 중이다. 그러니까 닥쳐, 래리."

"나한테 닥치라고 하지 마세요, 아버지. 아버지 친구가 나한테 한 그 헛소리는 뭐예요?"

"뭐라고?"

"아버지의 그 대단한 친구요. 아버지의 빌어먹게 대단한 의사 친구 말이에요. 그 인간은 아마 중독자를 평생 본 적도 없을 거예요. 아버지는 뭣 때문에 그 인간을 끌어들였죠? 내가 왜 그 인간이 필요할 거라고 생각하신 거예요? 제가 원하면 언제든 끊을 수 있다고 했잖아요? 뭣 때문에 그를 부른 거예요? 난 그 개자식이 싫어요."

"그가 너를 엄마 배 속에서 끄집어냈다, 래리."

"그래서 제가 어떻게 할까요? 그에게 메달이라도 줘야 하나요? 저를 엄마 배 속에서 끄집어낼 때 돈을 받지 않았나요?"

"그는 친구야, 래리."

"그렇다면 왜 그 사람이 나를 방에 가두라고 했죠?"

"그는 네가 이 집을 나가길 바라지 않으니까. 넌 아파."

"오, 맙소사, 내가 아프군요. 아프다고요. 그래요. 난 주변에 있는 모든 사람의 태도에 신물이 나요. 저는 중독이 아니라고 말했잖아요! 그걸 증명하려면 지금 제가 어떻게 해야 하죠?"

"너는 중독이다, 래리." 번스가 조용히 말했다.

"중독, 중독, 중독. 그게 아버지가 아는 빌어먹을 유일한 노래예요? 그게 아버지와 아버지의 거물 의사 친구가 허구한 날 하는 유일한 노래냐고요? 맙소사, 어떻게 내가 이런 고지식하기 그지없는 아버지를 둔 거죠?"

"실망시켜서 미안하구나."

"오, 또 시작하셨네. 눈물겨운 부성애라니! 여덟 살 이래로 영화에서 지겹게 봐 온 장면이에요. 전략을 바꾸세요, 아버지. 관심도 없으니까."

"네 관심을 끌 생각 없다. 널 낫게 할 생각뿐이야."

"어떻게요? 아버지 친구가 제게 줬던 그 쓰레기로요? 어쨌든, 그 쓰레기는 뭐죠?"

"일종의 대체 약이야."

"그래요? 그것참, 별론데요. 조금도 듣지 않아요. 돈이 굳었겠네요. 아버지, 정말 저한테 도움이 되고 싶으세요? 정말 저를 낫게 하고 싶으시냐고요?"

"내가 그럴 거라는 걸 알잖니."

"좋아요. 가서 약을 구해 오세요. 경찰서에 가면 약이 잔뜩 있을 거 아니에요. 아버지, 더 좋은 생각이 있어요. 제 책상 서랍에서 아버지가 가져간 에잇스를 갖다 주세요."

"안 돼."

"왜 안 되죠? 젠장, 방금 저를 돕고 싶으시다면서요! 좋아요, 그럼 왜 저를 안 도우시는 거죠? 돕기 싫으세요?"

"돕고 싶다."

"그럼 그걸 저한테 갖고 오세요."

"안 돼."

"아버지는 지긋지긋해요." 그렇게 말하는 래리의 눈에서 눈물이 갑자기 볼을 타고 흐르기 시작했다. "왜 안 도와주시는 거예요? 나가요! 나가요! 여기서 나가라고요. 꼴도 보기……," 마지막 말은 흐느낌 속에 묻혔다.

"래리……."

"나가세요!" 래리가 소리를 질렀다.

"아들아……,"

"아들이라고 부르지 마세요. 그렇게 부르지 말라고요! 도대체 왜 저한테 관심을 갖는 거죠? 마약쟁이 아들 때문에 편한 직장을 잃을까 봐 겁이 나신 거겠죠. 그뿐이라고요."

"그렇지 않아, 래리."

"그래요! 아버지는 제가 마약쟁이라는 사실과 주사기에서 발견된 지문에 대해 누가 알아챌까 봐 겁먹은 거예요. 씨발, 좋아요, 아버지는 저를 찾는 전화가 올 때까지 기다리기만 하면 돼요."

"다 낫기 전까지 넌 전화를 받을 수 없어, 래리."

"그게 아버지 생각이군요! 전화가 오면 신문사에 전화해서 모든 걸 말할 생각이에요. 자, 어떠세요? 어떠시냐고요, 아버지? **어떠시냐고요?** 이제 그 에잇스를 주시겠죠?"

"너는 헤로인을 얻을 수 없을 게다. 그리고 전화기 근처에도 갈 수 없을 거야. 이제 진정해라, 애야."

"**진정하기 싫어요!**" 래리가 소리 질렀다. "**진정할 수 없어요! 내 말 좀 들어요! 이제 내 말을 들으라고요! 내 말 좀 들으라고!**" 그는 벌게진 눈에서 흐른 눈물 자국을 얼굴에 남긴 채 아버지를 마주하고 서서 아버지의 얼굴을 향해 마치 단검을 흔들듯 손가락을 치켜들고 있었다. "이제 내 말 들어요! 저는 그 약이 필요해요. 듣고 있어요? 이제 그 약을 갖다 달라고요. 안 들려요?"

"듣고 있다. 더 이상 헤로인은 안 돼. 내가 뭔가 해 주길 바란다면 난 다시 존에게 전화할 거다."

"나는 아버지의 그 역겨운 의사 친구가 여기 다시 오는 걸 바라는 게 아니에요!"

"그는 네가 나을 때까지 계속 너를 치료할 거야, 래리."

"뭘 치료하겠다고요? 제가 아프지 않다는 걸 이해 못 하겠어요? 그가 뭘 돌본다는 거예요?"

"네가 아프지 않다면 왜 주사를 원하는 거냐?"

"견뎌 내려고요, 씨발!"

"견디다니, 뭘?"

"다시 좋아질 때까지요. 젠장, 모든 걸 자세하게 설명해야 해요? 왜 그러세요, 멍청해지신 거예요? 난 아버지가 경찰인 줄 알았는데요. 경찰은 똑똑해야 하잖아요!"

"조니를 부르마." 번스가 그렇게 말하며 몸을 돌려 문을 향해 발을 떼었다.

"안 돼요!" 래리가 소리쳤다. "그 사람을 다시 보고 싶지 않아요! 됐어요! 끝이에요! 이제 그만하라고요!"

"그가 네 고통을 덜어 줄 거야."

"무슨 고통이오? 저한테 고통에 대해서 말하지 마요. 고통이 뭔지 알기나 해요? 아버진 평생 멍청한 삶을 살았고, 아버진 내가 아는 고통의 반도 몰라요. 난 열여덟이에요. 그리고 아버지가 앞으로도 알는지 모르는 고통보다 더 많은 고통을 알아요. 그러니까 저한테 고통에 대해서 말하지 마요. 당신은 고통을 몰라, 씨발!"

"래리, 내가 널 때려눕히길 바라는 거냐?" 번스가 조용히 물었다.

"뭐요? 뭐라고요? 절 치시겠다고요? 좋아요. 해 봐요. 한주먹 하시잖아요. 그래서 어떻게 하시게요? 절 때려서 불게 하시게요?"

"불게 하다니, 뭘?"

"뭘, 뭘. 뭔지 아시잖아요! 오, 씨발, 영리하시네요. 제가 아프다고 말하게 하려는 거죠? 내가 마약 중독자라고 인정하게 하려고요. 알아요, 알아. 근데 **아니거든요!**"

"난 너에게 어떤 말도 하게 하려는 게 아니다."

"아니라고요, 허? 자, 얼른 치세요. 왜 안 치는 거예요? 왜 여기가 형사실인 척하지 않는 거예요? 쳐요. 주먹을 써서 절 때리라고요. 저를 진정시켜 봐요. 아버지는 할 수……," 그가 갑자기 말을 멈추고 배를 움켜쥐었다. 배를 감싼 채 몸을 구부렸다. 번스는 속수무책으로 아들을 바라보았다.

"래리……,"

"쉬." 래리가 부드럽게 말했다.

"얘야, 무슨……,"

"쉬이. 쉬이." 배를 움켜쥔 채 뒤꿈치로 중심을 잡은 그의 몸이 앞뒤로 흔들리다 마침내 고개를 들었다. 눈이 젖어 있었고, 이번 눈물은 얼굴을 타고 아래로 흘렀다. 그가 말했다. "아버지, 아파요. 엄청 아파요."

번스가 아들에게 다가가 팔로 아들의 어깨를 감쌌다. 그는 아들을 편하게 해 줄 말을 생각해 내려고 애썼지만 그의 혀에서는 아무 말도 나오지 않았다.

"아버지, 부탁이에요. 제발. 제발, 아버지, 저를 좀 어떻게 해 주실래요? 아버지, 제발요. 아파요. 약이 필요해요. 그러니까 제발, 아버지, 제발, 이렇게 빌게요. 어떻게 해 주세요. 제발 뭐라도 주세요. 제가 이겨 낼 수 있게 조금이라도 주세요. 제발, 아버지, 제발. 제가 살아 있는 한 아버지에게 아무것도 바라지 않을게요. 저는 집을 떠날 거예요. 아버지가 뭐라고 하든 그럴 거예요. 하지만 조금만

주세요, 아버지. 저를 사랑한다면 제발 좀 주세요."

"조니를 부르마."

"안 돼요, 아버지. 제발, 제발 그가 주는 약은 됐어요. 그건 아무 도움도 안 돼요."

"그가 다른 방법을 찾을 거야."

"안 돼요. 제발, 제발, 제발, 제발……."

"래리, 래리, 얘야……."

"아버지, 절 사랑한다면……."

"사랑한다, 래리." 그는 아들의 어깨를 단단히 움켜쥐었고 이제 그의 얼굴에도 눈물이 흘렀다. 아들이 몸서리를 치며 말했다. "욕실로 가야 해요. 아버지, 저는…… 도와주세요. 도와주세요."

번스는 아들을 데리고 복도를 가로질러 욕실로 갔고, 래리는 몹시 아팠다. 계단 아래에서 해리엇이 두 손을 움켜쥐고 서 있었다. 잠시 후 남편과 아들이 다시 복도를 가로질렀고, 번스가 래리의 방에서 나와 문을 잠그고 아내를 향해 계단을 내려왔다.

"조니를 다시 불러." 그가 말했다. "빨리 오라고 해."

해리엇이 머뭇거렸다. 그녀의 눈이 번스의 얼굴에 머물자 번스가 말했다. "애가 매우 아파, 해리엇. 애가 정말 많이 아파."

현명한 아내이자 어머니인 해리엇은 방금 그 말은 번스가 하고 싶었던 말이 전혀 아니라는 걸 알고 있었다. 그녀가 고개를 끄덕이고 전화기로 향했다.

사자들은 거칠어지기 시작했다.

스티브 카렐라는 사자들이 배가 고프기 때문이라고 생각했다. 아마 사자들은 저녁 식사로 살이 멋지게 오른 형사를 좋아할 것이었다. 안됐지만 난 뚱뚱한 형사가 아니야. 하지만 사자들은 그리 까다롭지 않을 것 같았고, 호리호리한lean.기대다'라는 뜻도 있다 형사에게 만족할 터였다.

난 분명히 기대고 있는 형사지.

2시부터 이 바보 같은 우리에 기대 생판 얼굴도 모르는 곤조라는 이름의 사내를 기다리는 중이었다. 사자들이 으르렁거리는 사자의 집 건물에 오랫동안 기대고 있는 지금은 4시 37분이었고, 멋진 친구 곤조나 멋진 친구 곤조 비슷한 누구도 여전히 나타나지 않았다.

그가 나타난다 해도 전혀 중요한 인물이 아닐지도 몰랐다. 그가 마약 밀매인이고, 마약 밀매인은 늘 다른 마약 밀매인을 잡기 좋다는 사실만 빼면. 그자가 아이의 고객 중 적어도 일부를 인계받은 것처럼 보일지 모르지만 그는 에르난데스 사건에서 중요한 인물이 아닐지도 몰랐다. 맙소사, 그 여자! 젠장, 그 가엾은 여자의 몸을 그렇게 만든 누군가가 있다! 그 짓은 그녀의 동생 때문이었을까?

뭘까? 어떻게 된 일일까?

뭐였을까? 냄새나는 자살 뒤에 뭐가 있을까? 그것은 자살을 위장한 것처럼 보였지만 명백히 자살이 아니었고, 그 아이를 죽인 놈이 누구든 그것을 알고 있었다. 그 아이를 죽인 놈이 누구든 그놈은 그것이 자살이 아니었다는 것을 우리가 알길 바랐다! 그놈은 우리가 그 사건을 더 깊이 파길 원했고, 그놈은 우리가 그것이 살인이라는 것을 밝혀내길 원했다. 하지만 왜? 그리고 주사기의 지문은 누구의 것일까? 내가 지금 기다리고 있는, 어떠한 기록에도 지문을 남기지 않은 저 지저분한 마약 밀매인, 곤조의 지문일까? 그 지문이 곤조의 지문이고, 우리가 그놈을 잡으면 이 빌어먹게 복잡한 수수께끼가 풀리는 걸까? 그리고 그 여자를 난도질한 자가 그놈일까? 아니면 전혀 상관없는 자로 동생의 죽음과 아무 관련 없이 창녀에게 따르는 직업적인 재해가 닥친 것일 뿐일까?

곤조가 그 답을 알고 있을까?

네놈이 그 답을 알고 있다면, 미스터 곤조, 아니면 곤조 아무개. 곤조가 네놈 성인지 이름인지 모르니까. 네놈은 분명 이 관할에서 잘 숨어 지냈고, 아주 조용히 움직였다. 어쨌든 그 답을 알고 있다면 넌 지금 도대체 어디 있는 거냐?

이전부터 마약 사업을 해 왔던 게냐, 곤조?

아니면 네놈이 아니발 에르난데스를 해치운 그날 밤 갑자기 멋진 사업을 물려받은 게냐? 그 애를 죽인 이유가 그거냐?

그 아이가 했던 일이 어떤 일이기에 네놈이 그토록 관심을 가진 게냐? 클링이 한 움큼밖에 안 되는 에르난데스의 고객 명단을 입수하여 끈질기게 돌아다니며 그들을 조사했다. 그 아이는 그야말로 뮬에 지나지 않은, 마약을 전달하는 일이 전부인, 단지 똘마니에 지나지 않았다. 그런 별 볼 일 없는 일이 살인의 이유가 될까? 그런 푼돈 때문에 살인을 하는 사람이 있을까?

아마도. 사람들은 가끔 몇 푼 안 되는 돈 때문에 살인을 한다.

하지만 대개 그 몇 푼 안 되는 돈은 눈앞에 훤히 보이는 곳에 놓여 있는 법이고, 그 몇 푼 안 되는 돈에 유혹을 당한다. 에르난데스가 하는 일이란 것은 눈앞에 훤히 보이지 않는 일이었다. 그 애가 그 일 때문에 살해당했다면 범인은 도대체 무슨 까닭으로 굳이 살인을 시사하는 방법을 택했을까?

물론 범인은 약물 과용으로 인한 죽음이 자살로 결말지어질 수도 있음을 알았을 게 틀림없다. 시체를 그대로 두고, 게다가 간이침대에 주사기를 놓아두면 자살로 판명될지도 모르는 일이었다. 검시관이 아이의 검시를 끝낸 뒤 **"맞네. 약물 과용으로 죽은 걸세."**라고 말할지도 모를 일이었다. 실제로 그는 그렇게 말했었다. 아니발 에르난데스는 부주의한 마약 중독자로 결말지어졌을지도 몰랐다. 하지만 범인은 아이의 목에 밧줄을 걸었고, 그 밧줄은 아이가 죽은 뒤에 걸린 것이었다. 범인은 분명히 그 점이 의혹을 끌 것이라는 것을 알았다. 범인은 분명히 그 사실을 알았다. 그는 그것이 살인이라는 의혹을 갖길 바랐던 것이다.

왜?

그리고 곤조는 어디 있을까?

스티브 카렐라는 주머니에서 땅콩이 든 봉지를 꺼냈다. 그는 회색 코듀로이 바지와 회색 스웨이드 재킷을 입고 있었다. 그리고 연붉은색 양말에 검은 가죽신을 신었다. 양말은 실수였다. 그는 집을 나오고 나서야 그 사실을 깨달았다. 양말은 크리스마스트리의 전구

처럼 두드러졌다. 그러고 보니, 크리스마스에 테디에게 선물하려고
했던 것이 뭐였더라? 그는 멋진 라운지 파자마를 봐 두었지만 라운
지 파자마에 25달러를 쓴다면 그녀가 자신을 죽일지도 몰랐다. 아
무리 생각해도 그 파자마는 그녀에게 잘 어울릴 것 같았다. 어떤 옷
이든 그녀가 입으면 돋보였다. 왜 남자는 자신이 사랑하는 여자에
게 25달러를 쓰는 데 허락을 받아야만 하는가? 그녀는 자신이 여태
받아 본 적 없는 가장 크고 가장 멋진 크리스마스 선물이며, 자신
이 주는 사랑이면 충분하다고 입 모양으로 말했다. 그리고 세상에
서 가장 멋진 선물을 이미 받은 여자에게 15달러가 넘는 선물은 뭐
든 어리석은 사치라고도 했다. 그녀가 그렇게 말했을 때 그는 그녀
를 꼭 안아 주었다. 그는 그녀가 그것을 입고 있는 모습이 눈에 선
했다. 젠장, 그 라운지 파자마는 아무리 생각해도 매우 예뻤다. 그
렇다면 그 악마가 10달러 더 비싸다고 해도 진지하게 생각해 보는
게 어떨까? 수많은 사람들이 10달러 정도는 두 번 생각하지 않고
써 버린다.

　카렐라는 입 속으로 땅콩을 던져 넣었다.

　곤조는 어디 있을까?

　크리스마스 쇼핑을 하고 있으리라. 카렐라는 생각했다. 마약 밀
매인들 역시 아내와 어머니가 있지 않겠는가? 물론 그들에게도 있
을 터였다. 그리고 당연히 크리스마스 선물을 교환하고, 여느 사람
들처럼 세례식과 바르미츠바_{유대교 성년식}와 결혼식과 장례식에도 가리
라. 그러니까 곤조는 크리스마스 쇼핑을 하고 있을지도 몰랐다. 그

것도 그렇게 억지스러운 생각은 아니었다. 바로 이 순간, 사자의 집 밖 혹독한 추위 속에서 눅눅한 땅콩을 우적우적 씹고 있는 대신 크리스마스 쇼핑을 하고 있다면 얼마나 좋을까. 게다가 87분서 관할 구역 밖에서의 근무는 원치 않는 일이었다. 어쨌든 이 일은 특별한 일이고, 난 미친 경찰이니까. 하지만 집보다 좋은 곳은 없고, 이 공원은 87분서가 아닌 다른 두 분서의 관할하에 있었다. 난 팔십칠 분서가 좋아. 그리고 그게 나를 더 미친 경찰로 만들지. 땅콩이나 먹어, 멍청아.

어서 나타나라, 곤조.

네가 어떤 놈인지 궁금해서 죽을 지경이다, 곤조. 실제로 아는 사람처럼 느낄 만큼 네놈에 대해서 매우 많이 들었고, 정말 참을 수 없을 만큼 오랫동안 우리의 만남이 미뤄지지 않았나? 나타나라, 곤조. 난 점점 이 혹독한 날씨를 닮아 가고 있다, 곤조. 안으로 들어가서 사자들―어째서 저렇게 조용한 걸까? 벌써 먹이를 주는 시간일까?―을 구경하고 내 빨간 양말조차 추위 때문에 파랗게 변한 여기서 서 있으니 사자 우리 옆에서 불을 쬐고 싶은 마음이 굴뚝이다. 그러니까 어때, 곤조? 이제 좀 쉬게 해 주지그래? 불쌍한 경찰에게 십 센트짜리 커피 한 잔 정도는 마시게 해 주는 건 어때? 오, 형제여. 지금 이 순간 뜨거운 커피 한 잔만 마실 수 있다면.

네놈은 이 순간 백화점 레스토랑 같은 곳에서 커피 한잔하고 있겠지, 곤조. 넌 내가 여기서 너를 기다리고 있다는 건 까맣게 모를 거야.

젠장, 내가 기다리고 있다는 사실을 네놈이 모르길 바라는 건 확실히 맞군.

카렐라는 땅콩을 까면서 무심코 사자의 집 모퉁이를 도는 아이를 힐끗 보았다. 카렐라를 본 아이의 걸음이 빨라졌다. 카렐라는 아이를 무시하고 행복한 백치처럼 땅콩을 우적우적 씹었다. 아이가 가버리고 나서 카렐라는 벤치로 걸어가 자리에 앉아 기다렸다. 그는 손목시계를 보았다. 그는 또 다른 땅콩을 깠다. 그는 다시 시계를 보았다.

3분 후에 그 애가 돌아왔다. 그 애는 열아홉 이상은 되어 보이지 않았다. 그는 추위를 막기 위해 깃을 올린 스포츠 재킷과 해진 회색 플란넬 바지를 입고 새처럼 종종걸음을 하고 있었다. 아무것도 쓰지 않은 머리의 금색 머리카락이 바람에 춤을 추었다. 그는 카렐라를 다시 쳐다보고 사자의 집의 야외 우리 쪽 스탠드로 다가갔다. 카렐라는 땅콩을 까서 먹는 데에만 흥미가 있는 것처럼 보였다. 카렐라는 그 아이에게 거의 눈길을 주지 않았지만 아이를 시야에서 놓치지 않았다.

아이는 이제 서성거리고 있었다. 카렐라는 그의 손목을 보고 그 애가 시계를 차지 않았다는 것을 유념했다. 그는 눈을 찌푸리고 오솔길을 슬쩍 본 다음 다시 사자 우리 앞에서 서성이기 시작했다. 카렐라는 계속 땅콩을 먹었다.

아이가 갑자기 서성거리기를 멈추고 잠시 뭔가를 결정하려는 듯 서 있다가 카렐라가 앉아 있는 곳으로 다가왔다.

"저, 아저씨." 그가 말했다. "몇 시예요?"

"잠깐 기다려라." 카렐라가 대답했다. 그는 깐 땅콩을 입 안에 던져 넣고 벤치 위에 수북하게 쌓아 올린 땅콩 껍질 더미 위에 껍질을 놓은 다음 손을 털고 시계를 보았다.

"네 시 사십오 분."

"고맙습니다." 아이가 그렇게 말하며 다시 오솔길을 쳐다보았다. 그는 카렐라를 향해 돌아서서 잠시 그를 관찰했다. "되게 춥죠?"

"그래." 카렐라가 대답했다. "땅콩 먹을래?"

"네? 오, 아니요. 고맙습니다."

"좋도록 해. 먹으면 따뜻해지고 힘이 날 텐데."

"괜찮아요." 아이가 대답했다. "어쨌든 고맙습니다." 그가 다시 카렐라를 관찰했다. "앉아도 돼요?"

"공원이잖아." 카렐라가 어깨를 으쓱하며 말했다.

아이가 주머니에 손을 넣고 앉았다. 그는 땅콩을 먹고 있는 카렐라를 보았다. "아저씨는 비둘기나 뭐 그런 것에게 먹이를 주려고 여기 온 거예요?" 그가 물었다.

"나?"

"네, 아저씨요."

카렐라가 아이를 향해 몸을 돌렸다. "알고 싶은 게 뭐냐?" 그가 물었다.

"그냥 궁금해서요." 아이가 어깨를 으쓱하며 말했다.

"이봐." 카렐라가 말했다. "여기 사자의 집 근처에서 볼일이 없다면 가. 넌 질문이 많아."

아이는 이 상황을 오랫동안 생각했다. "왜요?" 그가 마침내 입을
뗐다. "아저씨는 여기서 볼일이 있어요?"

"내 일에 상관 마." 카렐라가 말했다. "말대꾸하지 말고, 꼬마야.
그랬다간 넌 네 이빨을 주워야 할 거야."

"왜 화를 내세요? 전 그냥 알고 싶어서……," 그가 갑작스럽게 말
을 멈췄다.

"뭐든 알려고 하지 마라, 꼬마야." 카렐라가 말했다. "입 다물고
있는 게 좋을 거야. 네가 여기서 뭔가를 하고 싶다면 너만 알고 있
어. 그럼 돼. 누가 듣고 있는지도 모르니까."

"오." 아이가 한참 생각하며 말했다. "그 생각은 못 했는데요." 그
가 양쪽 어깨 너머를 힐끗거렸다. 처음에는 왼쪽 어깨, 그다음 오른
쪽 어깨 너머. "어쨌든 주위에 아무도 없는데요."

"그건 그래." 카렐라가 대답했다.

"그래서 혹시……," 아이가 다시 머뭇거렸다. 카렐라는 땅콩에만
관심이 있는 척했다. "저기요. 우린 같은 목적으로 여기 있는 거 아
니에요?"

"네가 왜 여기 있느냐에 달렸지."

"왜 이래요, 아저씨. 알면서."

"나는 바람이나 쐬고 땅콩이나 먹으려고 여기 있는 거야."

"네, 그러시겠죠."

"넌 여기 왜 있는데?"

"먼저 말하세요."

"너 여기 처음이냐?" 카렐라가 갑작스럽게 물었다.

"네?"

"이봐, 꼬마야. 너한테 충고 하나 하자면 누구한테도 약에 대한 말을 입에 올리지 말라는 거야. 나한테도. 내가 경찰이 아니라는 걸 어떻게 알았지?"

"그 생각은 못 했는데요."

"그렇겠지. 그 생각은 못 했겠지. 내가 경찰이었다면 널 당장 끌고 갔을지도 몰라. 잘 들어. 나만큼 안 걸리고 오래 버틸 생각이면 아무도 믿지 마."

아이가 씩 웃었다. "근데 왜 저는 믿으세요?"

"네가 경찰이 아니고, 이 바닥의 신참이라는 걸 아니까."

"저는 경찰일지도 몰라요." 아이가 받아쳤다.

"넌 너무 어려. 몇 살이냐, 열여덟?"

"좀 있으면 스물이에요."

"그런데 어떻게 경찰이라는 거야?" 카렐라가 시계를 흘깃 보았다. "젠장, 어쨌든 몇 시에 만나기로 했지?"

"네 시 삼십 분이라고 들었어요." 아이가 말했다. "그에게 무슨 일이 있는 걸까요?"

"젠장, 아니길 빈다." 카렐라가 솔직한 마음을 담아 말했다. 그는 아이에게서 배어나기 시작한 긴장된 기대감을 알아차렸다. 그는 오늘 만남이 예정되어 있었고, 그 만남은 4시 30분이었다. 지금은 거의 5시가 되어 가고 있었고, 그것은—이변이 없는 한— 곤조가 당장이라도 모습을 보일 거라는 뜻이었다.

"곤조라는 사람을 아세요?" 아이가 물었다.

"쉿, 맙소사, 이름을 말하지 마." 카렐라가 주위를 살피는 시늉을 하며 말했다. "꼬마야, 너 정말 초짜구나."

"나 참, 들을 사람도 없잖아요." 아이가 건방을 떨며 말했다. "추위 속에 앉아 있는 땅콩[nut]미친 사람이라는 뜻이 있다뿐이잖아요. 사려는 사람이거나요."

"아니면 체포하러 오는 녀석이거나." 카렐라가 알고 있다는 듯 말했다. "우라질 경찰들은 원하기만 하면 바위처럼 꿈쩍도 않고 숨어 있을 수 있어. 네 손목에 수갑이 채워질 때까지도 경찰이 거기 있었다는 걸 넌 절대 모를 거다."

"여긴 어떤 경찰도 없어요. 아저씨, 왜 그 사람을 찾아 나서지 않는 거예요?"

"오늘이 첫 만남이야." 카렐라가 말했다. "그가 어떻게 생겼는지 몰라."

"저도 그래요. 전에는 아나벨과 거래했어요?"

"그래."

"네, 저도요. 괜찮은 애였는데. 히스패닉계 놈치고는."

"뭐, 히스패닉계 놈들은 괜찮아." 카렐라가 어깨를 으쓱하며 말했다. 그가 잠시 사이를 두고 말했다. "곤조라는 친구가 어떻게 생겼는지 아냐?"

"살짝 머리가 벗어졌다는 것 같아요. 그거밖에 몰라요."

"나이가 좀 들었냐?"

"그런 것 같진 않고요. 그냥 머리가 좀 벗어진 거예요. 많은 남자들이 조금은 벗어졌잖아요. 안 그래요?"

"그렇지." 카렐라가 그렇게 말하며 다시 시계를 보았다. "지금쯤 나타나야 하는 거 아니야?"

"몇 시예요?"

"다섯 시 조금 넘었어."

"이 근처에 있을 거예요." 아이가 잠시 말을 끊었다. "왜 처음이에요? 그러니까, 곤조랑요. 아나벨은 며칠 전에 자살했죠?"

"그래. 하지만 그 애가 세상을 끝내기 전에 그 애한테서 잔뜩 사놨지. 잠시 버틸 만큼은."

"오. 저는 그 덕분에 여기저기 돌아다녀야 했어요. 아시겠죠? 질 좋은 것도 좀 구했지만 몇 번은 형편없는 것들인 적도 있었어요. 믿을 수 있는 사람과 거래를 한다는 게 중요하잖아요?"

"물론이지. 그런데 너는 곤조라는 친구가 믿을 만하다는 걸 어떻게 알지?"

"몰라요. 잃을 게 뭐 있겠어요?"

"어쩌면, 제길, 그가 우리를 짭새한테 찌를지도 모르지."

"운에 맡겨야죠. 아나벨의 물건은 늘 좋았어요."

"맞아. 그랬지. 최고였어."

"걔는 괜찮은 꼬마였어요. 아나벨이오. 히스패닉계 놈치고는."

"그래."

"오해는 마세요." 아이가 말했다. "저는 히스패닉계 놈한테 나쁜 감정 없어요."

"뭐, 좋은 태도라고 할 수 있지." 카렐라가 말했다. "내가 알 수 없는 게 두 가지 있는데, 바로 편견이 심한 놈들과 히스패닉계 놈들이야."

"에?"

"왜 곤조를 찾으러 다니지 않는 거냐? 저 길로 오고 있을지도 모르잖아."

"그가 어떻게 생겼는지 몰라요."

"나도 그렇긴 하지. 네가 먼저 살펴봐라. 그래도 오 분 안에 안 나타나면 내가 살펴보지."

"좋아요." 아이가 그렇게 말하며 벤치에서 일어나 사자의 집의 날카롭게 각이 진 한쪽 벽을 따라 난 오솔길로 향했다.

그다음 깜짝 놀랄 만큼 빠르게 연이어 발생한 상황은 거의 일련의 코미디 같았다. 일이 일어났던 순간에는 상황에 얽매여 그 일을 객관적으로 바라볼 수 없었지만 카렐라는 나중에 맑은 정신으로, 일어났던 일을 처음부터 끝까지 되새겨 볼 기회가 있었다. 그는 그 상황이 발생했을 때 짜증이 난 데다 다소 어이가 없었다. 나중에야 그 상황을 운 나쁜 우연의 표본으로 이해할 수 있었다.

처음 그는 그 아이가 오솔길 쪽으로 걸어가 잠시 길가에 서 있다가 곤조가 어디에서도 보이지 않는다는 뜻으로 카렐라를 향해 머리를 흔드는 모습을 보았다. 그러더니 아이가 몸을 돌려 오솔길의 반대편을 보았다. 아마 작은 둔덕을 오르면 더 잘 살필 수 있다고 판단한 듯 몇 발짝을 걸어 사자의 집의 한쪽 모퉁이를 돌아 모습을 감추었다. 아이가 시야에서 사라진 순간 카렐라는 사자의 집 반대쪽에서 누군가가 다가오는 모습을 보았다.

다가오는 그 누군가는 순찰 경관이었다.

방한용 귀마개를 하고 굵은 똥자루 같은 경찰봉을 든 그는 추위로 얼굴이 빨갛게 된 채 씩씩하게 발걸음을 내딛고 있었다. 그가 향하는 방향은 오해의 여지가 없었다. 그는 카렐라가 앉아 있는 벤치로 곧장 다가오는 중이었다. 카렐라는 눈꼬리로 아이가 사라진 길의 모퉁이를 보았다. 순찰 경관의 빠른 걸음은 목적이 있었고, 이제더 가까이 다가와 있었다. 그는 벤치로 다가와 카렐라 앞에 서서 그를 내려다보았다. 카렐라는 다시 길 쪽을 힐끔거렸다. 아이는 아직시야에 나타나지 않았다.

"뭐 하고 계십니까?" 순찰 경관이 카렐라에게 물었다.

카렐라가 그를 쳐다보았다. "나요?" 그가 말했다. 그는 공원이 자신의 관할이 아니라는 사실을 저주했고, 그가 모르는 순찰 경관이라는 사실을 저주했고, 그 경찰의 우둔함을 저주했다. 동시에 아이가 이 순간 돌아올지도 모르기 때문에 자신의 신분증을 보여 줄 수없다는 사실을 자각했다. 당장 필요한 것은 지금 상황을 아이에게보여 주는 일뿐이었다. 곤조가 이 순간 나타난다면? 맙소사, 곤조가 나타났을까?

"그래요, 당신." 순찰 경관이 말했다. "여기 우리 말고 누가 또 있습니까?"

"그냥 앉아 있는 거요."

"앉아 있은 지 한참 된 것 같은데요."

"상쾌한 공기를 마시며 앉아 있는 걸 좋아합니다." 카렐라는 그렇게 말하며 재빨리 배지를 꺼내 보일 수 있을 가능성과 순찰 경관이 이 상황을 재빨리 파악하고 별다른 말 없이 떠날 가능성을 생각했다. 하지만 그 가능성을 짓뭉개기라도 하듯 아이가 갑자기 사자의 집 모퉁이에서 모습을 드러냈고, 그 자리에서 딱 멈춰 서서 경찰을 보더니 반대 방향으로 달리기 시작했다. 하지만 이번에는 완전히 모습을 감추지 않았다. 이번에는 사자의 집 모퉁이에 숨어 저격수를 탐색하는 시가전의 군인처럼 건물의 벽돌 벽 주위에서 이쪽을 유심히 보고 있었다.

"밖에 앉아 있기에는 춥지 않습니까?" 순찰 경관이 물었다. 카렐라는 그를 쳐다보며 순찰 경관의 등 뒤에서 여전히 이쪽을 보고 있는 아이를 보았다. 그가 할 수 있는 일은 아무것도 없었고, 신분을 밝히지 않고 적당히 얼버무리려고 애썼다. 그리고 곤조가 나타나 경찰 제복을 보고 겁을 먹지 않길 빌었다.

"이봐요. 벤치에 앉아서 땅콩을 먹는 게 위법이기라도 합니까?"

"그럴지도 모르지."

"뭐가 말이오? 내가 누구를 귀찮게 하기라도 했소?"

"누가 압니까. 앞으로 지나갈 여학생을 추행하려고 했는지도 모

168

르지."

"난 누구도 추행할 생각이 없소." 카렐라가 말했다. "내가 하고 싶은 건 여기 앉아서 아무 참견도 하지 않고 신선한 공기를 마시는 게 다요."

"부랑자처럼 보이는데."

"내가 부랑자 같다고?"

"꼭 그렇다는 건 아니지만."

"이봐요, 경찰관 양반……."

"일어서요."

"왜?"

"왜냐하면 몸수색을 해 봐야 하니까."

"도대체 뭘 찾는데?" 화가 난 카렐라는 그렇게 말하며 아이가 건물 모퉁이에서 끊임없이 이쪽을 살피고 있다는 것을 인지했다. 그리고 그 몸수색으로 허리춤 권총집에 든 38구경이 적발되리라는 사실과 그 총에 대한 해명 또한 해야 한다는 사실을 자각했다. 그 해명에 따른 필연으로 배지를 꺼내 들어야 할 터였고, 그렇게 되면 계획했던 일이 수포로 돌아갈 게 뻔했다. 그러면 아이는 자신이 경찰이라는 사실을 알게 되고, 자리를 뜰 게 분명했다. 그리고 곤조 또한 이 광경을 보면…….

"몸수색을 하겠습니다." 순찰 경관이 말했다. "마약 밀매자일지도 모르니까."

"오, 빌어먹을!" 카렐라가 폭발했다. "그럼 영장을 갖고 오시오."

"그럴 필요 없습니다." 순찰 경관이 태연하게 말했다. "당신은 수색에 응하거나, 머리를 한 대 얻어터지고 부랑자로 경찰서로 끌려갈 수도 있습니다. 자, 어떻게 하겠습니까?"

순찰 경관은 카렐라의 대답을 기다리지 않았다. 그는 경찰봉으로 카렐라의 몸을 더듬기 시작했고, 그가 처음 건드린 것은 38구경이었다. 그는 카렐라의 재킷을 잡아 젖혔다.

"아니!" 그가 외쳤다. "이게 뭐야?"

그의 목소리가 동물원 반대편 끝에 있는 파충류의 집까지 거침없이 울렸다. 그 목소리는 틀림없이 채 5미터도 떨어지지 않은 사자의 집까지 울렸을 터였다. 카렐라는 아이의 눈이 커지는 것을 보았다. 이윽고 순찰 경관은 캐리 네이션_{미국의 여성 금주 운동가로 금주법이 시행되기 전에 도끼로 술집을 부수고 다녔다}이 휘둘렀던 도끼처럼 총을 휘둘렀다. 그 모습을 본 아이의 눈이 의심스럽다는 듯 좁아지더니 건물 모퉁이에서 사라졌다.

"이게 뭐냐고?" 이제 스티브 카렐라의 팔을 움켜쥔 순찰 경관이 재차 소리쳤다. 카렐라는 순찰 경관이 하는 말을 들으며, 한편으로 아스팔트를 빠르게 때리며 멀어져 가는 발소리를 들었다. 아이는 가 버렸고, 곤조 또한 모습을 나타내지 않았다. 어쨌든 완전히 망친 하루였다.

"내 말 안 들려! 이 총의 허가증은 있나?"

"내 이름은," 카렐라가 천천히, 또박또박 말했다. "스티브 카렐라. 팔십칠 분서에 근무하는 이급 형사고, 방금 자네가 마약 용의자 체포를 방해했네." 순찰 경관의 빨간 얼굴이 살짝 하얘졌다. 카렐라가 그의 얼굴을 심술궂게 바라보더니 말했다. "계속해 보시지, 얼빵한 친구. 잘하는 짓이다."

12

깃털^{feather}.

그것은 깃털에 지나지 않았지만 마리아 에르난데스가 난자당한 방에서 발견된 증거물들 중에서는 가장 의미 있는 것이었다.

깃털에는 온갖 종류가 있다.

닭의 깃털, 오리의 깃털, 메추라기의 깃털, 거위의 깃털, 플라밍고의 깃털, 말의 털이 있고, 레너드 페더^{Leonard Feather}영국 태생의 저명한 재즈 뮤지션이자 평론가도 있다.

깃털은 솜털^{down feather}과 큰 깃털, 두 종류로 나뉜다.

방에서 발견된 깃털은 솜털이었다.

87분서 내 형사가 어떤 형사에게 경의를 표할 경우, 그 형사를 훌륭한 사람이라든가 용감한 투사라든가 사랑받는 사람이라든가 영웅이라고 부르는 데 항상 쓰이는 표현으로 '다운 캣^{down cat}'이라는 말이 있다.

캣은 그 사람을 의미하고 다운은 확실한 것을 의미한다.

솜털^{down feather}은 이와 달리 그다지 확실한 깃털이 아니었다. 다시 말해 솜털에는 아무것도 잘못된 것이 없었지만 용감하다거나 성적 매력이 있다거나 멋지다거나 신뢰할 만한 것은 없었다. 깃털은 사체에서 발견된 게 아니라 그저 새에게서 나온 것이었고, 깃털이라기보다는 솜털에 가까웠다.

방에서 발견된 솜털은 잠시 비눗물에 담겼다가 흐르는 물로 헹궈지고 다시 알코올로 씻긴 뒤 현미경 아래에 놓였다.

깃털에는 군데군데 돌출 부분이 있는 긴 결절이 있었다.

참새 같은 경우, 그 결절은 밀집한 원추형으로 되어 있다.

섭금류의 경우, 그 결절은 뾰족한 원추형이며 딱딱한 깃가지가 있다.

높이 나는 새의 깃털은 결절이 단단하고 네 개의 깃가지가 있다.

물새의 경우, 끝이 무딘 단단한 결절이 있다.

닭이라든가 아시아에 서식하는 들새는 섭금류 같은 깃털이 있다.

비둘기…… 아, 비둘기.

비둘기의 깃털은 군데군데 돌출 부분이 있는 긴 결절이 있다.

방에 있던 깃털은 비둘기의 것이었다.

침대 위에 있던 한쪽 베개에서 나온 깃털들은 오리털이었다. 따라서 발견된 깃털은 베개에서 나온 것이 아니었다. 깃털에는 피가 묻어 있었다. 그러므로 그 깃털은 범인이 있기 전 방에 있던 누군가가 남긴 게 아닌, 범인이 남긴 것일 가능성이 농후했다.

따라서 범인이 자신의 옷에 비둘기 털을 묻히고 있었다면 비둘기를 기르고 있을 가능성이 있었다.

모든 경찰은 도시에서 비둘기를 기르고 있는 모든 사람을 추적해야 했다.

그 수사는 새 용의자를 가리키는 경찰 은어들을 쫓는 일이 되었다.

12월 22일 금요일의 백화점은 많은 인파로 약간 혼잡스러웠다. 버트 클링으로서는 그 인파가 싫다고 솔직하게 말할 수 없었다. 그 혼잡스러움이 그를 클레어 타운센드와 밀착시켜 주었기 때문이다. 이제까지 그가 그렇게 밀착하고 싶었던 여자는 없었다. 어쨌든 이 쇼핑이라는 목적은 에드 아저씨나 세라 아줌마—클링은 만나 본 적도 없는— 같은 사람들을 위해 선물을 고르기 위한 것이었고, 그 목적이 빨리 달성될수록 클레어와 어수선하지 않은 오후를 보낼 수 있을 것 같았다. 오늘은 비번이었고, 그는 무거운 짐을 들고 온 백화점을 터덜터덜 걸어 다니며 하루 휴가를 보내고 싶지 않았다. 비록 클레어와 함께일지라도.

그는 도처에서 짐을 들고 터덜터덜 걸어 다니는 사람들 가운데 자신과 클레어가 가장 즐겁게 터덜터덜 걸어 다니는 한 쌍처럼 보인다는 사실을 인정하지 않을 수 없었다. 그녀에게는 피곤을 모르는 에너지가 있었다. 그는 보통 그 에너지를 운동선수들과 연관 지어 생각했다. 그가 아는 운동선수들은 대개 울퉁불퉁한 이두박근과 근육질 다리의 땅딸막한 사람이었다. 클레어 타운센드는 피곤을 모르는 에너지가 넘친다는 것을 빼면 그런 운동선수 부류와는 아무런 상관이 없었다.

클링의 견해에 따르면 클레어는 살아 숨 쉬는 여자들 중에서 가장 아름다운 여자였다. 그녀는 분명 그가 만났던 여자들 중에서 가장 아름다운 여인이었다. 그녀의 머리는 검은색이었다. 검은 머리는 많고, 알다시피 드물지 않다. 하지만 클레어의 머리칼은 온통 새카맸다. 빛이 스며들 틈도 없을 만큼 완전한 흑발이었다. 따뜻한 갈색 눈 위에는 검은색 눈썹이 아치를 그리고 있었다. 안색은 우아한 스페인계 여자처럼 창백했고, 인디언처럼 광대뼈가 튀어나와 있었다. 휘지 않고 일직선으로 뻗은 콧날에 시원한 입매. 그녀는 명백히 세상에서 가장 사랑스러운 여자였다. 그녀가 실제로 그런지 아닌지는 중요하지 않았다. 클링은 그녀가 그렇다고 생각했다.

그는 또한 그녀가 발전기만큼이나 정열적이라고 생각했다.

그는 그 발전기가 언제쯤 멈출지 궁금했지만 그 발전기는 끊임없이 동력을 일으키며 사촌인 퍼시와 엘로이즈 할머니의 선물을 사는 중이었고, 자포자기한 클링은 전속력으로 물살을 가르는 돛대 두 개짜리 범선에 묶인 보트처럼 그녀에게 끌려다녔다.

"자기는 내가 자기를 위해 산 선물을 봐야 해." 그녀가 그에게 말했다.

"뭔데?" 그가 물었다.

"금박 총집. 자기의 바보 같은 무기를 위한."

"내 총을 말하는 거야?" 그가 물었다.

"그리고 자기의 음흉한 생각을 씻어 줄 비누 한 갑."

"나를 어떻게 보고. 난 여기서 십 분 안에 좀도둑을 잡아서 이급 형사로 승진할 수도 있어."

"어린 금발 머리 아가씨나 잡지 마."

"클레어……,"

"이 장갑들 좀 봐. 겨우 이 달러 구십 센트야. 이건……,"

"캘러머주미시간 주에 있는 도시에 사는 사촌 앙투아네트 거겠지. 클레어……,"

"이 장갑들만 사면 돼, 자기야."

"내가 막 그 말을 하려던 참인데, 어떻게 알았어?"

"얼른 이 말도 안 되는 쇼핑을 끝내고 한잔하러 가고 싶은 거 아니었어?"

"맞아."

"나도 마침 그럴 생각이었어." 클레어가 말했다. 그러더니 속마음을 털어놓듯 명랑하게 덧붙였다. "자기는 지금을 즐겨야 해. 우리가 결혼하면 이 잡동사니를 사는 데 드는 돈을 몽땅 자기가 지불해야 될 테니까."

결혼 문제가 두 사람 사이에서 언급된 것은 이번이 처음이었지만 클링은 여태 그랬던 것처럼 그녀의 뒤를 쫓느라 그 말을 정확히 듣지 못했다. 그녀가 꺼낸 그 기적 같은 말을 그가 완전히 이해하기도 전에 그녀는 2달러 98센트짜리 장갑을 사고 그를 옥상 정원이 있는 쪽으로 이끌었다. 옥상 정원은 선물 꾸러미를 잔뜩 든 아줌마들로 가득했다.

"여기는 조그만 삼각 샌드위치밖에 안 팔아." 클링이 큰 소리로 말했다. "이리 와. 내가 자기를 조명이 어둑한, 분위기 있는 바로 모시지."

그가 그녀를 데리고 간 분위기 있는 바는 기대만큼 분위기가 있지 않았다. 어둑한 것은 사실이었지만 어둑함과 침침함은 달랐다.

웨이터가 조용히 다가오자 클링은 스카치 온더록스를 주문한 뒤, 묻는 듯한 표정으로 클레어를 쳐다보았다.

"코냑이오." 그녀가 말하자 웨이터가 조용히 사라졌다.

"정말 나랑 결혼해 줄 거야?" 클링이 물었다.

"제발." 클레어가 그에게 말했다. "머리가 터질 것 같아. 크리스마스로도 벅차 죽겠어. 지금 프러포즈하면 폭발할 거야."

"어쨌든 날 사랑하는 거지?"

"내가 그런 말 한 적 있어?"

"아니."

"그럼 뭣 때문에 그렇게 성급해진 거야?"

"자기가 날 사랑한다고 믿으니까."

"뭐, 그런 자신감은 분명히 좋은 거지만……."

"그럼 아니라고?"

클레어가 진지한 모습으로 돌변했다. "맞아, 버트." 그녀가 말했다. "맞아, 자기야. 사랑해. 아주 많이."

"어, 그러니까……" 그가 말을 잇지 못했다. 그는 바보처럼 활짝 웃으며 그녀의 손 위에 자신의 손을 올려놓고 눈을 깜박거렸다.

"이제 내가 자기를 망쳤어." 그녀가 웃으며 말했다. "이제 내가 잡힌 물고기라고 생각하겠지. 자긴 아마 성급하게 굴 거야."

"아니야. 안 그럴 거야."

"자긴 경찰이잖아." 그녀가 힘주어 말했다. "인정사정없고, 잔인한 데다……."

"그렇지 않아, 클레어. 정말 아니야. 난……."

"그래, 알아. 날 심문할 생각으로 끌고 가서……."

"오, 맙소사, 클레어. 사랑해." 그가 하소연하듯 말했다.

"알았어." 그녀가 만족스럽다는 듯 웃으며 말했다. "멋지지 않아? 우린 정말 운이 좋아. 그렇지, 버트?"

"넌 운이 좋았어." 남자가 말했다.

곤조가 떫은 표정으로 그를 보았다. "그래? 그렇게 생각해?"

"넌 체포됐을지도 몰라. 얼마나 갖고 있었어?"

"삼십 그램쯤. 그게 중요한 게 아니야. 내가 당신한테 하려는 말은 이게 점점 위험해지고 있다는 거야. 알겠어?"

"위험은 각오한 거잖아."

"잘 들어, 친구. 위험한 건 그렇다고 치지만 내가 곤란해지는 건 다른 문제야."

178

"체포된 것도 아니잖아?"

"아니지. 하지만 내가 빈틈없는 사람이기 때문이야." 곤조가 담배에 불을 붙이더니 연기 구름을 내뿜었다. "이봐, 내가 무슨 말 하는지 모르겠어?"

"이해하고말고."

"좋아, 좋아. 그놈은 짭새였어. 그리고 그놈은 분명히 나를 찾고 있었다고! 그 말은 그놈들이 나를 어떻게든 찾겠다는 뜻이고, 그 방에서 아나벨에게 무슨 일이 일어났는지 알지도 모른다는 뜻이야."

"그들이 뭘 알든 상관없어."

"계속 그 말이군. 좋아. 침착하게 행동해야 해. 내 말은 우린 완전히 궁지에 몰렸다는 뜻이고, 거기서 벗어나야 한다는 거야. 전화해서 끝내야 할 일을 해. 벗어나자고."

"내가 알아서 할 거야." 남자가 말했다. "먼저 올라가서 비둘기를 봐야겠어. 이 추운 날씨에……."

"그놈의 빌어먹을 비둘기."

"비둘기는 좋은 거야." 남자가 대꾸했다.

"좋아. 가서 봐. 이불을 잘 덮어 주라고. 뭘 하든 당신이 하고 싶은 대로 해. 어쨌든 번스한테는 전화할 거지? 일을 끝내자니까. 명심해. 나랑은 상관없는 일이야. 하지만……."

"너랑 엄청 상관있어!"

"없어! 그게 내가 당신한테 하고 싶은 말이야. 당신은 나한테 많은 약속을 했어. 난 무슨 일이 있었는지 몰라. 내가 아는 거라곤 경찰이 나를 찾고 있다는 것뿐이야. 좋아. 그 약속은 어떻게 된 거야? 당신의 그 대단한 아이디어는 어떻게 된 거냐고? 빌어먹을. 처음에 번스의 아들내미가 마약쟁이라고 가르쳐 준 사람이 누구지?"

"곤조, 너."

"좋아. 그럼 이건 어때? 약속한 보수는 언제 줄 거야?"

"아나벨의 장사를 차지한 사람은 너 아닌가?"

"코딱지만 하지!" 곤조가 격렬하게 말했다. "이 계획이 마치 대단한 것이나 되는 것처럼 말한 사람은 당신이야. 좋아, 그 대단한 건 어딨지? 당신이 시키는 대로 다 한 사람이 누구야? 위험을 무릅쓰고 에르난데스 계집에게 물밑 작업을 한 사람이 누구냐고? 그년한테 거짓말을 하게 하는 일이 쉬웠을 것 같아?"

"그래, 쉬웠을 것 같아. 네가 한 일이라곤 이십오 달러를 내보인 것뿐이야."

"그렇긴 하지만 뭐, 그렇게 쉬웠던 건 아니었어. 당신도 알다시피 그 녀석은 그년의 동생이었잖아. 그리고 그년은 확실히 동생의 관 치수를 재게 될 일이 있을 거라고 예상 못 했겠지. 어쨌든 그 녀석은 괜찮은 놈이었는데. 계획의 그 부분이 구렸어."

"그 일을 하려면 어쩔 수 없었어."

"다른 식으로 할 수도 있었을 텐데." 곤조가 말했다. "어쨌든 그 얘긴 꺼내고 싶지도 않아. 난 살인에 대해선 아무것도 몰라. 아무것도. 아나벨과 걔 누나는 당신 문제야. 나랑은 상관없다는 거 알지? 왜 그렇게 난도질을……,"

"닥쳐!"

"오케이, 오케이. 내가 하고 싶은 말은 이거야. 우라질 팔십칠 분서에서 뭔가를 알아냈을 테고, 난 몸을 사려야 한다는 거. 난 당신을 위해서든 누구를 위해서든 콩밥은 먹지 않을 거야. 만약 그 짭새가 나를 쫓기 시작하면—글쎄, 내가 그놈을 순순히 따라갈 거라는 생각은 마, 친구. 어느 누구도 빌어먹을 형사실에서 날 두들겨 패지 못해."

"그럼 어쩔 거야, 곤조? 경찰이 체포하려고 하면?"

"그 개새끼를 죽일 거야."

"난 네가 살인에 대해서는 숙맥인 줄 알았는데?"

"내가 하고 싶은 말은, 당신이 생각해 낸 이 진흙탕에서 날 빼내 달라는 거라고, 친구. 내가 바라는 건 약속 이행이야. 애초에 이 계획의 계기를 마련한 사람도 나고, 에르난데스 년에게 거짓말을 하게 만든 사람도 나야. 나 없이 당신은 절대……"

"약속은 지킬 거야. 네 문제가 뭔지 알아, 곤조?"

"모르겠는데. 말해 봐. 내 문제가 뭔지 궁금해서 죽겠으니까."

"넌 여전히 시시한 생각을 하고 있다는 거야. 넌 뭔가 대단한 일을 하고 있는 줄 알지만 네 생각은 여전히 쓰레기 더미 위에 있다는 거지."

"그럼, 당신 생각은 구름 위에 있군그래. 축하해. 쓰레기 더미 위에 있어서 엄청 미안한데."

"큰 걸 생각해, 이 병신아! 내가 번스한테 전화만 하면……"

"언제? 하긴 할 거야? 이제 일 좀 하자고."

"비둘기만 체크하고 나서."

"비둘기경찰 정보원을 가리키는 경찰 은어들을 체크해!" 번스가 구내전화로 소리를 질렀다. "자네한테 끄나풀이 있다면 도대체 왜 안 써먹는 건가, 스티브?"

전화 반대편에서 카렐라가 한숨을 내쉬었다. 요 며칠 동안 유별나게 짜증을 내는 번스를 이해할 수 없었다.

"피트, 저는 요 며칠 동안 우리 끄나풀들을 체크했습니다. 아무도 곤조라는 이름을 모르는 것 같아요. 지금 막 대니 김프와 통화를 끝낸 참입니다. 전화가 오는 대로……,"

"이 빌어먹을 관할에서 아무도 곤조라는 이름을 들은 적 없다는 게 말이 돼!" 번스가 소리쳤다. "형사실에 형사가 열여섯 명이나 있는데, 하찮은 마약 밀매인의 소재 하나 파악 못 한다는 게 말이 되느냐고! 미안하네, 스티브. 하지만 정말 말도 안 되는 일일세."

"하지만……,"

"다른 분서에 조회해 봤나? 갑자기 흔적도 없이 사라지는 사람은 없는 법이야. 그런 일은 없어, 스티브. 그놈이 마약 밀매인이라면 전과가 있을 걸세."

"새로운 놈인지도 모릅니다."

"그럼 미성년 범죄 전과가 있겠지."

"없습니다. 제가 체크했습니다, 피트. 곤조는 아마 별명일 겁니다. 아마······."

"별명 카드는 됐다 뭐 할 건가?" 번스가 소리쳤다.

"피트, 생각해 보십시오. 그놈은 이 바닥에서 오래 굴러먹은 자가 아닐지도 모릅니다. 이 바닥에 막 뛰어든 어린놈일 수도 있어요. 그래서 남아 있는 기록이 없고, 그놈은······."

"어린 불량배가 갑자기 마약 밀매인이 됐고, 그놈한테 미성년 범죄 기록이 없다고 말하고 있는 건가?"

"피트, 그놈이 미성년 범죄자 리스트에 올랐다는 보장은 없습니다. 경찰 신세를 진 적이 없는지도 모르죠. 길거리에는 리스트에 올라 있지 않은 수백 명의 아이들이 있······."

"도대체 무슨 말을 하는 건가?" 번스가 말했다. "그러니까 코흘리개 불량배는 찾을 수 없다는 말인가? 이 곤조라는 놈이 에르난데스의 사업을 뺏어 갔네. 그리고 그게 살해 동기야. 그렇게 생각하지 않나?"

"뭐, 그 사업이 뺏어 갈 만큼 크다면 그렇습니다. 하지만 피트······."

"더 나은 동기라도 있나, 스티브?"

"아니요, 아직은."

"그럼 곤조를 나에게 데려와!"

"맙소사, 피트. 제게 하시는 말씀이 마치······."

"이 형사반을 지휘하는 사람은 아직 나야, 카렐라." 번스가 성을 냈다.

"알겠습니다, 알겠어요. 저기요, 어제 저는 곤조에게서 약을 사려는 애를 만났습니다. 얼굴을 아니까 오늘 그 애를 찾으러 다니겠습니다. 됐죠? 하지만 먼저 대니 김프가 가진 정보부터 확인하겠습니다."

"그 애가 곤조를 알 것 같나?"

"어제는 모른다고 했습니다. 그리고 경찰이 나타났을 때 엄청 겁에 질렸고요. 하지만 그 이후에 접촉이 있었을 겁니다. 그럼 저를 곤조에게 데려다 주겠죠. 찾아보겠습니다. 대니가 삼사십 분 내로 전화할 겁니다."

"알겠네."

"저는 왜 반장님이 이 사건에 그렇게 열을 내시는지 모르겠습니다." 카렐라가 용기를 내어 대담하게 말했다. "여태 이런 압박은 거의⋯⋯."

"난 **모든** 사건에 열을 내네." 번스가 딱 부러지게 말하고 전화를 끊었다.

그는 자리에 앉아 방 귀퉁이에 있는 창 너머 공원을 응시했다. 매우 지쳐 있었고, 가슴이 찢어질 것 같았다. 그리고 부하에게 화를 낸 자신이 싫었고, 중요한 증거를 감추고 있는 자신이 싫었다. 그 증거는 카렐라처럼 훌륭한 경찰에게 도움이 될 수도 있었다. 그는 그 물음을 다시 한 번 자신에게 했고, 그 물음은 여전히 공허하게 울릴 뿐이었다. **어떻게 해야 하지?**

카렐라가 이해해 줄까? 아니면 훌륭하고 똑똑한 경찰인 카렐라가 그 지문에 달려들어 그것들을 추적하고 본격적으로 수사에 착수해서 래리 번스라는 이름의 살인자를 찾아낼까?

내가 두려워하는 게 뭐지? 번스는 자문했다.

그리고 그에 대한 답이 그를 또 다른 낙담으로 빠뜨렸다. 그는 자신이 두려워하는 것이 무엇인지 알고 있었다. 그는 지난 며칠간 그동안 알지 못했던 래리 번스를 만났다. 자신의 아들인 척하는 그 새로운 인물은 좋은 녀석이라고 할 수 없었다. 그가 전혀 모르는 사람이었다.

그 인물이 살인을 했을지도 몰랐다.

내 아들 래리가 에르난데스를 살해했을지도 모른다. 번스는 생각했다.

책상 위의 전화가 울렸다. 그는 전화벨 소리가 몇 번 울리는 것을 듣고 있다가 회전의자를 움직여 수화기를 들었다.

"팔십칠 분서 번스 반장입니다."

"경위님, 데스크의 캐시디입니다."

"뭔가, 마이크?"

"경위님께 전화가 왔습니다."

"누군가?"

"저, 바로 그게 문젠데요. 그 사람이 말을 안 합니다."

번스는 갑자기 등줄기 안쪽에서 날카로운 통증을 느꼈다. 그 통증이 천천히 번지며 열기를 남기고 사라졌다. "그가…… 그가 나와 애기하고 싶다고?"

"네, 경위님."

"알겠네. 바꾸게."

번스는 기다렸다. 손이 땀으로 흥건히 젖었다. 오른손에 쥔 수화기가 땀으로 미끄러졌고, 그는 왼 손바닥을 바짓가랑이에 훔쳤다.

"여보세요?" 목소리가 말했다. 전에 들었던 목소리와 같은 목소리였다. 번스는 그 목소리를 듣자마자 알아차렸다.

"번스 경위요."

"아, 안녕하십니까, 경위님." 목소리가 말했다. "잘 지내십니까?"

"좋소." 번스가 말했다. "누구요?"

"어디 보자. 그건 그리 똑똑한 질문은 아닌 것 같은데요?"

"원하는 게 뭐야?"

"아, 이 통화는 우리만 듣는 겁니까, 경위님? 우리가 이제 얘기할 인물에 대해 당신 동료가 듣는 게 싫어서 말이죠."

"내 전화는 아무도 듣지 않아." 번스가 확언했다.

"꽤 확신하시는군요, 경위님."

"바보 취급 하지 마." 번스가 딱딱거렸다. "할 말이나 해."

"아드님과 얘기할 기회가 있었겠죠, 경위님?"

"그래." 번스가 말했다. 그는 수화기를 왼손으로 옮긴 다음 오른손의 땀을 닦고, 다시 수화기를 오른손으로 쥐었다.

"내가 저번에 당신한테 얘기했던 혐의를 인정하던가요?"

"그 아인 마약 중독이야." 번스가 말했다. "그건 사실이야……."

"안됐군요, 경위님. 그렇게 착한 애가." 목소리가 갑자기 사무적으로 변했다. "그 지문을 확인했습니까?"

"그래."

"아드님 거던가요?"

"그래."

"큰일이겠군요. 안 그렇습니까, 경위님?"

"내 아들은 에르난데스와 싸우지 않았어."

"목격자가 있어요, 경위님."

"목격자가 누구야?"

"놀라실걸요?"

"말해."

"마리아 에르난데스."

"뭐!"

"그래요. 상황이 더 안 좋아 보이는데요? 싸움을 목격한 사람이 갑자기 죽어 버리다니. 그건 더 안 좋아 보이는데요, 경위님."

"내 아들은 마리아 에르난데스가 살해되던 날 밤 나와 같이 있었어." 번스가 단호하게 말했다.

"판사도 그렇게 받아들일까요?" 목소리가 말했다. "더군다나 증거를 감춘 사람이 아빠라는 사실을 판사가 알게 돼도 말이죠." 잠시 침묵이 흘렀다. "주사기에 남은 지문이 당신 아들 것이라는 말을 부하들에게 했습니까?"

"안 했어." 번스가 머뭇거리며 말했다. "안…… 했네. 이봐, 원하는 게 뭐야?"

"제가 원하는 걸 말씀드리죠. 당신은 아주 다루기 힘든 사람 같군요. 아닌가요, 경위님?"

"빌어먹을, 원하는 게 뭐야?" 번스가 잠시 말을 멈췄다. "돈을 원하나? 그거야?"

"경위님, 저를 우습게 아시는군요. 저는……,"

"여보세요?" 새로운 목소리가 끼어들었다.

"뭐야?" 번스가 물었다. "누구……,"

"오, 이런. 죄송합니다, 경위님." 캐시디가 말했다. "제가 잘못 연결한 것 같습니다. 카렐라에게 연결한다는 게 그만. 대니 김프가 그를 찾아서요."

"알았으니까 끊게, 캐시디." 번스가 말했다.

"네, 경위님."

그는 캐시디가 끊을 때까지 기다렸다.

"좋아." 그가 말했다. "그가 끊었네."

아무런 대답이 없었다.

"이봐?" 번스가 말했다. "이봐?"

파티는 이미 끝났다. 번스는 수화기를 내던지고 나서 책상에 침울하게 앉아 생각에 빠졌다. 그는 고심한 끝에 생각을 정리했다. 그리고 5분 뒤에 자신의 방을 노크하는 소리가 들렸을 때, 마음을 정하고 평화를 찾았다.

"들어오게."

문이 열렸다. 카렐라가 방 안으로 들어왔다.

"방금 대니 김프와 통화했습니다." 카렐라가 말했다. 그는 머리를 저었다. "건진 게 없습니다. 그도 곤조가 누군지 모르더군요."

"음." 번스가 피곤하다는 듯 신음 소리를 냈다.

"그래서 다시 한 번 공원에 가 볼 생각입니다. 그 녀석을 다시 볼 수 있을 거예요. 거기에 없다면 다른 데를 찾아봐야죠."

"좋아." 번스가 말했다. "가기 전에……."

"네?"

"자네가 알아야 할 게 있네. 알아야 할 게 많아."

"뭐죠, 피트?"

"주사기에서 발견된 지문은……." 번스는 그렇게 운을 떼고 나서 길고 고통스러울 이야기를 하기 위해 마음을 다잡았다. "내 아들놈 것일세."

13

"엄마!"

계단의 끝에 서 있던 해리엇은 방의 나무 문을 뚫고 계단 아래로 내달리듯 들려오는 애처로운 목소리를 또 들었다.

"엄마, 얼른 올라와서 이 문 좀 열어 줘! 엄마!"

그녀는 불안한 눈을 하고 양손으로 허리를 움켜쥔 채 여전히 조용히 서 있었다.

"엄마!"

"래리, 왜 그러니?"

"얼른 올라오라고요! 젠장, 안 올 거야?"

그녀는 아들이 자신의 모습을 볼 수 없다는 걸 알면서도 힘없이 고개를 끄덕이고 위층을 향해 계단을 오르기 시작했다. 그녀는 젊은 시절 캄스 포인트에서 꽤 소문이 났던 미인으로 가슴이 풍만한 여인이었다. 눈은 지금도 선명한 연녹색이지만 붉은 머리에는 새치가 섞여 있고, 풍만하길 바랐던 엉덩이는 자신의 생각보다 더 많은 살이 붙었다. 다리는 나이가 든 만큼 튼튼하지는 않지만 여전히 멋지고 매끈했다. 두 다리가 그녀를 위층으로 데려갔고, 그녀는 래리의 침실 문 앞에 멈춰 서서 조용히 물었다. "왜 그러니, 애야?"

"문 열어요."

"왜?"

"나가고 싶어."

"네 아버지가 너를 내보내지 말라고 하셨어, 래리. 의사가……,"

"오, 그렇겠죠, 엄마." 그렇게 말하는 래리의 목소리가 갑자기 알랑거리는 목소리로 바뀌었다. "그건 이전 얘기지. 지금 난 괜찮아. 정말이야. 자, 얼른, 엄마. 문 좀 열어요."

"안 돼." 그녀가 단호하게 말했다.

"엄마," 래리가 설득력 있게 말을 이었다. "지금 내가 괜찮은지 모르겠어? 엄마, 정말이야. 엄마를 속이는 게 아니라니까. 난 괜찮아. 하지만 여기 갇혀 있으니까 답답해 죽겠어. 정말로. 다리 운동 삼아 집 안이라도 한 바퀴 돌고 싶어."

"안 돼."

"엄마……,"

"안 돼, 래리!"

"젠장, 여기서 돌라는 거야? 날 고문할 셈이야? 엄마가 하려는 게 그런 거야? 내 말 좀 들어 봐. 엄마, 내 말 좀 들어 보라고. 그 형편없는 의사한테 전화해서 빨리 뭐든 갖고 오라고 해. 듣고 있어?"

"래리……."

"시끄러워! 이 빌어먹을 과잉보호에 넌더리가 나. 그래, 난 마약쟁이야! 난 염병할 마약쟁이고 주사가 필요하다고! 이제 그만 나한테 **약을 줘!**"

"너만 괜찮다면 조니한테 전화할게. 하지만 그가 헤로인은 갖고 오지 않을 거야."

"엄마도 똑같은 사람이야. 엄마랑 꼰대랑. 거기서 거기야. 생각하는 게 똑같아. 이 문 열어! **이 빌어먹을 문 좀 열라고!** 문 안 열면 창문에서 뛰어내릴 거야! 듣고 있어? 문 안 열면 창밖으로 뛰어내릴 거라고."

"좋아, 래리." 해리엇이 침착하게 말했다. "문 열게."

"오," 그가 말했다. "진작 그러셨어야지. 그럼 열어."

"잠깐 기다려." 그녀는 그렇게 말하고 아주 차분하고 신중하게 복도 끝에 있는 침실로 걸어갔다. 래리가 "엄마!" 하고 부르는 소리를 들었지만 대답하지 않았다. 그녀는 곧장 화장대로 가서 맨 위 서랍을 열고 가죽 케이스를 꺼냈다. 피터가 그녀에게 선물로 준 이래 한 번도 열어 보지 않았기 때문에 먼지가 덮인 그 케이스의 뚜껑을 열고 벨벳으로 마감된 바닥에 놓인, 손잡이가 진주로 장식된 22구경을 꺼내 들었다. 그녀는 총이 장전되었는지 확인하고 래리의 방을 향해 복도를 걸었다. 권총이 허리춤에서 불안하게 달랑거렸다.

"엄마?" 래리가 불렀다.

"그래, 잠깐 기다려." 그녀는 앞치마 주머니에서 열쇠를 꺼낸 다음 왼손으로 자물쇠에 열쇠를 밀어 넣었다. 열쇠를 돌리고 문을 밀어 연 다음 22구경을 겨눈 채 뒤로 물러섰다.

래리는 문을 열기 무섭게 문 앞으로 달려들었다. 그는 엄마의 손에 들린 총을 본 순간 그 자리에서 멈춰 선 채 믿을 수 없다는 표정으로 엄마를 응시했다.

"이…… 이게 뭐야?"

"물러서." 해리엇이 총을 단단히 쥐고 말했다.

"이게 무슨……."

그녀가 방 안으로 발을 내딛자 그는 엄마와 권총에서 멀찍이 비켜 물러섰다. 그녀는 등 뒤로 문을 닫고 방문 손잡이 앞으로 등받이가 곧은 의자를 옮긴 다음 거기에 앉았다.

"총…… 총으로 뭐 하게?" 래리가 물었다. 엄마의 눈빛은 자신의 어린 시절 기억 속의 무언가를 끄집어냈다. 그 무언가는 엄한 꾸중이었고, 자신의 반항을 용납지 않는 무언가였다. 그는 꼬마였을 때 엄마의 말에 반박하려고 애썼던 기억이 났다.

"창문 밖으로 뛰어내리겠다고." 해리엇이 말했다. "적어도 십 미터가 넘는 높이야. 네가 뛰어내린다면, 래리, 넌 네 자신을 죽이는 거나 마찬가지야. 그게 바로 이 총의 이유야."

"무…… 무슨 말인지 모르겠어."

"이 총 때문에 말이야, 얘야." 해리엇이 말했다. "넌 이 방에서 못

나가. 문으로든 창으로든. 네가 만약 어느 쪽으로든 향한다면 엄마는 널 쏠 수밖에 없어."

"뭐!" 래리가 미심쩍다는 듯 말했다.

"그래, 래리." 해리엇이 말했다. "엄마는 명사수기도 해. 네 아버지가 가르쳐 줬지. 그리고 네 아버지는 경찰학교 최고의 명사수였어. 이제 앉아서 얘기 좀 할까?"

"엄마……," 래리는 말문이 막혔다. "노, 노…… 농담이겠지, 당연히."

"아마," 해리엇이 말했다. "그럴 거라는 생각으로 도박을 하는 건 어리석은 짓일 거야, 애야. 총을 쥔 사람이 엄마라는 것을 잘 생각해 보려무나."

래리는 22구경을 바라보며 눈을 껌벅거렸다.

"이제 앉아." 해리엇이 유쾌하게 미소를 지으며 말했다. "그리고 우린 많은 것들에 대해 얘기할 거야. 크리스마스에 아빠한테 드릴 선물은 생각해 뒀니?"

살인에는 한 가지 성가신 문제가 있다.

정직하게 말해서 살인에는 여러 가지 많은 문제들이 있지만 한 가지는 더 특별하다.

그 한 가지는 버릇이 된다는 점이다.

믿거나 말거나 살인은 습관성 행위일 뿐이다. 그것은 진실이 아니며, 다소 바보 같은 말일 수도 있다. 양치질은 습관성 행위다. 목

욕도 마찬가지다. 배신행위 역시 그렇다. 영화를 보러 가는 것 또한 그렇다. 다소 병적으로 되길 원한다면, 삶 자체 역시 어느 정도 습관성을 띤다.

하지만 살인은 예외 없이, 확실한 습관성을 띤다.

그것이 바로 살인의 가장 큰 문제다.

아니발 에르난데스를 죽인 자에게는, 그의 다소 기이한 사고방식에 따르면, 아니발이 죽길 바라는 아주 훌륭한 이유가 있었다. 살인을 정당화할 생각이라면, 그렇게 했어야 할 만한 타당한 이유가 있었다는 것을 인정해야 한다. 그 친구에게는 아주 타당한 이유가 있었다. 물론 살인이라는 관점 안에서. 모든 일에는 타당한 이유가 있고, 대단치 않은 이유가 있다. 그리고 살인에 타당한 이유 따위는 없다고 생각하는 사람이 많을 거라는 데는 의심할 여지가 없다. 뭐, 이런 문제에 대해서는 어떤 꼴통들과도 논쟁할 가치가 없다.

하지만 이 친구의 이유는 타당했고, 일단 살인이라는, 다소 피비린내 나는 일을 해치우자 그 이유는 더욱더 타당해 보였다. 대개 그런 일은, 그랬어야 하는 기정사실을 찾아낸 다음 그 사실을 정당화하기 때문이다.

아니발의 누나를 죽인 이유 또한 그때에는 매우 타당해 보였다. 그 바보 같은 계집이 혀를 제멋대로 놀리려던 참이 아니었던가? 게다가 그 계집은 남자와…… 음, 그 짓을 하기 전에 말다툼을 시작하지 말았어야 했다. 꼴좋군. 물론 그 계집은 곤조에 대한 것을 빼면 아무것도 몰랐다. 음, 그건 죽을 만한 충분한 이유였다. 곤조가 자신에게 거짓말을 하게 했다는 사실을 그 계집이 그 경찰에게 말했다고 치자. 그러면 경찰은 곤조를 체포했을 테고, 곤조는 위 속에 든 것을 모두 게워 내야 했을 터였다. 그건 위험하다.

지금 지붕 위 구사_{鳩舍 비둘기 우리} 안에 서 있는 그는 곤조가 체포됐더라면 얼마나 위험했을지 상상할 수 있었다. 그는 번스가 아무도 전화를 듣고 있지 않다고 확언했음에도 불구하고 전화에 도청 장치를 설치했다는 사실에 지금도 약간 겁을 먹었다. 그것은 번스의 이면에 똥배짱이 가득하다는 것을 시사하는 것 같았지만 좋은 패를 감추고 있지 않는 한 자식이 연루되어 있는 판에 그렇게 무모한 짓은 하지 않을 것 같았다. 있다면 그 좋은 패는 뭐지?

맙소사, 이곳 지붕 위에는 바람이 엄청나군. 그는 구사의 철망에 아스팔트로 가공한 방수포가 둘려 있어서 다행이라고 생각했다. 확실히 비둘기는 강하다. 겨우내 그로버 공원 주위를 날아다니지 않는가. 그렇더라도 자신의 비둘기가 한 마리라도 죽는 것은 원치 않았다. 특별히 아끼는 암컷 공작비둘기는 상태가 영 좋아 보이지 않았다. 그놈은 벌써 며칠째 아무것도 먹지 않았고, 비둘기의 눈만 보고도 상태를 알 수 있다면 말이지만, 그놈의 눈은 탁해 보였다. 눈에 안약을 넣어 주고 지켜봐야 할 것 같았다. 어쨌든 다른 비둘기들은 양호해 보였다. 그는 자코뱅 비둘기_{관상용으로 개발된 품종으로 몸이 가늘며 매끄럽다} 몇 마리를 소유하고 있었는데 그 비둘기들은 아무리 보고 있어도 질리지 않았다. 목 주위에 갈기처럼 나 있는 멋진 깃털은 감탄스러웠다. 맙소사, 그것들이 날 때 공중제비를 하는 모습이란. 파우

196

터모이주머니를 내밀며 우는 집비둘기의 일종들은 또 어떤가? 그놈들 또한 매우 아름다웠다. 그건 그렇고 번스가 감추고 있는 건 뭐지?

짭새가 어떻게 알고 곤조의 꼬리를 잡았을까?

그 계집이 말했을까? 죽기 전에? 아니, 그럴 가능성은 없다. 그녀가 말했다면 경찰은 부리나케 나한테 왔을 거야. 그들은 곤조를 잡으려고 시간을 낭비하지 않았을 거야. 그렇다면? 누군가가 아나벨이 죽은 날 오후에 곤조가 그 계집과 얘기하는 모습을 본 걸까? 그래, 가능한 얘기다.

어쩌다 이렇게 꼬였을까?

단순한 계획으로 시작된 이 일은 이제 잘 풀리지 않는 것처럼 보였다. 번스에게 다시 전화해서 이번에는 아무도 안 듣는 게 좋을 거라고 말하고 이 빌어먹을 전모, 내가 쥔 패를 말해야 할까? 어쨌든 간에 누군가가 곤조와 그 계집이 함께 있는 모습을 본 걸까? 나를 데려간 그 방에서 둘은 서로 얘기를 나눴던 걸까? 마리아는 그 여자한테서 방을 구했다. 그녀의 이름이 뭐였더라? 돌로레스? 그 계집이 그렇게 말했던가? 그래, 돌로레스. 마리아와 곤조가 나눈 대화 내용을 돌로레스가 알고 있는 게 아닐까? 녀석의 이름까지는 모르더라도 그 여자는 전에 봤던 녀석을 알아본 게 아닐까? 하지만…… 아니다. 아니야, 경찰은 아마 단순히 이름이 알려진 마약 밀매인들을 감시하고 있었을 것이다. 하지만 곤조는 경찰에게 이름이 알려진 밀매인이 아니다.

곤조는 단순한 불량배로, 우연히 돈이 될 만한 정보를 얻었고, 운

좋게도 그 정보의 잠재력을 알아본 누군가의 수중에 그 정보를 맡겼다. 그 누군가가 나다.

곤조는 전과가 없고, 마약 밀매인으로서도 이름이 팔리지 않았다. 곤조는 손쉽게 돈벌이를 할 수 있다는 말에 빠져 이 길로 들어선 녀석으로 이 바닥에서 알려지지도 않았다. 어쨌든 곤조라는 이름으로는. 그러니까 녀석이 전과가 없고, 곤조라는 이름으로 알려지지도 않았으며, 마약 밀매인으로서도 알려지지 않았다면, 어떻게 경찰이 그를 찾고 있는 걸까?

그 여자.

돌로레스.

아니, 그녀가 아니다. 하지만 누군가는 그날 오후 두 사람이 이야기하고 있는 모습을 봤을 것이다. 거짓말을 하라고 그 계집애를 설득하며 그 대가로 25달러를 건네는 녀석을 봤을 것이다. 그 누군가는 아마…….

마리아가 그 여자 돌로레스한테 어느 정도까지 얘기한 걸까?

젠장, 내가 왜 곤조를 걱정하고 있는 거지? 마리아가 그 늙은 여자한테 어디까지 말한 걸까? 그년이 그 여자에게 내 이름을 흘렸을까? 그년이 "나랑 자고 싶어 하는 친구가 있는데 방 좀 주실래요?"라고 말했을까? 그런 다음 그 친구가 누군지 말했을까? 염병할, 그년이 그렇게 멍청했을까?

돌로레스는 뭘 알고 있을까?

그는 마지막으로 암컷 공작비둘기를 쳐다보고 구사 밖으로 나와 문을 잠근 다음 거리로 내려갔다. 그는 빠르고 경쾌하게 발을 놀렸다. 그는 목적과 목표를 갖고 걸었다. 그리고 그 목표는 자신과 마리아가 방을 잡았던 공동주택 건물이었다. 그 건물에 닿아갈 즈음 그는 길 양편을 살폈고, 겨울인 탓에 고맙게도 그 거리에는 사람들이 없었다. 여름이었다면 현관 앞 계단에 나와 재잘거리는 노파들이 우글댔으리라.

그는 우편함을 확인하다가 돌로레스 포레드라고 쓰인 것을 발견했다. 그래, 마리아가 말했던 이름이야. 돌로레스 포레드. 그녀의 집은 2층에 있었다. 그는 잽싸게 복도를 지났다. 복도를 지나면서 추도의 마음 따윈 일지 않았다. 마리아에게 일어난 일은 일어난 일이고, 살인은 습관이 되어 가고 있었다.

그는 그녀의 집을 발견하고 노크했다.

"키엔 에스Quien es누구세요?" 목소리가 소리쳤다.

"운 아미고Un amigo나쁜 사람 아닙니다." 그는 대답하고 기다렸다.

발자국 소리가 들린 다음 문이 열렸다. 마르고 노쇠한 여자가 문앞에 서 있었다. 노쇠한 늙은 마녀. 그녀를 집어 올려 두 동강을 낼수도 있을 것 같았다. 순간적으로 그는 자신이 어떻게 행동해야 할지 깨달았다. 여기까지 왔는데 만약 이 노파가 아무것도 모른다면, 마리아가 정말로 그녀에게 아무 얘기도 하지 않았다면, 어떻게 해야 하지? 어떻게 물어야 그녀가 아무것도 모르는 상태로 남겨 둘수 있을까?

"누구쇼?" 노파가 물었다.

"들어가도 될까요?"

"왜요?"

그녀는 자신이 누군지 알기 전까지는 집 안으로 들여보내 주지 않을 터였다. 그것은 분명했다. 마리아 에르난데스의 이름을 언급한다면 자신이 누군지 어렴풋이 알아채지 않을까? 조금이라도 알고 있다면 위험하다. 그렇다면 얼마나 일이 꼬일까?

"경찰서에서 왔습니다." 그는 거짓말을 했다. "뭘 좀 여쭤 볼 게 있어서요."

"들어와요, 들어와." 돌로레스가 말했다. "늘 질문, 질문."

그는 그녀의 뒤를 따라 집 안으로 들어갔다. 냄새나는 집 안은 더러웠고, 이 여자는 포주에 지나지 않았다. 노쇠한 포주 마녀.

"뭔가요?" 그녀가 물었다.

"에르난데스 양이 살해된 날 밤 기억하시죠? 그녀가 당신에게 누구를 봤는지 언급했습니까? 그 남자가 누구였는지?"

돌로레스가 그를 응시했다. "댁은 내가 모르는 분인가?" 그녀가 물었다.

"당신이 팔십칠 분서에서 근무하시지 않는 이상은요." 그가 재빨리 대답했다.

"이 근처에서 댁을 본 적이 없던가?"

"뭐, 이 근처에서 근무하니까 아마 당연히……."

"나는 내가 팔십칠 분서에서 근무하는 형사를 모두 알고 있다고 생각했는데." 돌로레스가 무언가를 헤아리듯 말했다. "뭐." 그녀가 어깨를 으쓱했다.

"그 남자 말입니다만."

"시. 당신네 경찰들은 같이 일 안 해요?"

"네?"

"난 이미 경찰한테 그 얘길 다했어요. 전에 왔던 사람들한테. 마이어 형사랑…… 다른 사람이 누구였지요?"

"기억이 안 나는군요."

"헹겔." 돌로레스가 말했다. "그래, 헹겔 형사."

"그렇군요." 그가 말했다. "맞아요, 헹겔. 벌써 그 사람들한테 그 얘길 하셨다고요?"

"확실해요. 그다음 날. 아래층에 있는 방이 경찰로 가득 찼었지. 마이어하고……," 그녀가 갑자기 말을 멈췄다. "그 사람은 템플이었어." 그녀가 눈을 가늘게 뜨며 말했다. "같이 온 다른 형사 이름은 템플이었어."

"그렇죠." 그가 말했다. "그 사람들한테 뭐라고 하셨습니까?"

"댁은 헹겔이라고 했잖아."

"네?"

"헹겔. 댁은 그 사람이 헹겔이라고 했어."

"아닙니다." 그가 말했다. "착각하신 거겠죠. 저는 템플이라고 했습니다."

"내가 헹겔이라고 하니까 댁이 맞다고 했어. 헹겔이라고." 돌로레스가 따졌다.

"뭐, 경찰서에는 헹겔이라는 사람도 있어요." 그가 짜증스럽게 말했다. "어쨌든 그 사람들한테 무슨 말을 했어요?"

돌로레스는 그를 오랫동안 뚫어지게 쳐다보았다. 그러고 나서 말했다. "배지를 보여 줘요."

그럼, 다시 사자의 집으로 돌아왔군. 카렐라는 생각했다.

여러분, 스티브 카렐라가 사랑스러운 그로버 호텔 꼭대기의 매력적인 사자의 집 룸으로 다시 찾아왔습니다. 아, 신사 숙녀 여러분, 오케스트라가 조율하는 소리가 들리는군요. 우리는 멋진 경음악을 감상하게 될 것 같습니다. 모두 아시다시피 저희는 국립 폐렴 발병 재단의 후원으로 매일 같은 시간, 바로 이곳에서 방송을 합니다. 우리는 사랑스러운 미풍이 살랑대는 바로 이곳, 그로버 호텔 꼭대기에 있습니다. 사자의 집 룸 모퉁이를 휘몰아치는 산들바람만큼 매력적인 것은 절대 없을 것입니다. 그러니까 여러분, 주파수를 고정하시고 큰 웃음과 쇼킹한 뉴스를 즐겨 주십시오.

오늘의 쇼킹한 뉴스에는 직속상관 피터 번스 반장의 발언도 포함됩니다. 그분은 오늘 당신 자식 래리 번스가 올해의 마약 중독자 및 살인 용의자로 뽑혔다는 사실을 알리고 싶어 합니다. 자, 여러분, 이 쇼킹한 뉴스가 어떠셨는지요? 기가 막히십니까? 저는 빌어먹게 기가 막혔습니다. 그러니 여러분도 기가 막히실 겁니다. 뭐라고? 죄송합니다, 여러분. 조정실에 있는 하이 아우워글라스^{Hy Auerglass},^{Hi,} _{Hourglass}(모래시계)를 이름에 빗댄 농담가 신호를 보내는군요. 뭐라고, 하이? 오,

방송이 중지됐다고? '빌어먹게'라는 말을 써서? 뭐, 그럴 수도 있는 거지. 나야 아무 때나 다시 경찰로 돌아가면 되니까, 뭐.

오, 가엾은 양반. 난 그 양반이 좋은데. 그를 싫어하는 경찰들도 있지만 나는 그가 좋다. 지금 그대로의 그가 좋다. 그는 이제 어쩔 작정일까? 자리를 지키고 앉아 그의 골칫거리를 들먹일 빌어먹을 녀석들 앞에서 그는 이제 어쩔⋯⋯.

그는 그 순간 그 아이를 보았다.

이번에는 사자의 집으로 향하고 있지 않을 뿐, 어제 오후 자신과 이야기를 나눴던 바로 그 아이였다. 어제 있었던 경찰과의 마찰 때문에 곤조가 겁을 집어먹고 공원의 다른 곳에서 약속을 잡은 걸까?

아이는 자신을 보지 못했고, 봤다고 하더라도 자신이 누군지 알아차리지 못했을 가능성이 컸다. 카렐라는 낡은 중절모의 챙을 눌러쓰고 품이 넉넉한 레인코트를 입고 있었다. 게다가 본인 스스로도 약간 바보처럼 느껴지는 가짜 콧수염을 달고 있었다. 위에서 아래까지 단추를 모두 채운 레인코트의 오른쪽 주머니에는 38구경이 들어 있었다.

그는 잽싸게 아이의 뒤를 쫓았다.

아이는 서두르는 것 같았다. 그는 곧장 사자의 집을 지나쳐 오솔길의 둔덕을 오르더니 물개, 파충류, 어린이 동물 농장이라고 쓰인 표지판이 가리키는 방향을 보고 주저했다. 아이는 고개를 끄덕이고 파충류라고 쓰인 표지판이 가리키는 방향으로 걷기 시작했다.

카렐라는 아이를 막아서고 불심검문을 할지 고민했다. 하지만 아이가 곤조를 만나기 위해 서두르고 있다면 그를 막아서는 짓은 어리석은 일 아닐까? 궁극적인 목적은 아니발 에르난데스의 죽음과 관련 있을지도 모를 마약 밀매인을 검거하는 것이었다. 마약을 사는 마약쟁이들이야 한 트럭이라도 잡아들일 수 있었다. 곤조는 이 마약 거래에서 중요한 인물이었다. 그래서 카렐라는 금발 머리 아이의 뒤를 따르며 때를 기다렸고, 포드와 크라이슬러의 합병을 기다리는 증권 중개인처럼 큰 건을 기다렸다.

아이는 이제 특별히 서두르는 것 같지 않았다. 대신 그는 돌아다니며 동물 구경에 열중하는 듯했다. 동물들이 있는 곳마다 멈춰 서서 구경했다. 때때로 어깨 너머를 흘깃거렸다. 한번은 원숭이의 집 전면에 걸린 큰 시계를 보기 위해 멈춰 섰다. 그는 끄덕이고 나서 걸음을 옮겼다.

보아하니 시간 여유가 있는 듯했다. 보아하니 시간이 정해져 있는 것이다. 그게 몇 시지? 카렐라는 손목시계를 보았다. 3시 15분이었다. 세 시 반이 약속 시간일까? 그래서 이 젊은 친구가 공원 전체를 어슬렁거리고 있는 걸까?

점차 그 어슬렁거림은 금발 머리 아이를 남자 화장실로 이끌었다. 카렐라는 포석이 깔린 오솔길을 걷고 있는 그를 주시했다. 아이가 화장실 건물로 들어가자마자 카렐라는 건물 뒤편에 출입구가 있는지 살폈다. 출입구는 없었다. 아이가 들어간 출입구가 아니면 나올 방법이 없다는 사실에 만족하며 카렐라는 벤치에 앉아 생리 현상이 끝나길 기다렸다.

5분을 기다렸다. 5분이 다 되어 갈 때쯤 아이가 다시 모습을 나타내더니 파충류의 집이 있는 방향을 향해 빠른 걸음으로 걷기 시작했다. 아이가 왜 서두르는지 카렐라는 짐작도 할 수 없었다. 하지만 마약 밀매인을 만날 장소로 뱀 구덩이^{snake pit}지저분한 장소라는 뜻이 있다를 골랐다는 사실로 보아 그는 충분히 영악한 녀석이었다. 씩 웃으며 파충류의 집을 향해 그의 뒤를 따르던 카렐라는 갑자기 유쾌한 기분이 들었다. 나무에서 떨어지기 직전의 다친 너구리를 물어 죽일 순간을 고대하는 훌륭한 너구리 사냥개처럼 그는 체포를 고대하고 있었다.

갑자기 밀려든 행복을 배가시키기라도 하듯 군중들이 마법처럼 나타났다. 마치 영화감독이 극적인 장면을 연출하기 위해 배경음을 고조시키며, 엑스트라들에게 골짜기에서 튀어나오라고 신호라도 보낸 것 같았다.

갑자기 나타난 사람들은 카렐라가 생각한 것처럼 엑스트라는 아니었다. 그들은 살짝 난감해하는 표정을 짓고 있는 선생님이 인솔하는 중학생들이었다. 그 선생님은 교장 선생님에게서 아이들을 가르치는 '현실적인' 경험이 부족하다는 말을 들은 게 틀림없으리라. 교장 선생님은 아이들에게 '삶'이라는 것을 가르치기로 결정했고, 그래서 과학 선생님은 학생들을 동물 냄새가 나는 동물원으로 데려온 것이리라. 선생님의 얼굴은 지하철에서 술 취한 두 남자 사이에 끼여 앉아 "이 사람들은 모르는 사람이에요!"라고 외치고 싶은 심정 같았다.

하지만 불행히도 그 아이들은 그가 아는 사람들이었고, 카렐라가 이제껏 보고 들은 아이들 중에 가장 시끄러운 녀석들이었다. 그의 마음이 안달하며 시끄러운 소리를 내고 있었기 때문에 그는 이제 학생들이 내는 소음에는 신경 쓰지 않았다. 학생들을 지나쳐 자신의 먹잇감을 쫓으면서 흥분이 고조되었고, 파충류의 집 쪽으로 오솔길을 서둘러 내려갔다.

등 뒤로 한 녀석이 말하는 소리가 들렸다. "저기에 돼지 한 마리를 통째로 삼키는 뱀이 있대. 대단하지 않냐?"

다른 녀석이 대답했다. "돼지를 통째로 삼키는 뱀은 없어."

"없다고? 아무것도 모르는구나. 우리 아빠가 프랭크 벅^{미국의 영화배우이자 감독이었으며 사냥꾼과 야생동물 수집가로 유명했다}이 찍은 사진을 봤대. 뱀이 돼지를 통째로 삼키는 사진 말이야. 그런 뱀이 여기 있어."

"바로 그 뱀이?"

"사진에 찍힌 뱀은 아니고, 멍청아. 그런 종류의 뱀 말이야."

"그렇다면 여기 있는 뱀이 돼지를 통째로 삼키는지 네가 어떻게 알아?"

그 이야기에 잠시 이끌렸던 카렐라는 다시 사냥감에 집중했다. 그의 사냥감은 뱀 우리가 있는 집으로 들어가는 중이었고, 카렐라는 그를 놓치고 싶지 않았다. 좀 바보처럼 느껴졌지만 순간적으로 수염이 떨어졌다고 생각했다. 그는 멈춰 서서 코밑을 만져 보고 안심한 다음 건물로 들어갔다. 그 아이는 자신이 어디로 가야 할지 정확히 아는 것처럼 보였다. 동물원 관계자들이 그 뱀들을 잡아 운송

하는 데 상당한 비용을 들였을 텐데도 불구하고 그는 여느 뱀들에게는 눈길도 주지 않고 지나쳐 곧장 코브라 두 마리가 든, 두꺼운 판유리로 된 우리 쪽으로 걸어갔다. 그는 코브라에게 매혹된 듯 그 앞에 서 있었다. 적어도 겉으로 보기에는 그렇게 보였다. 그는 유리창을 한두 번 두드렸다.

카렐라는 로키산맥에서 서식하는 방울뱀이 든 작은 유리로 된 우리 앞에서 자리를 지켰다. 뱀은 자고 있든지 죽은 것 같았다. 맥이 빠진 듯 똬리를 틀고 지진이 일어나도 개의치 않을 것 같았다. 어쨌든 카렐라의 관심을 끈 것은 뱀이 아니었다. 카렐라는 그 뱀이 들어 있는 우리의 유리창 색에 관심이 있었다. 카렐라가 서 있는 우리의 뒷벽은 진녹색으로 칠해져 있었고, 판유리에 녹색 벽이 비쳐 판유리는 훌륭한 거울 효과를 냈다. 그는 죽은 게 분명한 것처럼 보이는 우리 안의 방울뱀을 경이롭다는 듯 바라보는 척하면서, 아주 편하게 저 건너편에 있는 아이를 관찰할 수 있었다.

아이는 분명한 뱀 애호가였다. 그는 처음 아빠가 된 사람처럼 코브라 우리의 유리창을 병원 신생아실 유리창인 양 두드리며 바보 같은 짓을 하고 있었다.

아이의 바보짓은 오래가지 않았고, 그는 더 이상 혼자도 아니게 되었다. 카렐라는 코브라 우리 근처에서 나는 어떤 소리도 들을 수 없었다. 갑작스럽게 파충류의 집으로 일제히 몰려든 중학생들 때문이었다. 중학생들이 일으킨 혼돈은 도시의 학교 교육 방침을 반영하는 것이었다. 어쨌든 카렐라의 관심은 더 이상 유리를 두드리는 소리가 아니었다. 덥수룩한 흑발에 검은 가죽 재킷과 밑으로 내려 갈수록 통이 좁아지는 검은 바지를 입고 검은색 신발을 신은 한 아이가 코브라 우리로 다가갔다.

카렐라는 새로 등장한 인물을 본 순간 생각했다. 곤조다.

곤조든 아니든 새로 등장한 인물은 카렐라의 젊은 친구가 기다리는 사람이었다. 과학반 녀석들 때문에 여전히 아무 소리도 들리지 않았다. 카렐라는 그 와중에도 그들이 악수하는 모습을 볼 수 있었다. 이내 두 아이는 동시에 주머니에 손을 넣었다 빼더니 다시 악수를 했다. 카렐라는 마약과 돈이 오고 갔다는 것을 알았다.

카렐라는 이제 그 젊은 친구에게는 관심이 없었다. 그는 이제 검은색 가죽 재킷을 입은 녀석을 주목했다. 금발 머리가 씩 웃더니 몸을 돌려 출구로 향했다. 카렐라는 그를 보내 주었다. 남은 아이는 검은 재킷의 깃을 올리고 잠시 머뭇거리다가 반대 출구로 향했다. 카렐라는 몸에 마약 한 무더기를 지니고 있을 그의 깃을 움켜잡고 싶어 죽을 지경이었고, 그를 형사실로 데려가 아니발 에르난데스의 죽음과 관련하여 신문하길 갈망했다.

불행히도, 도시의 학교 교육 방침은 그날 카렐라의 일에 훼방을 놓았다.

그가 방울뱀 우리를 떠나 검은 가죽 재킷의 뒤를 쫓을 때 날카로운 소리가 공기를 찢었다.

"저기 있다!" 아직 변성기를 거치지 않은 아이의 날카로운 외침이었다.

정글 한복판의 나무에서 튀어나온 듯한 그 날카로운 외침은 용감한 사냥꾼조차 가까이에 있는 숨을 곳으로 뒷걸음질 치게 할 만했다. 그 소리에 카렐라의 가짜 수염이 거의 떨어질 뻔했다.

그는 순간적으로 왜 그런 소란이 일었는지 깨달았다.

소리를 지른 녀석이 비단뱀 우리를 발견하고 뱀이 오후 식사로 돼지 한 마리를 통째로 잡아먹는지 보기 위해 우리를 향해 달려드는 중이었다. 우리를 향해 곧장 쇄도하는 녀석을 잽싸게 피하지 못하면 자신이 잡아먹힐 것은 불을 보듯 뻔한 일이었다. 그가 부리나케 옆으로 피하자 우르르 몰려든 떼거리가 그를 지나쳤고, 도망치는 양 떼를 쫓는 지친 양치기처럼 선생님은 여전히 민망스럽다는 듯이 "모르는 애들이에요!"라는 표정을 띠고 있었다.

비단뱀 우리에서 들려오는 고함 소리는 거의 인간의 소리가 아니었다. 카렐라가 몸을 돌렸다. 검은 가죽 재킷은 사라지고 없었다.

그는 교장 선생님과 과학반 아이들과 프랭크 벅을 저주하며 출입구로 돌진해 얼굴을 물어뜯고 이를 맞부딪게 하는 찬 공기 속으로 나왔다. 검은 가죽 재킷의 모습은 어디에도 눈에 띄지 않았다.

그는 그 아이가 오솔길의 어느 쪽으로 간지도 모른 채, 정말로 무작정 달리기 시작했다. 그 아이를 놓쳤다는 사실이 명백해졌을 때까지 계속 달렸다. 그가 온갖 것에 대해 막 욕을 퍼부으려던 참에 조금 전까지 미행했던 금발 머리가 눈에 띄었다.

그 금발 머리 아이는 분명 자신이 원했던 녀석이 아니었지만 찬밥 더운밥 가릴 때가 아니었다. 저 녀석은 방금 곤조에게서 마약을 사지 않았던가? 좋다, 그 녀석은 교섭 장소를 알고 있었고, 곤조가 있는 곳을 알고 있을 확률이 높았다. 어쨌든 머뭇거릴 시간이 없다. 온 도시를 휘젓고 다니는 교육 체계 탓에 범인 추적 시 밖에서 돌아다니는 과학반 코흘리개들을 만나게 되는지 누구도 알 수 없는 일이었다. 카렐라는 잽싸게 움직였다.

카렐라는 거의 소리를 내지 않고 그 아이의 뒤를 쫓아간 다음, 그를 따라 움직이다가 그의 소매를 잡았다.

"어이……." 그가 입을 열자 아이가 돌아보았다.

순간 아이는 어리둥절한 표정을 지었다. 이내 가짜 수염을 알아본 그의 눈이 커지며 임박한 위험을 알아채고 경계 태세로 바뀌었다. 그가 순간적으로 카렐라를 떠밀었다. 놀란 그는 몇 발자국 뒷걸음질했다.

"헤이!" 카렐라가 소리치자 아이가 도망쳤다.

육상 선수까지는 아니더라도 아이는 더럽게 빨리 달릴 수 있는 게 분명했다.

카렐라가 숨을 고르기도 전에 녀석은 오솔길의 굽이진 곳을 돌아 숲 속으로 향하고 있었다. 카렐라는 그를 쫓기 시작했다. 그는 뛰는 내내 왜 녀석이 소량의 마약 거래보다 더 큰 문제가 될 수 있는 위험을 무릅쓰는지 이해할 수 없었다. 생각하고 분석해야 할 때가 있고, 행동에 나서야 할 때가 있었다. 그리고 지금은 분명히 머리보다 다리를 써야 할 때였다. 총을 써야 할 때이기도 했지만 카렐라는 그때까지만 해도 그럴 생각이 없었고, 그래서 38구경은 코트 오른쪽 주머니에 들어 있었다. 확실히 마약쟁이 한 명을 추적해 체포하는 데에는 아무런 위험도 없어 보였다. 자신에게 닥칠 일을 황당할 만큼 인지하지 못한 카렐라는 오솔길 둔덕 옆을 올라 나무가 빽빽한 곳으로 들어갔다.

바위 뒤에 몸을 숨긴 금발 머리가 보였다. 한창때만큼 젊지 않다는 것을 반영하듯 그는 심하게 숨을 헐떡이며 보폭을 빨리했다. 크고 작은 바위들을 타 넘은 그는 공원을 가로지르는 구불구불한 오솔길에서 멀리 떨어진 깊은 숲 속으로 들어와 있었다. 저쪽에서 금발 머리가 빠르게 움직이는 모습이 보이더니 다시 사라졌고, 그는 또 놓치는 게 아닌가 싶어 걱정이 됐다. 그는 거대한 바위 옆을 돌자마자 멈추었다.

눈앞에 32구경의 총구가 있었다.

"조용히 해, 경찰 아저씨." 아이가 말했다.

카렐라는 눈을 깜박였다. 그는 눈앞의 총을 기대하지 않았고, 자신의 멍청함을 저주하며 이 상황에서 벗어날 방법을 생각했다. 녀석의 눈은 마약에 취한 것 같지 않았고, 대화로 풀 수 있을 것 같았으며, 이성이 파고들 여지가 있을 것 같았다. 하지만 32구경을 쥔 손은 흔들리지 않았고, 총 너머로 보이는 눈은 이성이 통하지 않는 눈이었다.

"이봐……," 그가 입을 떼었다.

"조용히 하라고 했을 텐데. 조용히 하지 않으면 쏠 거야, 경찰 아저씨." 아이의 말투는 아주 간단명료했다. 치명적인 그 말은 전혀

해를 끼칠 것 같지 않았다. 하지만 아이의 눈은 전혀 그렇지 않았고, 카렐라는 주의 깊게 아이의 두 눈을 살폈다. 그는 이전에도 코앞에 총이 놓인 적이 있었다. 방아쇠를 당기는 손가락에 힘이 들어가기 전에 눈에 힘이 들어간다는 것이 그의 견해였다.

"주머니에서 손 떼." 아이가 말했다. "그건 어디 있지?"

"뭐가?"

"어제 순찰 경관이 찾아낸 총. 지금도 허리춤에 있어?"

"내가 경찰인 걸 어떻게 알았지?"

"그 총집. 어떻게 알았냐는 말은 그만둬. 내가 아는 녀석들 중에 총집에다 총을 넣고 다니는 놈은 하나도 없어. 총을 꺼내서 나한테 넘겨, 경찰 아저씨."

카렐라의 손이 움직였다.

"멈춰! 그게 어디 있는지 말해. 내가 꺼낼 테니까."

"어째서 일을 키우는 거냐, 꼬마야? 경범죄 정도로 넘어갈 수도 있어."

"그래?"

"물론이지. 총 내려. 지금 일은 없었던 일로 해 줄 테니까."

"뭐가 문제야, 경찰 아저씨? 겁먹으셨나?"

"왜 내가 겁을 먹어야 하지?" 카렐라가 아이의 눈을 보면서 물었다. "난 네가 이 공원에서 날 쏠 만큼 멍청하다고 생각하지 않아."

"정말 그렇게 생각해? 얼마나 많은 사람들이 매일 이 공원에서 총에 맞는지 알아?"

"얼마나 많지, 꼬마야?" 카렐라가 시간을 끌며 아이의 주의를 돌릴 생각을 했다. 어떻게 하면 주머니에서 총을 꺼내 쏠 수 있을까.

"엄청 많지. 왜 나를 미행한 거야, 경찰 아저씨?"

"내 말을 못 믿겠지만……," 카렐라가 말을 꺼냈다.

"시간 끌 생각 하지 마. 있는 그대로 말해."

"난 네 친구를 쫓고 있었어."

"그래? 어떤 친구? 난 친구가 많은데."

"코브라 우리 앞에서 만난 친구."

"걔는 왜?"

"걔한테 물어볼 게 좀 있거든."

"뭐에 대해서?"

"네가 상관할 바 아니야."

"총은 어딨지? 그것부터 말해."

카렐라는 머뭇거렸다. 그는 알아볼 수 없을 만큼 희미하게 힘이 들어간 아이의 눈을 보았다. "코트 오른쪽 주머니." 그는 주저하지 않고 대답했다.

"돌아서."

카렐라는 돌아섰다.

"손 올려. 경고하는데 쓸데없는 짓은 하지 않는 게 좋아. 이게 느껴져? 총구야. 내 손이 주머니로 가는 동안 이게 등에 딱 붙어 있을 거야. 몸을 돌리거나 달아나거나 이상한 낌새만 보여도 등골이 날아갈 거야. 난 이 방아쇠를 당기는 게 전혀 무섭지 않아. 궁금하면 시험해 보든가. 알았어?"

"알았어."

그는 아이의 손이 주머니 속으로 빠르게 들어오는 것을 느꼈다. 순식간에 38구경의 든든한 무게감이 사라졌다.

"좋아." 아이가 말했다. "이제 돌아서."

카렐라가 그를 마주 보기 위해 돌아섰다. 그는 그 순간까지도 이 상황이 심각해지리라고 생각하지 못했다. 그는 전에도 비슷한 상황에 놓인 적이 있었고, 분명–지금까지는– 이러한 상황을 말로써 모면하거나 어떻게든 코트 주머니에서 총을 꺼낼 수 있었다. 하지만 그 총은 이제 더 이상 코트 주머니에 들어 있지 않았고, 아이의 눈은 냉정하게 빛을 내고 있었다. 그는 갑작스럽게 닥쳐올 죽음을 응시하고 있는 듯한 이상한 기분이 들었다.

"실수하는 거야." 그는 자신이 하는 말을 들었다. 그 말이 공허한 울림처럼 느껴졌다. "아무런 이유 없이 나를 쏘겠단 말이지. 너를 쫓고 있던 게 아니라고 말했을 텐데."

"그럼 왜 어제 나한테 그런 질문들을 했지? 자기가 잘하고 있다고 생각했겠지. 안 그래, 경찰 아저씨? 그 만남에 대해서 날 떠봤잖아. 나도 그때 당신을 떠본 거야. 당신도 알다시피 쉬운 일은 아니지. 찾아야 할 놈의 얼굴도 모르면서 찾는다는 게. 정말 쉬운 일이 아니야. 난 당신이 나한테 공을 던지게 내버려 둔 거야. 하지만 난 당신이 던지는 커브를 벌써부터 알고 있었어. 그 순찰 경관이 마무리를 지어 줬지. 그 경찰이 당신 바지에서 그 총을 찾았을 때 난 당

214

신이 형사라는 걸 확신했어. 그전까진 냄새만 나는 정도였지만."

"난 지금 네 뒤를 쫓는 게 아니야." 카렐라가 인내심을 갖고 말했다. 두 사람은 비바람에 반들반들해진 거대한 바위의 그늘 안 작은 바위 위에 위태롭게 서 있었다. 카렐라는 갑자기 아이에게 달려들어 아이를 이 작은 바위에서 밀쳐 내고 총의 사정 범위에서 벗어날 가능성을 타진해 보았다.

그럴 가능성은 거의 없어 보였다.

"아니라고, 그래? 이봐요, 경찰 아저씨. 나를 구워삶으려고 하지 마. 나는 그런 걸 아주 잘 아는 사람이야. 날 뭔가 큰 건으로 엮어 넣을 생각인 것 같은데, 아니야? 날 그 작고 아늑한 경찰서에 집어넣고 내가 엄마를 강간하기라도 했다고 자백할 때까지 두들겨 팰 모양인데, 착각하지 마, 경찰 아저씨."

"맙소사, 내가 왜 시답잖은 마약쟁이를 잡아야 하지?"

"내가? 마약쟁이라고? 말이 돼? 지금 던진 공은 안 받는 걸로 하지, 경찰 아저씨. 날 어떻게든 엮어 보려는 반칙 투구는 하지 않는 게 좋아."

"뭐가 문제지?" 카렐라가 물었다. "난 전부터 공황 상태에 빠진 마약쟁이들을 봐 왔지만 네가 최고야. 체포되는 게 그렇게 무섭나? 젠장, 난 네가 만난 녀석에 대해서 뭘 좀 물어보려고 했을 뿐이야. 네 머리로는 이해가 안 되는 거냐? 난 너를 원하는 게 아니야. 그놈을 원하는 거지."

"난 당신이 시답잖은 마약쟁이에게 관심이 없는 줄 알았는데."

"없어."

"그럼 왜 걔를 귀찮게 하는 거야? 걔는 열여덟 살이고, 열네 살 때부터 약에 절어 살았어. 걘 헤로인 없인 잠도 못 자. 뭔가 앞뒤가 안 맞는데, 경찰 아저씨."

"밀매인 아니었나?" 카렐라가 혼란스러워하며 물었다.

"걔가?" 아이가 웃기 시작했다. "경찰 아저씨, 되게 웃기는 사람이구면."

"그게 무슨……,"

"좋아, 내 얘기 잘 들어. 당신은 어제 날 염탐했고 오늘도 미행했어. 난 지금 당신이 날 체포하는 데 열을 내기에 충분할 만큼 많은 약을 갖고 있지. 게다가 총기 불법 소지로 설리번 법1911년 발효된 총기 규제법도 위반하고 있는 셈이야. 공무집행방해죄에 경찰의 권총을 뺏은 것도 무슨 법인지는 몰라도 위반이겠지, 경찰 아저씨. 당신은 날 감방에 처넣을 수도 있어. 그리고 내가 지금 아무 일도 없이 넘어간다면 당신은 내일 나를 잡을 거야. 그게 그거잖아."

"이봐, 그냥 가. 총을 집어넣고 가라고." 카렐라가 말했다. "난 총에 맞을 생각이 없고, 너와 문제를 일으키고 싶지도 않아. 내가 아까 말했을 텐데. 네 친구를 원한다고." 카렐라가 잠시 말을 끊었다. "난 곤조를 원해."

"알아." 눈에 힘을 주며 아이가 말했다. "내가 곤조야."

힘이 들어간 곤조의 눈만이 유일한 경고였다. 카렐라는 눈을 가늘게 뜨고 곤조의 두 눈을 보았다. 그리고 옆으로 피하려고 애썼지만 총은 이미 소리를 지르고 있었다. 아이의 손에 들린 권총이 들썩하는 모습은 눈에 들어오지 않았다. 그는 타는 듯한 통증이 가슴을 후려치는 것을 느꼈고, 총이 내는 세 번의 폭발음을 들었으며, 바닥으로 쓰러지고 있었다. 그리고 몸이 뜨거워지는 것을 느꼈고, 자신을 떠받치기만 하면 되는 다리가 바보처럼, 정말 바보처럼 기능을 못 한다는 게 엄청나게 터무니없이 느껴졌다. 그리고 가슴이 불타고 있었다. 하늘이 기울더니 지면과 만났고, 얼굴이 지면에 부딪혔다. 그는 지면에 부딪히는 순간 몸을 보호하기 위해 팔을 앞으로 내밀지 못했다. 팔에는 왠지 아무 힘도 없었다. 얼굴이 바위에 부딪힌 다음 몸이 그 뒤를 따라 무너져 내렸다. 크게 몸서리를 치고 나서 몸에서 번지는 점액질의 온기를 느꼈다. 몸을 움직이려고 애쓸 따름이었고, 이내 자신의 피로 한강을 이룬 바닥 한가운데에 자신이 누워 있음을 인지했다. 그는 웃고 싶은 동시에 울고 싶었다. 입을 벌리고 소리를 내려고 했지만 아무 소리도 나오지 않았다. 그리고 어둠의 물결이 그에게 다가왔다. 그는 그 어둠에서 벗어나려고 애쓰느라 곤조가 나무들 사이로 도망치는 것을 깨닫지 못했다. 그가 깨달은 것은 어둠이 에워싸고 있다는 것뿐이었다. 갑자기 자신이 곧 죽을 거라는 확신이 들었다.

87분서가 그로버 공원을 관할하는 다른 두 분서보다 빠르게 일을 처리한 것은 칭찬받을 만했다. 주위를 작은 수영장으로 만들 만큼 피를 흘리고 있던 카렐라는 30분이 넘도록 순찰 경관에게 발견되지 않았다.

카렐라가 자신의 관할 밖에서 총에 맞은 시각과 동시에 87분서 관할 내에서는 또 다른 폭력 행위가 자행되고 있었고, 그 폭력 행위의 결과는 채 10분도 되기 전에 발견되었다.

그 건을 보고한 순찰 경관의 말은 이랬다. "노파입니다. 이웃의 말로 그녀의 이름이 돌로레스 포레드랍니다."

"무슨 일인가?" 당직 경사가 물었다.

순찰 경관이 말했다. "목이 부러졌습니다. 이 층에서 통풍구로 떨어졌는데, 실수로 떨어졌거나 누군가에게 떠밀린 것 같습니다."

14

쇼핑객들은 도시 한가운데에서 자신들의 일을 하고 있었다. 추위에 떨던 시민들은 배불뚝이 스토브처럼 빛을 내는 점포 앞에 몰려들어 잠시 훑어본 뒤 간단한 선물을 샀다. 고급스러운 홀 가를 따라 늘어선 점포들은 크리스마스 장식용 가지뿐 아니라 흰색과 빨강, 녹색의 크리스마스 전구를 으스대듯 매달고 있었다. 한 백화점은 정면 2층 높이까지 푸른색 천사들로 장식을 했고, 크리스마스 분위기를 살린 거리 옥외 정원의, 콘크리트로 화려하게 부조된 수천 수백의 날개 달린 신의 메신저들은 스케이트 링크 옆 거대한 크리스마스트리로 향하는 행인들을 에스코트했다. 성인 남자의 머리만큼이나 큰 빨강, 파랑, 노랑 빛 구체들을 반짝이며 하늘 높이 치솟은 그 트리는 주변에서 딱딱하게 격식을 차리며 서 있는 거대한 사무용 빌딩과 위용을 겨루었다.

백열등을 늘어뜨리고, 거대한 흰색 크리스마스 화환과 빛나는 크리스마스트리로 장식한 다른 상점가의 유리창들은 새로 내린 눈의 오염되지 않은 흰색으로 반짝거렸다. 쇼핑객들은 팔 한가득 선물 꾸러미를 안은 채 분주히 거리를 오갔다. 딱딱하게 격식을 차린 건물 안에서는 회사 내 크리스마스 파티가 한창이었다. 사장들은 비서들의 스커트를 들췄고, 남자 서류계원들은 서류 캐비닛 뒤에서 여자 서류계원들에게 키스했다. 승진이 약속됐고, 임금 인상에 대한 이야기가 사람들 입에 오르내렸으며, 발송부 패거리는 거래처 담당자들과 술잔을 기울였다. 파티는 립스틱 자국과 위스키 얼룩들이 난무했다. 남자들은 집에서 기다리고 있는 아내들에게 황급히 전화를 걸었고, 마찬가지로 아내들은 딱딱하게 격식을 차린 건물들 안에서 자신들의 파티를 즐기고 있는 남편들에게 재촉하는 전화를 걸었다. 12월 22일 금요일, 그것도 늦은 오후였기 때문에 이러한 일들은 아내들의 짜증을 유발했고, 한 해의 대미를 장식하는 기다림의 정점을 찍었다. 신중히 유부남 처세를 해 온 회계사는 평소에 점찍어 둔 젊고 예쁜 금발 접수계원에게 이제 "굿모닝."이라는 정중한 인사 이상의 태도를 취할 수 있었다. 크리스마스 친목을 다지면서 워터쿨러 옆에서 같이 하이볼을 마시며 그녀의 허리에 팔을 둘렀다. 크리스마스 분위기에 휩쓸린 그녀의 머리가 그의 어깨에 안착했다. 그는 겨우살이나무 아래에서 그녀에게 키스를 할 수 있었

다ᐧ미국에서는 크리스마스 때 장식으로 걸어 놓은 겨우살이 나무줄기 아래에서 키스를 하는 전통이 있다.

크리스마스 파티는 미국 문화의 전통이었기 때문에 일말의 죄책감 없이 회계사는 이 모든 행동을 할 수 있었다. 남편들은 크리스마스 파티에 갔고, 아내들은 결코 초대받지 못했다. 아내들은 초대받으리라는 기대도 하지 않았다. 1년에 단 하루 동안 결혼이라는 계약은 일시적으로 철회되었다. 사람들은 크리스마스 파티가 끝나면 거실의 커피 테이블 위에 놓인 피투성이 단검에 대해 농담하듯, 어쩌다가 그렇게 됐는지에 대해 농담을 늘어놓듯 변명할 터였다.

거리에서는 쇼핑객들이 걸음을 옮기고 있었다. 시간은 빠듯했고, 크리스마스는 점점 다가오고 있었다. 추수감사절 전부터 대중을 선동했던 광고 회사의 중역들도 지금은 자신의 사무실에서 빠르게 취기가 오르는 중이었다. 베들레헴에서 단순히 누군가가 태어났다는 것만으로 왠지 모르게 대단히 커져 버린 크리스마스 명절의 상술에 놀아난 대중들은 분주히 종종걸음을 치며 궁금해하고 걱정했다. 조세핀에게 줄 선물이 너무 과한 건 아닐까? 크리스마스카드는 빼놓지 않고 보냈던가? 어디 보자. 크리스마스트리는 이미 샀어야 하는 게 아닐까?

광고 이면의 천박한 음모에도 불구하고, 미친 듯한 과당경쟁에도 불구하고 크리스마스에는 뭔가가 있었다. 거기에는 묘사하고 싶어도 할 수 없는 느낌이란 게 있었다. 그것이 크리스마스였다. 그것이 크리스마스 시즌이었다. 어떤 사람들은 가식과 전기로 밝히는 화려함과 홀 가를 따라 늘어선 삐쩍 마른 산타클로스의 제멋대로 뻗친 수염을 간파했다. 어떤 사람들은 광고업자가 사람들이 느끼길 바랐던 것과는 다른 무언가를 느꼈고, 어떤 사람들은 살아 있다는 행복과 위안을 느꼈다. 크리스마스는 어떤 사람들에게 그런 기분을 느끼게 해 주었다.

그래서 도시는 거나하게 취했고, 공황 상태에 빠질 만큼 사람들을 자극했다. 그리고 거리는 쇼핑객들로 들끓었다. 그럴수록 콘크리트 건물이 차갑고 딱딱하고 냉담하게 느껴지는지도 몰랐다. 그러나 이곳은 세상에서 가장 멋진 도시였고, 크리스마스 철에는 더욱 멋졌다.

"대니 김프라고 하는데," 남자가 당직 경사에게 말했다. "카렐라 형사와 통화하고 싶소."

당직 경사는 경찰 끄나풀과 말하는 것을 좋아하지 않았다. 그는 대니 김프가 자주 좋은 정보를 가져다준다는 사실을 알고 있었지만 끄나풀 모두를 탐탁지 않게 여겼고, 그들에게 말할 때 공격적이 되었다.

"카렐라 형사는 여기 없소."

"어디로 가면 만날 수 있는지 압니까?" 대니가 물었다. 대니는 기억도 못 할 만큼 오래전부터 끄나풀 노릇을 해 온 사내였다. 그는 자신의 입방아가 지하 세계의 사람들 사이에서 존경받을 일이 아니라는 사실은 알고 있었지만 그에 따르는 따돌림에 전혀 신경 쓰지 않았다. 대니는 정보 제공자로서 생계를 유지했고, 매우 특이하게도 경찰을 돕는 일이 즐거웠다. 그는 어렸을 때 소아마비를 앓아 한쪽 다리를 살짝 절었다. 진짜 성은 넬슨이었지만 극소수의 사람만이 그 사실을 알고 있었고, 그에게 오는 편지조차 대니 김프라는 이름으로 보내졌다. 그는 쉰네 살이었지만 매우 작았다. 모든 게 작았기 때문에 다 자란 성인이라기보다 영양실조에 걸린 아이에 가깝게 보였다. 목소리는 높고 가늘었으며, 주름 하나 없는 얼굴은 나이를 가늠하기가 어려웠다. 경찰 일을 돕고 있음에도 불구하고 그는 경찰이 좋다고 솔직하게 말하기가 거북했다. 87분서에는 그가 좋아하는 경찰이 한 명 있었다. 그 경찰은 스티브 카렐라였다.

"왜 그를 만나고 싶은 거요?"

"그에게 도움이 될 만한 정보가 있소."

"어떤 정보요?"

"당신, 언제 형사반으로 승진했소?"

"똑똑하게 굴고 싶다면, 앞잡이 양반, 끊는 게 좋을 거요."

"카렐라와 얘기하고 싶소." 대니가 말했다. "내가 전화했다고 전해 주겠소?"

"카렐라는 더 이상 메시지가 필요 없소."

"무슨 뜻이오?"

"오늘 오후에 총에 맞았소. 죽어 가고 있지."

"뭐!"

"들은 대로요."

"뭐!" 대니는 망연자실한 듯 그 말을 되뇌었다. "스티브가 총에…… 농담하는 거요?"

"당신하고는 농담 안 해."

"누가 쐈소?"

"우리가 알고 싶은 게 그거지."

"그는 어디 있소?"

"종합병원에. 가서 귀찮게 하지 마시오. 그는 중환자실에 있는 데다 의사들이 그에게 앞잡이를 만나게 해 줄 것 같지 않으니까."

"정말 죽어 가고 있는 건 아니겠지." 대니는 거의 자신을 안심시키려는 듯이 말했다. "이봐요, 그가 정말 죽어 가는 건 아니겠지?"

"그는 꽁꽁 언 데다 피가 거의 빠져나간 상태로 발견됐소. 의사들이 계속 수혈을 하고 있지만 가슴에 세 방이나 맞았고, 살아날 것 같지 않소."

"맙소사, 이봐요." 대니가 말했다. "아, 하느님." 그는 잠시 침묵했다.

"그만하면 됐소, 앞잡이 양반?"

"아니, 난…… 종합병원이라고 했소?"

"그래요. 말한 대로요, 앞잡이 양반. 가서 귀찮게 하지 마시오. 가면 불편할 거요. 형사반의 형사들 반이 거기에 있으니까."

"알았소." 대니가 생각에 잠겨 말했다. "맙소사, 일진이 안 좋았군. 그렇지 않소?"

"그는 좋은 경찰이오." 당직 경사가 간단히 말했다.

"그래요." 대니가 말했다. 그는 다시 침묵하더니 말을 이었다. "그럼, 끊겠소."

"수고하쇼." 당직 경사가 말했다.

경사의 경고로 대니 김프는 다음 날 아침까지 병원에 가지 않았다. 그는 자신이 병원에서 환영받을 존재인지, 카렐라가 자신을 알아볼지에 대해 금요일 밤을 지새우며 고민했다. 카렐라가 "어이."라고 할 수 있는 상태가 됐다고 하더라도 자신에게 그런 말을 걸어줄지 의문스러웠다. 대니는 카렐라와 업무상 협의를 맺은 관계였지만 경찰 정보원이 세상에서 가장 존경받는 부류가 아니라는 사실은 뼈아프게 인식하고 있었다. 카렐라라고 해서 자신에게 침을 뱉지 않는다는 보장은 없었다.

그는 그런 고민을 하며 그날 밤 잠을 이루지 못했다. 그는 여전히 그런 고민을 마음에 담은 채 토요일 아침을 맞이했다. 그는 이유를 알지 못했지만 스티브 카렐라가 죽기 전에 그를 보고 싶었다. 그의 얼굴을 보고 "안녕하쇼."라고 말하고, 될 수 있으면 악수도 하고 싶었다. 아마 그런 생각이 든 것은 크리스마스 시즌이기 때문이리라. 어떤 생각이 들었든 대니는 커피와 도넛을 들고 나서 주의 깊게 입을 옷을 챙겼다. 가장 좋은 슈트와 깨끗한 흰 셔츠를 고르고, 넥타이 역시 신중히 골랐다. 그는 존경받는 사람처럼 보이고 싶었다. 그는 존경받는 사람의 모습으로 병원에 갈 생각이었지만 갑자기 자신의 존경스럽지 못한 생애에 뚜렷하게 초점이 맺히는 것 같았다. 스티브 카렐라에게 자신이 걱정한다는 것을 보여 주는 일이 매우 중요하게 생각되었고, 마찬가지로 카렐라가 그 일로 인해 자신을 존경해 줄 거라는 사실이 중요하게 느껴졌다.

병원으로 가는 길에 그는 캔디 한 상자를 샀다. 캔디를 산 것이 잘한 짓인지 의심스러웠다. 병원에는 의심할 여지 없이 경찰들이 있을 터였다. 그 당직 경사가 그렇게 말하지 않았던가? 캔디 한 상자를 들고 가는 끄나풀이 바보처럼 보이지는 않을까? 그는 거의 캔디를 던져 버릴 뻔했지만 그러지 않았다. 병문안을 가면 무언가를 가져가는 법이고, "이제 곧 나을 거야." 같은 말을 하는 법이다. 대니 김프는 정중하고 존경받는 세계에 발을 디디는 중이었으므로 그 세계의 법칙을 따랐다.

12월 23일 토요일, 병원 건물 너머로 보이는 하늘은 매우 우중충했다. 눈처럼 새하얀 병원 벽을 본 대니 김프의 머릿속에 화이트 크리스마스를 기다리는 수많은 사람들이 스쳐 갔고, 병원 회전문을 밀고 온통 흰색 일색인 넓은 로비로 들어가면서 온전한 슬픔을 느꼈다. 접수대 뒷벽에는 큼지막한 크리스마스 화환이 걸려 있었지만 크리스마스 분위기를 전혀 전해 주지 못했다. 접수대에 앉은 아가씨는 손톱을 손질하는 중이었다. 접수대 맞은편 벤치에는 노인이 모자를 그러쥔 채 복도 저편에 있는 응급실을 끊임없이 힐끔거리며 앉아 있었다.

대니는 모자를 벗고 접수대를 향해 발걸음을 옮겼다. 여자는 눈도 들지 않았다. 그녀는 일본의 인형 장인 같은 손놀림으로 신중하게 매니큐어를 바르는 중이었다.

대니가 목을 가다듬고 말을 꺼냈다. "저기요?"

"네." 그녀가 집게손가락을 쫙 펴고 손톱에 적갈색 매니큐어를 칠하며 말했다.

"스티브 카렐라를 면회하러 왔습니다." 대니가 말했다. "스티븐 카렐라요."

"이름이 어떻게 되세요?"

"대니얼 넬슨이오." 그가 대답했다.

여자는 매니큐어를 내려놓고 손가락을 쫙 편 채 타이프가 쳐진 종이를 향해 매니큐어를 칠하지 않은 손을 뻗었다. 기계적인 동작으로 고개도 돌리지 않았다. 그녀는 그 종이를 앞에 내려놓고 살펴본 다음 말했다. "리스트에 선생님 이름이 없는데요."

"무슨 리스트 말입니까?"

"카렐라 씨는 중환자실에 있어요." 여자가 말했다. "가족만 면회가 가능하고, 상황이 상황인 만큼 경찰에서 온 몇몇 분만 면회할 수 있어요. 안됐군요, 선생님."

"그는 괜찮습니까?"

여자가 아무 감정이 실리지 않은 표정으로 그를 보았다. "상태가 위중하지 않은 사람은 대개 중환자 리스트에 오르지 않아요."

"상태를…… 상태를 언제 알 수 있습니까?"

"저는 아무 말씀도 드릴 수 없어요, 선생님. 회복될지도 모르고, 안 될지도 몰라요. 우리 손을 떠난 상태예요."

"여기서 기다려도 됩니까?"

"그러세요, 선생님." 그녀가 말했다. "괜찮으시다면 저 벤치에서 기다리세요. 아시겠지만 얼마나 기다리셔야 할지는 몰라요."

"알겠습니다." 대니가 말했다. "고마워요."

그는 몇 안 되는 솔직한 감정 중 하나가 하필이면 생사가 걸린 일보다 손톱 손질에 더 관심이 많은 어린 계집애 때문에 느껴야 하는 좌절감인지 궁금했다. 그는 어깨를 으쓱하고 관료주의를 탓하면서 벤치로 가 노인 옆에 앉았다. 그가 앉자마자 노인이 그에게 고개를 돌렸다.

"내 딸이 손을 베였다오."

"네?"

"캔을 따다가 손을 베였다오. 너무 위험하지 않소? 캔을 따는 게 말이오."

"글쎄요."

"그런 것 같소. 의사들이 저 안에서 드레싱을 하고 있는 중이오. 딸애가 돼지처럼 피를 흘렸지. 덧나지 않아야 할 텐데."

"괜찮을 겁니다." 대니가 말했다. "걱정 마십시오."

"당연히 그래야지. 누굴 보러 오셨소?"

"네."

"친구?"

"글쎄요." 대니가 말했다. 그는 한쪽 어깨를 으쓱하고 나서 캔디 상자에 쓰여 있는 성분 목록을 읽으며 레시틴이 뭔지 궁금해했다.

잠시 후, 젊은 여자가 손가락에 붕대를 감고 응급실에서 나왔다.

"괜찮니?" 그녀의 아버지가 물었다.

"네." 젊은 여자가 말했다. "의사가 막대 사탕을 주던데요."

두 사람은 함께 병원을 나섰다.

혼자 남은 대니 김프는 벤치에 앉아 계속 기다렸다.

병실에서는 테디 카렐라가 남편 옆에 앉아 그를 쳐다보고 있었다. 블라인드가 내려 있었지만 그녀는 어둠 속에서도 입을 벌리고 눈을 감은 그의 얼굴을 또렷이 볼 수 있었다. 침대 옆의 거꾸로 매달린 병에서 떨어진 혈장이 튜브 안으로 미끄러지듯 들어가 카렐라의 팔로 들어갔다. 그는 총상으로 너덜너덜해진 가슴까지 담요를 덮고 미동도 없이 누워 있었다. 총상에는 이제 붕대가 감겨 있었지만 그 총상을 통해 많은 피가 새어 나갔다. 총상은 이제 복구가 되었고, 그는 창백한 얼굴로 아무런 움직임도 보이지 않은 채 누워 있었다. 죽음이 이미 그의 몸속으로 스며든 양.

안 돼. 그녀는 생각했다. **이이는 죽지 않을 거야.**

제발, 하느님. 너그러우신 하느님, 제발. 이 사람을 데려가지 마세요, 제발.

생각이 밑도 끝도 없이 뻗어 가고 있었다. 그 생각은 자신을 위한 생각 같았기 때문에 그녀는 자신이 기도를 하고 있다는 사실도 깨닫지 못했다. 단순한 생각. 여자들이 하는 그런 생각. 하지만 그녀는 기도를 하고 있었다.

그녀는 카렐라를 어떻게 만났는지 떠올리고 있었다. 절도 사건 때문에 형사들이 자신이 일하던 작은 사무실로 찾아왔던 날을. 그녀는 그가 다른 분서에서 전근 온 형사 한 명과 사무실로 들어오던 모습을 똑똑히 기억할 수 있었다. 또 다른 형사의 얼굴은 이제 기억도 나지 않았다. 그녀는 그날 스티브 카렐라의 얼굴에만 관심이 있었다. 큰 키의 그가 꼿꼿한 걸음걸이로 걸어 들어왔다. 그는 경찰이라기보다 일류 패션모델 같은 옷차림을 하고 있었다. 그는 자신에게 배지를 보여 주고 자신을 소개했다. 그녀는 종이 위에다 자신이 듣지도 말하지도 못한다고 썼고, 자신은 타이피스트며 비서가 지금 자리에 없다고 썼다. 하지만 자신이 사장에게 가서 경찰이 왔다고 알리면 곧 그를 만날 수 있을 거라는 것을 글로 설명했다. 그의 얼굴에 온건한 놀라움이 떠올랐다. 자리에서 일어나 사장실로 걸음을 옮기는 동안 그녀는 그의 시선이 자신을 따라다니는 것을 느낄 수 있었다.

그녀는 그가 데이트를 신청했을 때 놀라지 않았다.

그의 눈에 어린 관심을 읽었기 때문에 그의 데이트 신청에 놀라지 않았다. 그녀는 그가 자신에게 어쨌든 관심을 기울였다는 사실에 놀랐다. 재미 삼아 한 번쯤 그런 말을 꺼내는 남자들이 있었고, 그녀는 당연히 그런 의도라고 생각했다. 듣지 못하고 말하지 못하는 여자와 데이트하지 말란 법 있으랴. 재미있을지도 모를 일 아닌가. 그녀는 처음에 스티브 카렐라가 데이트를 신청한 이유가 그것이라고 생각했다. 하지만 첫 데이트 이후 그녀는 그가 그런 부류의 사람과는 전혀 다르다는 사실을 알게 되었다. 그의 관심은 자신의 귀나 혀에 있지 않았다. 그는 테디 프랭클린이라는 여자 자체에 관심이 있었다. 그는 자신에게 그 말을 끊임없이 되풀이했다. 직관적으로 그 말이 사실이라고 생각했음에도 불구하고 그 말을 믿는 데 오래 걸렸다.

그녀는 카렐라와 잠자리를 하게 되었고, 그와 관계를 맺는 것이 당연한 일처럼 느껴졌다. 그는 여러 번 결혼 신청을 했지만 그녀는 그가 정말 자신을 아내로 맞고 싶어 한다고는 결코 믿지 않았다. 그러던 어느 날, 믿음이 찾아왔다. 믿음은 갑작스러운 형태로 찾아왔다. 그녀는 그가 정말로, 진심으로 자신을 아내로 맞고 싶어 한다는 것을 깨달았다. 두 사람은 8월 19일에 결혼했고, 오늘은 12월 23일이었으며, 지금 그는 병원 침대에 누워 있었고 죽을 것처럼 보였다. 그가 죽을지도 모른다는 사실이 현실로 느껴졌고 의사는 남편이 죽을 것 같다고 말했다.

그녀는 그런 부당한 상황은 생각도 하지 않았다. 그 상황은 놀라울 만큼 부당했다. 남편이 총에 맞는 상황은 일어나지 말았어야 했다. 남편이 이곳 병원 침대에 누워서 살기 위해 필사적으로 싸우는 상황은 일어나지 말았어야 했다. 그 부당함이 그녀 안에서 새된 소리를 지르고 있었지만 그녀는 신경 쓰지 않았다. 일어난 일은 일어난 일이었기 때문에.

하지만 그는 좋은 사람이었고, 온화한 사람이었으며, 자신의 남자였다. 이 세상에서 자신이 사랑하는 유일한 남자였다. 남녀가 만나면 어떻게든 이루어지게 되어 있다고 말하는 사람도 있다. 이 사람이든, 아니면 다른 사람이든. 남녀를 침대에 던져 놓으면 모든 일이 알아서 풀린다. 언제나 또 다른 누군가가 있기 마련이다. 테디는 이런 말을 믿지 않았다. 테디는 스티브 카렐라만큼 자신과 맞는 사람이 세상에 또 있다는 말을 믿지 않았다. 이해할 순 없지만 정말 기적처럼 그가 자신의 문간에 배달되었다. 선물처럼. 그것도 멋진 선물이.

그가 자신에게 인사도 없이 떠나리라는 사실을 믿을 수 없었다. 그 사실을 믿을 수 없었다. 그녀는 그 사실을 믿지 않았다. 그녀는 그에게 크리스마스 선물로 자신이 원하는 것을 말했었다. 당신을 원한다고 진심을 담아 그렇게 말했었다. 그는 그 말을 농담처럼 받아들였지만 그것이 그녀의 진심이었다. 그러나 지금, 그녀의 말이 무참한 바람에 날려 자신의 얼굴을 때렸다. 크리스마스 선물로 정말 그를 원했기 때문에 이제 곧 다가올 크리스마스에 그녀가 정말 원하는 유일한 선물은 그가 살아나는 것뿐이었다. 이런 일이 있기 전, 그에게 그런 말을 했을 때는 그가 분명 자신의 것이라는 당연한 사실을 알고 있었기 때문에 아무런 걱정도 하지 않았었다. 하지만 지금, 그 걱정은 현실이 되었고, 이제 자신의 남자가 살아나길 바라는 불타는 기원만이 남았다. 앞으로도 스티브 카렐라 이외에는 어떤 것도 바라지 않으리라.

그런 이유로 그녀는 이 어둠침침한 병실에서 자신이 기도를 하고 있는지도 인식하지 못한 채 기도를 하고 있었다. 그리고 그 기도를 몇 번이나 몇 번이나 반복하고 반복해서 되뇌었다.

남편을 살려 주세요. 제발 남편을 살려 주세요.

피터 번스 반장은 그날 오후 6시 15분에 로비로 내려갔다. 그는 카렐라의 병실 밖 복도에서 그를 다시 볼 수 있길 바라며 진종일 기다렸다. 그는 카렐라가 다시 의식을 잃기 바로 전에 잠깐 보았을 뿐이었다.

카렐라는 어떤 말을 속삭이듯 말했었다. 그가 속삭인 말은 "곤조."였다.

카렐라는 그 말 외에 마약 밀매인에 대한 어떤 말도 하지 못했고, 자신이 아는 것이라고는 카렐라가 차 안에서 세 녀석을 체포한 날, 녀석들에게서 들은 엉성한 진술뿐이었다. 아무도 곤조가 누군지 모르는 마당에 어떻게 그놈을 잡겠는가? 만약 카렐라가 죽는다면…….

그는 그 생각을 머릿속에서 몰아내고 복도 의자에 앉아 있었다. 그는 30분마다 분서에 전화했다. 그리고 30분마다 집으로 전화했다. 분서에서는 그에게 보고할 거리가 전무했다. 최신 살해 건인 돌로레스 포레드 살인에 관한 실마리도 없었다. 낡은 살해 건인 아니발과 마리아 에르난데스 살인에 관한 단서 역시 없었다. 곤조에게 다가갈 실마리가 아예 없었다.

집안 사정도 그리 좋은 편은 못 되었다. 래리는 여전히 금단현상으로 괴로워하고 있었다. 의사가 다시 방문했으나 번스 아들의 심기를 불편하게 만들 만한 일은 더 이상 생기지 않았다. 번스는 아들의 상태가 호전됐는지도 궁금했고, 자신의 관할에서 살인을 저지른 놈, 혹은 놈들을 찾아냈는지도 궁금했다. 크리스마스 이틀 전이긴 해도 올 크리스마스는 암울한 시간이 될 게 분명해 보였다.

6시 15분에 그는 복도 의자에서 일어나 로비로 내려갔다. 그는 접수대 앞에 멈춰 서서 접수대 자리를 지키고 있는 아가씨에게 주변에 식사할 만한 데가 있는지 물었다. 그녀는 라파예트에 있는 싸구려 식당을 추천해 주었다.

회전문으로 향하고 있을 때 그는 누군가가 부르는 소리를 들었다. "반장님 아니십니까?"

번스는 고개를 돌렸다. 번스는 처음에 그가 누군지 깨닫지 못했다. 겨드랑이에 캔디 상자를 낀 왜소한 남자로 어딘지 구린 구석이 있어 보였다. 대개 구린 구석이 있어 보이는 사람이 잘 차려입는다고 입을수록 더 구려 보이는 법이었다. 그제야 누군지 감이 잡혔다. 번스가 무뚝뚝하게 말을 건넸다. "어이, 대니. 여긴 무슨 일이지?"

"카렐라를 보러 왔습니다." 대니가 말했다. 그는 눈을 깜빡거리며 번스를 쳐다보았다.

"그래?" 번스가 무표정하게 말했다.

"네." 대니가 말했다. "그는 어떻습니까?"

"안 좋아." 번스가 말했다. "이봐, 대니. 특별히 할 말 없으면 난 밥 먹으러 가야겠네. 할 일이 많아."

"아, 그러셔야죠."

번스는 그를 쳐다보다가 이내 한마디 덧붙였다. 아마 크리스마스가 다가오고 있었기 때문이리라. "왜 그런지 알 걸세. 곤조라는 놈이 카렐라를 쏘지만 않았어도……,"

"누구요? 곤조라고 했습니까? 스티, 아니 카렐라 형사님을 쏜 놈이 그놈이라고요?"

"그런 것 같아."

"도대체 무슨 말씀이십니까?" 대니가 물었다. "그런 불량배 꼬마 녀석이? 그놈이 스티브 카렐라를 쐈다고요?"

"왜 그러지?" 번스가 말했다. 그는 이제 관심을 갖기 시작했는데, 그것은 단지 대니가 그놈을 안다는 듯이 곤조를 언급했기 때문이었다. "불량배 꼬마 녀석이란 게 무슨 말이지?

"제가 알기론 그 녀석은 아직 스무 살도 안 된 놈입니다."

"무슨 말인가, 대니?"

"그러니까, 스티, 아니 카렐라가 곤조에 대해서 알아봐 달라고 했는데 전혀 모르겠더군요. 그러니까 제 말은, 그래서 알아봤더니 스티……."

"젠장, 그냥 스티브라고 부르게."

"뭐, 어떤 경찰들은 그렇게 부르면 민감하게……."

"하고 싶은 말이 뭐야, 대니. 빌어먹을!"

"스티브마저도 제가 그렇게 부르는 걸 좋아하지 않아서 말입니다." 대니가 그렇게 말하고 나서—번스의 얼굴을 살피더니— 잽싸게 말을 이었다. "아무도 이 곤조라는 놈을 모르더군요. 그건 알고 계시죠? 그래서 그 건은 제게 수학 문제 같은 게 됐습니다. 이 바닥에서 그놈을 아는 사람이 없는데 어떻게 그 세 꼬마 녀석들이 곤조라고 알려진 놈에게서 약을 사려고 했을까요? 그건 아마 그놈이 이

구역에 있는 놈이 아니기 때문 아니겠습니까?"

"계속하게." 번스가 흥미를 보이며 말했다.

"그래서 저는 자문해 봤습니다. 만약 그놈이 이 구역 놈이 아니라면 어떻게 죽은 에르난데스의 마약 루트를 물려받았을까요? 이해할 수 없는 일이죠. 그 말은, 적어도 그놈이 에르난데스를 알고 있다는 얘기 아니겠습니까? 그리고 만약 그놈이 에르난데스를 알았다면 그 애 누나도 알았을 거라는 생각이 들더군요, 반장님. 스티브가 해 준 말로 그렇게 짜 맞췄죠."

"그래서 뭘 알아냈지?"

"이 구역에서 알려지지 않은 놈이지만 아마 에르난데스 집안을 아는 놈일 거라는 생각이 들었습니다. 그래서 애들 어머니를 보러 갔습니다. 에르난데스 부인이오. 정보를 얻으려고 그녀와 얘길 나눴습니다. 이 곤조라는 놈은 아마 그 집안 사촌이거나, 뭐 그 비슷한 친척일 거라고 생각했죠. 반장님도 푸에르토리코인들을 아시잖습니까. 가족 간의 강한 유대감을요."

"그놈이 사촌이라고?"

"그녀는 곤조라는 이름의 사촌은 없다고 했습니다. 제가 이웃인 걸 아니까 거짓말은 아닙니다. 곤조를 모르더군요."

"내가 자네한테 얘기했는지 모르겠지만 대니, 내 부하들도 이미 에르난데스 부인에게 그 질문을 했네."

"대신 아들에게 어떤 친구가 있었다는 말을 하더군요. 아니발이 리버헤드에 있는 고등학교의 해양 소년단에 들었던 적이 있고, 그

모임에 나가곤 했답니다. 조사해 봤더니 청소년 해군단이라는 모임으로, 퇴역 해군 얼간이 몇 명이 애들을 모아서 세일러복을 입히고 일주일에 한 번 정도 행진을 시켰답니다. 에르난데스는 거기에 행진하러 간 게 아니었습니다. 마약을 팔러 갔던 거죠. 어쨌든 그 애는 거기서 디키 콜린스라는 놈을 알게 됐습니다."

"그게 곤조와 어떻게 엮인다는 거지?"

"그러니까, 들어 보십시오." 대니가 말했다. "저는 이 디키 콜린스라는 녀석의 뒷조사부터 시작했습니다. 녀석은 이 동네에서 살다가 얼마 전에 이사 갔습니다. 녀석의 아버지가 리버헤드에서 덧문을 파는 일을 잡았거든요. 그래서 그 쥐꼬리만 한 돈벌이 덕에 그 동네를 떠날 수 있었죠. 그런데 디키는 아까 말씀드린 것처럼 여전히 이 동네에 묶여 있었습니다. 아시겠습니까? 녀석은 가끔 찾아와서 친구들을 만나곤 했습니다. 죽은 아니발 에르난데스를 포함해서요. 아니발의 누나도 만나고 말이죠. 어쨌든 어느 날 밤 카드 게임판이 벌어졌습니다. 푼돈짜리 노름이었죠. 그게 이 주 전 일입니다. 그걸로 왜 이 곤조라는 놈을 아는 사람이 없었는지 알겠더군요. 네 사람만 빼고요. 그중 하나는 이제 죽고 없죠. 운 좋게도 저는 살아 있는 한 놈을 알아냈습니다."

"알았으니까 말해 보게."

"게임을 했던 사람들은 네 명이었습니다. 샘 디 루카, 바로 그 디키 콜린스라는 녀석, 마리아 에르난데스, 그리고 나이가 좀 있는 동네 녀석."

"나이 든 녀석은 누구지?"

"그 디 루카라는 녀석은 기억을 못 했고, 마리아 에르난데스는 이제 말을 할 수가 없죠. 들은 말에 의하면 그 애들은 그날 밤 마약을 했습니다. 디 루카만이 열여섯 살이었고, 그래서 그놈은 거의 눈이 멀 뻔했습니다. 이 루카라는 녀석에 대해서 설명을 드리자면, 그 녀석은 자기를 배트맨이라고 불렀습니다. 그게 그놈 별명이죠. 그 애들은 전부 별명을 지었습니다. 그중에서 곤조라는 별명이 나오게 된 이유가 있습니다."

"요점을 말해, 대니."

"네. 그 네 명은 밤새 카드를 치면서 놀았는데 나이가 있는 녀석이 동네에 있는 어떤 싸구려 건서총잡이라는 뜻에 대한 이야기를 한 것 같습니다. 그때 세 사람은 디키 콜린스라는 녀석이 그 '건서'란 말을 들어 본 적이 없다는 걸 알게 됐죠. 그 말이 죽은 말이란 걸 아시죠, 반장님? 그러니까 옛날 사람이나 쓰는 말이지, 지금은 거의 안 쓰는 말입니다. '토르페도어뢰라는 뜻으로 주로 1900년대 초에 쓰인 말'처럼요. 아시죠? 한물간 말이죠. 그건 이해할 만합니다. 그 녀석은 어린놈이었으니까 들어 본 적이 없었던 겁니다. 그런데 그 말이 마음에 들었던 모양입니다. 녀석이 '곤조머리가 돌았다는 뜻? 도대체 곤조가 뭐야?' 하고 물었죠. 이 말에 다들 쓰러진 겁니다. 마리아는 의자에서 굴러떨어졌고, 나이 많은 녀석은 거의 바닥에서 데굴데굴 구르다시피 했고, 배트맨은 팬티를 적실 뻔했습니다. 엄청나게 웃겼던 모양입니다."

"알겠군." 골똘히 생각에 빠진 번스가 말했다.

"그래서 그날 밤 헤어지기 전까지 세 사람은 그 녀석을 곤조라고 불렀습니다. 어쨌든 그 배트맨이라는 녀석이 해 준 말이 그겁니다. 하지만 그 네 명만이 그 일에 대해 알고 있었습니다. 배트맨, 마리아, 디키, 그리고 그 나이 많은 놈만요. 아시다시피는 이제 마리아는 죽고 없죠."

"디키 콜린스가 곤조군." 번스가 단호하게 말했다.

"아, 배트맨. 그 녀석은 그날 밤 이후로 그런 일이 있었다는 걸 까맣게 잊어버렸습니다. 녀석은 어쨌든 그날 약에 엄청 취해 있었으니까요. 하지만 제가 곤조에 대해 묻자 기억을 하더군요. 그 나이 많은 놈이 누군지는 신만이 알 겁니다."

"디키 콜린스가 곤조였어." 번스가 멍한 표정으로 되뇌었다.

"그렇습니다. 지금 리버헤드에서 삽니다. 빈민가 중의 빈민가에서요. 그놈을 체포하실 겁니까?"

"그놈이 카렐라를 쏜 놈 아닌가?" 번스가 물었다. 그는 지갑을 꺼내 그 안에서 10달러를 빼 들었다. "받게, 대니." 그가 돈을 건네며 말했다.

대니는 머리를 저었다. "아닙니다, 반장님. 어쨌든 감사하군요."

번스가 믿을 수 없다는 듯 그를 쳐다보았다.

"그것보다 반장님이 절 위해 해 주실 수 있는 게 한 가지 있는데 말입니다." 대니가 다소 어색해하며 말했다.

"그게 뭔가?"

"병실에 가 보고 싶습니다. 스티브가 보고 싶군요."

번스는 잠시 주저하다가 이내 접수대로 다가가 말했다. "나는 번스 형사반장이오. 이 사람은 나와 같이 수사하는 사람인데, 이 사람을 위층 병실로 올려 보냈으면 하는데."

"네, 선생님." 접수대 아가씨는 그렇게 대답하고 입이 귀에 걸린 대니 김프를 올려다보았다.

15

경찰은 크리스마스이브에 디키 콜린스를 체포했다.

그는 돌아가신 할머니를 위해 교회에서 촛불을 켜고 나오는 중이었다.

경찰은 87분서 형사실로 그를 연행했고, 네 명의 형사가 그를 둘러쌌다. 형사들 중 한 명은 피터 번스였다. 나머지 형사는 하빌랜드, 마이어, 그리고 윌리스였다.

"이름이 뭐야?" 윌리스가 물었다.

"리처드 디키 콜린스요."

"이 바닥에서 통하는 별명이 뭐냐?" 하빌랜드가 물었다.

"그런 거 없어요."

"총을 소지하고 있나?" 마이어가 물었다.

"아니, 전혀요."

"아니발 에르난데스를 알아?" 번스가 물었다.

"들어 본 적 있는 것 같은데요."

"알아, 몰라?"

"알았던 것 같기도 해요. 이 동네에 아는 애들이 한둘이라야죠."

"언제 이사 갔지?"

"몇 달 전에요."

"왜?"

"우리 집 꼰대가 일자리를 얻어서요. 저는 따라간 거죠."

"너도 가고 싶었나?"

"상관없어요. 나는 자유인이니까. 사는 데가 어디든 내가 가고 싶은 데 가는 거죠. 다 물었어요? 내가 뭘 잘못했죠?"

"십이월 십칠일 밤에 뭘 했지?"

"그걸 어떻게 알아요? 그게 언젠데요?"

"일주일 전 오늘이야."

"기억 안 나는데요."

"에르난데스와 같이 있었나?"

"기억 안 나요."

"기억해 봐."

"아니요. 에르난데스와 같이 있지 않았어요. 언제더라. 토요일 밤이오?"

"일요일 밤."

"아니요. 걔하고 있지 않았어요."

"어디 있었어?"

"교회에요."

"뭐라고?"

"전 일요일 밤마다 교회에 가요. 할머니를 위해서 초를 켜죠."

"교회에 얼마나 있었지?"

"한 시간쯤요. 그러니까, 저 말고도 기도하는 사람이 몇 명 있었어요."

"몇 시에서 몇 시까지 있었지?"

"그러니까…… 열 시쯤부터 열한 시까지요."

"그러고 나서는?"

"여기저기 돌아다녔어요."

"만난 사람이 있나?"

"없어요. 목격자가 왜 필요한데요? 에르난데스 살인범으로 옭아맬 생각이에요?"

"왜 걔가 살해됐다고 생각하지?"

"걔는 목매달아 자살했잖아요." 콜린스가 말했다.

"그래. 그런데 넌 방금 살인이라고 했잖아?"

"자살도 자기를 살인하는 거 아니에요?"

"왜 자살 때문에 우리가 널 옭아매야 하지?"

"내가 어떻게 알아요? 그런 일 때문이 아니라면 왜 날 잡아 온 거예요? 그럼 그날 밤에 대해서 왜 물었어요? 아나벨을 아는지 물은 거 아니에요?"

"넌 걔를 알았어."

"그래요. 알았어요."

"동네에서 안 거야? 해양 소년단에서 안 거야?"

"무슨 소년단이오?"

"리버헤드에서."

"청소년 해군단 말이군요. 해양 소년단이 아니라. 아, 그래요."

"어디서 안 거야?"

"같은 동네에 살았을 때 인사는 하고 지냈죠. 그러다가 해군단에서 만나면서 좀 친해졌어요."

"그럼 왜 걔에 대해서 들어 본 적이 있는 것 같다고 했지? 걔랑 친해졌다면 알고 있었던 거잖아."

"오케이. 걔를 알았어요. 그게 죄예요?"

"왜 해군단에 들었지?"

"안 들었어요. 행진하는 거 보러 간 것뿐이에요. 행진하는 애들 보는 걸 좋아하거든요."

"네놈이 갈 데에서는 행진을 많이 하게 될 거다." 하빌랜드가 말했다.

"아, 날 무작정 거기로 보낼 생각이군요, 경찰 아저씨. 내가 기소됐다는 말은 아직 못 들었는데요. 날 연행한 거예요, 그냥 떠보는 거예요?"

"넌 마약 밀매인이야. 안 그래, 콜린스?"

"꿈 깨세요."

"우리는 너한테서 마약을 산 세 녀석을 잡았어. 그중 하나가 당장이라도 네 얼굴을 떠올릴 텐데."

"그래요? 이름이 뭔데요?"

"헤밍웨이."

"다른 두 사람도 불렀어요? 싱클레어 루이스와 윌리엄 포크너?"

"책 좀 읽나 보군, 콜린스."

"읽을 만큼 읽죠."

"그 헤밍웨이라는 녀석은 전혀 안 읽더군. 그놈은 마약쟁이야. 십이월 이십일 오후에 너한테서 헤로인 식스틴스를 샀어. 산 직후에 형사 한 명이 현장에서 체포했지."

"그럼 내 뒤를……," 콜린스가 잽싸게 말을 끊었다.

"뭐라고?"

"아무것도 아니에요. 형사님의 헤밍웨이가 마약을 샀다면 나한테서 산 게 아니에요."

"그 녀석은 그랬다는군. 너한테서 샀다고."

"헤로인 식스틴스란 게 어떻게 생겼는지도 몰라요."

"에르난데스가 마약쟁이였다는 건 알아?"

"네."

"너와 주사를 맞았지?"

"아니요."

"걔가 주사를 맞는 걸 본 적 없단 말이야?"

"없어요."

"걔가 마약쟁이라는 건 어떻게 알았지?"

"소문으로 들었어요."

"걔가 다른 마약쟁이들과 있는 걸 본 적 있나?"

"그럼요."

"누구?"

"이름은 몰라요."

"걔가 래리 번스라는 마약쟁이와 같이 있는 걸 본 적 있나?" 번스가 물었다.

콜린스는 눈을 깜박거렸다.

"래리 번스라고 했어." 번스가 반복했다.

"들어 본 적 없어요."

"잘 생각해 봐. 걔는 내 아들이야."

"농담이죠? 경찰 자식이 마약쟁이인 줄은 몰랐는데."

"십이월 십칠일 밤에 내 아들을 봤나?"

"아저씨 아들은 개똥만큼도 몰라요."

"십이월 십팔일 새벽에는?"

"밤이든 새벽이든 걔를 모른다고요. 내가 걔를 어떻게 알아요?"

"걔는 에르난데스를 알았어."

"에르난데스를 아는 애들은 수두룩해요. 에르난데스는 마약팔이였어요. 몰랐어요?" 콜린스가 말을 끊었다. "염병, 걔는 해군단에서도 마약을 팔았다고요."

"알고 있어. 넌 어떻게 알았지?"

"걔가 파는 걸 몇 번 봤어요."

"누구한테?"

"기억 안 나요. 이봐요, 내가 이 동네 마약쟁이들 이름을 죄다 알 것 같아요? 난 그런 쓰레기에 손도 대 본 적 없다고요."

"이십일에는 대 봤지, 콜린스. 우리가 에르난데스의 시체를 발견하고 이틀 뒤에 말이야. 헤밍웨이란 녀석은 에르난데스의 고객 중 하나였어."

"그래요? 그럼 아마 걔는 에르난데스의 유령에게서 그 식스틴스를 샀나 보죠."

"걔는 그걸 너한테서 샀어."

"그걸 증명하려면 시간이 엄청 걸리겠는데요, 경찰 아저씨."

"아닐 수도 있지. 지난 며칠간 네 뒤를 미행한 사람이 있어."

"그래요?"

"그래."

"그럼 왜 날 체포하지 않는 거예요? 이봐요. 날 연행했을 때 나한테서 뭐라도 나온 게 있었어요? 내가 여기 왜 있는 거죠, 응? 변호사를 불러 줘요."

"넌 살인 용의로 여기 있는 거야." 번스가 말했다.

"그러니까 그 말은……," 또다시, 콜린스는 말을 끊었다.

"뭐지, 콜린스?"

"아니에요. 에르난데스는 목매달아 자살했어요. 그걸 나한테 덮어쓰우려고 애쓰시네."

"에르난데스는 약물 과용으로 죽었어."

"그래요? 더럽게 부주의했네요."

"개 목에 밧줄을 건 사람이 누구지, 콜린스?"

"아저씨 아들이 그랬겠죠, 경위님. 어떻게 생각하세요?"

"내가 경위인 건 어떻게 알았지?"

"네?"

"내 아들이 누군지 모르고, 내 아들에 대해서 들어 본 적도 없다
면서 어떻게 내가 경위라는 걸 알았지?"

"형사들 중 하나가 아저씨를 경위라고 불렀잖아요. 안 그래요?"

"네가 여기에 온 후로 나한테 말을 건 사람은 아무도 없었어, 콜
린스. 그건 어떻게 생각하나?"

"그냥 짐작한 거예요. 아저씨가 리더십이 있어 보여서 대장이라
고 생각한 거죠. 오케이?"

"래리는 널 안다고 했어." 번스가 거짓말을 했다.

"래리가 누군데요?"

"내 아들."

"나는 모르는데 날 아는 애들은 수두룩하다니까요. 난 인기가 많
아요."

"왜지? 네놈이 마약팔이라서?"

"내가 팔아 본 거라곤 빈 병뿐이에요. 이제 적당히 해요, 경찰 아
저씨. 건질 게 없다니까요."

248

"다른 얘길 해 보지, 콜린스. 카드 얘기를 해 볼까."

"그게 뭐요? 한 판 치고 싶어요?"

"카드는 쳐 봤겠지?"

"아, 그럼요."

"배트맨 디 루카라는 녀석과 카드 친 적 있나?"

"네."

"또 누가 있었지?"

"언제 말이에요?"

"네가 카드 친 날 밤."

"배트맨 말고도 여러 명이서 쳤어요. 걔는 치는 족족 잃더라고
요. 내가 다 땄죠."

"건서가 뭐지, 콜린스?"

"에?"

"건서."

"오." 콜린스가 다시 눈을 깜박거렸다. "살인 청부업자요."

"발음해 봐."

"건서. 이건 뭐예요. 영어 수업이에요?"

"건서가 무슨 뜻인지 언제 알았지?"

"원래 알고 있었어요."

"카드 친 그날 밤 알게 된 거 아니야?"

"아니요. 그보다 훨씬 전부터 알았어요."

"어느 날 밤이지, 콜린스?"

"에?"

"방금 네놈이 카드 친 날 밤보다 전에 알았다며. 우리가 얘기하는 게 어느 날 밤이야?"

"그게…… 마지막으로 카드 친 날일 거예요."

"그럼 그날이 언제야?"

"한…… 한 이 주 전쯤이오."

"누구랑 쳤지?"

"나, 배트맨, 그리고 또 한 사람이오."

"또 한 사람이 누구야?"

"기억 안 나는데요."

"배트맨이 네가 그 사람을 데려왔다고 했어."

"내가요? 아니에요. 걔가 데려왔어요. 분명 배트맨이 아는 사람일 거예요."

"걔가 데려온 게 아니었고, 아는 사람도 아니야. 왜 그 사람을 보호하는 거지, 콜린스?"

"난 아무도 보호하지 않아요. 어디서 굴러먹던 놈인지도 모른다고요. 난 아저씨가 뭔 얘길 하려고 하는지 아직도 모르겠어요. 댁들 생각에……."

"닥쳐!"

"아니, 난 말 안 할 권리가……."

"카드 친 그날 밤 무슨 일이 있었지?"

"아무 일도 없었는데요."

"'건서'라는 말을 제일 먼저 꺼낸 사람이 누구야?"

"그런 말이 나왔다는 건 들어 보지도 못했어요."

"네놈은 그 말을 정확하게 발음했어."

"당연하죠."

"어떻게 발음했었지?"

"건서."

"언제부터 그렇게 발음했지?"

"우리가 카드 치던……," 콜린스가 황급히 말을 끊었다. "난 늘 그렇게 발음해요."

"카드를 치던 날 밤엔 그런 말이 나오지도 않았다면서."

"들어 보지도 못했다고 했는데요. 누가 그 말을 꺼냈을지도 모르죠. 그걸 내가 어떻게 알아요?"

"그런 말이 나오지 않았다면 '곤조'란 별명을 어디서 얻었지?"

"곤조? 곤조가 누구 별명인데요? 다들 날 디키라고 불러요."

"네놈한테 약을 산 세 녀석을 빼면 말이지."

"아, 이제야 알겠네. 날 다른 놈으로 착각하신 거구나. 곤조를 찾는다고요? 내 이름은 디키예요. 콜린스. 오호라, 아저씨들이 아마 거기서 실수를 했나 보네. 콜린스와 곤조는 약간 비슷하게……,"

"좋아, 이제 허튼소리는 그만해." 하빌랜드가 메어치듯 말했다.

"아니, 내가……,"

"우린 카드 치던 날 무슨 일이 있었는지 알고 있어. 건서라는 말이 나왔다는 것과, 네놈이 멍청하게도 그 말을 '곤조'로 알아들어서 네놈 친구들이 자지러지게 웃은 것과, 그날 밤 내내 네놈이 곤조라고 불렸다는 걸 몽땅 조사했어. 배트맨이 전부 얘기했고, 증언도 할 거야. 그 뒤의 일도 대충 짐작하고 있어, 이 자식아. 네놈은 마약팔이로서 이름이 알려질 걸 우려해서 에르난데스의 사업을 가로챘을 때 곤조라는 별명을 사용했어. 그래서 세 녀석들은 곤조를 수소문해서 네놈을 만났고, 그 녀석들 중 하나가 네놈한테서 헤로인을 샀어. 그리고 그 녀석은 그것에 대해서도 증언할 거야. 자, 나머지 일에 대해서 말해 볼까?"

"나머지 뭐요?"

"네놈이 쏜 경찰에 대한 이야긴 어때?"

"뭐요?"

"에르난데스 목에 네놈이 감은 밧줄에 대한 이야긴 어때?"

"뭐요?"

"네놈이 마리아의 몸을 난도질한 이야긴 어때?"

"이봐요, 이봐요, 내가 그런 게……,"

"네놈이 통풍구로 떠민 노부인에 대한 이야기는 어때?"

"내가요? 맙소사, 내가 떠민 게……,"

"이 중에 네놈이 한 짓이 어떤 거야?"

"아무 짓도 안 했어요. 맙소사, 날 어떻게 보는 거예요?"

"네놈은 경찰을 쐈어, 곤조!"

"안 쐈어요."

"우린 네놈이라는 걸 알아. 그가 말했어."

"그는 아무 말도 안 했을걸요."

"누가?"

"아저씨가 누굴 말하는지 몰라도 그 경찰이오. 그가 나라고 말했을 리 없어요. 왜냐하면 나랑 아무 관계 없는 일이니까요."

"이 모든 게 네놈이랑 엄청 관계있지, 곤조."

"곤조라고 부르지 마요. 내 이름은 디키예요."

"오케이, 디키. 왜 에르난데스를 죽였지? 쥐꼬리만 한 사업을 뺏으려고?"

"웃기지 마요."

"그럼 왜?" 번스가 소리쳤다. "그 일에 내 아들을 끌어들인 거냐? 어떻게 주사기에 래리의 지문을 남긴 거지?"

"내가 어떻게 알아요? 무슨 주사기요?"

"에르난데스 옆에 있던 주사기 말이다."

"난 하나도 모르는 일이에요."

"거기에 있었어. 어떻게 한 거지?"

"내가 아니에요."

"그걸로 내 아들에게 누명을 씌우려고?"

"아저씨 아들 얘기 좀 집어치워요. 아저씨 아들이 뒈지든 말든 난 관심 없어요."

"나한테 전화한 놈이 누구냐, 곤조?"

"난 아저씨가 곤조라고 부르는 사람이 누군지 몰라요."

"이봐, 이 썩어 빠진 쓰레기 같은……,"

"난 아저씨가 뭘 말하는지 모른다고요."

"누군가 내 아들과 그 주사기 건으로 나한테 전화했다. 누군가가 내 아들의 약점을 쥐고 있었지. 그놈이 카드 칠 때 자리에 있었나?"

"그놈이 누군지 몰라요."

"그놈이 나한테 전화를 건 놈 아니야?"

"누가 아저씨한테 전화를 걸었는지 몰라요."

"네놈이 에르난데스를 죽일 때 도운 놈이 그놈이냐?"

"난 아무도 죽이지 않았어요."

"거기에다 마리아와 노부인을……,"

"난 아무도 죽이지 않았어요."

"넌 경찰을 죽였어." 윌리스가 치고 들어왔다.

"그 아저씨 죽었어요?" 콜린스가 물었다.

형사실 안이 갑자기 매우 조용해졌다.

"내가 뭐 잘못 말했어요?"

"네놈이 말해 봐, 이 자식아."

"경찰이 총에 맞았다면서요. 죽었다고는 하지 않았잖아요."

"아니, 그렇게 말한 적 없는데."

"오케이, 그럼 내가 그 형사 일을 무슨 수로 알겠어요? 죽지 않았다고 했으면 그냥 총에 맞은 것뿐이잖아요."

"우린 형사란 말도 안 했는데." 번스가 말했다.

"뭐라고요?"

"우린 경찰이라고 했어. 그가 형사라는 건 어떻게 알았지?"

"몰라요. 그냥 그렇게 생각한 거예요. 댁들이 말하는 걸 듣고요."

"그 형사 이름은 스티브 카렐라야." 윌리스가 말했다. "네놈이 금요일 날 쐈잖아, 콜린스. 그리고 그는 여전히 죽음과 싸우고 있지. 네놈이 쐈다고 그가 말했어. 왜 속 편하게 털어놓지 않는 거냐?"

"할 말 없어요. 난 결백해요. 그 경찰이 죽는다고 해도 난 모르는 일이에요. 난 총도 없고, 마약도 없어요. 그러니 어쩔 건데요."

"어쩔 것 같냐, 이 자식아." 하빌랜드가 말했다. "삼 초 안에 두들겨 패 주마."

"해 봐요. 얼마나 잘 패는지 보죠. 난 이 일과 아무 상관 없어요. 그 경찰은 미쳤어요. 난 그 사람을 쏜 적 없고, 에르난데스와도 아무 관계 없어요. 청소년 해군단에서 친분을 쌓은 걸 갖고 소란을 피울 생각이에요?"

"아니." 윌리스가 말했다. "확실한 건 우린 네놈의 족적을 떠서 소란을 피울 생각이라는 거야."

"내 뭐요?"

"우린 카렐라가 쓰러진 곳 주변에서 네놈 발자국을 발견했어." 윌리스가 거짓말을 했다. "네놈이 가진 모든 신발을 수거해서 그것과 대조해 볼 거야. 그게 일치하는 순간 네놈은……."

"우린 바위 위에 서 있었어요!" 콜린스가 소리쳤다.

그것으로 일단락되었다.

형사들이 자신을 함정에 빠뜨렸고, 되돌리기에는 이제 너무 늦었다는 것을 깨닫기 시작한 그는 눈만 깜박거렸다. "오케이." 그가 말했다. "내가 쐈어요. 그가 날 체포하려고 해서 쏜 것뿐이에요. 다른 일들과는 엮이고 싶지 않아요. 난 에르난데스나 걔네 누나 살해와는 아무 상관 없어요. 전혀요. 그리고 그 노파는 내 평생 본 적도 없다고요."

"누가 그들을 죽였지?" 번스가 물었다.

콜린스는 잠시 침묵을 지켰다.

"더글러스 팻이오." 그가 마침내 말했다.

윌리스가 이미 자신의 코트를 꺼내 들기 시작했다. "아니야." 번스가 목소리를 높였다. "내가 가지. 그놈 주소를 대, 콜린스."

16

옥상은 매우 추웠고, 도시의 어떤 곳보다 아마 더 추울 터였다. 굴뚝 꼭대기의 통풍관을 몰아친 바람이 사내의 뼛속을 파고들었다. 사내는 옥상 위에 서서 불빛으로 빛나는 도시를 바라보았다. 작은 비밀들을 품은 도시를.

그는 잠시 그곳에 서서 내려다보이는 옥상들을 바라보며 어쩌다 계획이 이렇게 꼬였는지 생각했다. 좋아 보였던 계획은 이제 꼬여 버렸다. **사람들이 너무 많아.** 그는 생각했다. 사람이 지나치게 많으면 만사가 꼬이게 마련이다.

그는 한숨을 내쉬고, 빨랫줄과 건물 벽 유리창을 휘몰아치는 바람을 등졌다. 그는 매우 피곤했고, 왠지 모르게 고독감을 느꼈다. 이렇게 되지 말았어야 했다. 매우 좋은 계획이었기 때문에 더욱 잘

되었어야 했다. 낙담한 그는 구사 쪽으로 다가갔다. 그는 주머니에서 열쇠를 꺼내 구사의 문을 연 다음 걸쇠를 걸지 않고 문을 닫았다. 그가 구사 안으로 발을 내딛자 비둘기들이 불안한 듯 잠시 푸드덕 날개를 치더니 이내 경계를 풀고 다시 자리를 잡았다.

그는 곧장 암컷 공작비둘기를 찾았다.

구사 바닥에 있는 공작비둘기를 본 순간 그는 그놈이 죽었다는 사실을 알아챘다.

조심스럽게 허리를 굽히고 그놈을 들어 올려 손바닥 위에 올려놓고 물끄러미 바라보았다. 그렇게 바라보면 되살아나기라도 할 것이라는 듯이.

갑자기 모든 것이 견디기 버거워 보였다. 궁극적으로 모든 것이 참담한 패배를 향해 온 듯했다. 공작비둘기의 죽음처럼. 그는 그 새를 오랫동안 바라보았다. 새를 올려놓은 자신의 손이 떨리고 있는 것을 알았지만 멈출 도리가 없었다. 이윽고 그는 그 새를 손에 올려놓은 채 구사 밖으로 나갔다. 그리고 옥상을 가로질러 굴뚝 중 하나에 등을 기대고 앉았다. 발치에 그 새를 조심스럽게 내려놓은 다음—손이 비게 되어 심심하다는 듯—벽돌 조각을 주워 옹기장이가 찰흙을 이기듯 손안에서 굴렸다. 그는 그 남자가 옥상 위에 나타났을 때에도 벽돌 조각을 천천히, 아주 천천히 굴리고 있었다.

그 남자는 잠시 주위를 둘러보더니 곧장 그가 앉아 있는 곳으로 걸어왔다.

"더글러스 팻?" 그 남자가 물었다.

"그런데요?" 그가 대답했다. 그는 그 남자의 눈을 올려다보았다. 그 눈은 매우 딱딱했다. 그 남자는 주머니에 손을 찌르고 바람에 맞서 어깨를 구부린 채 서 있었다.

"번스 경위다." 그 남자가 말했다.

"오."

그들은 말없이 상대방을 오랫동안 노려보았다. 팻은 자리에서 일어나려 하지 않았다. 그는 발치께에 죽은 새를 놓아둔 채 천천히 벽돌 조각을 손안에서 굴릴 뿐이었다.

"날 어떻게 찾았습니까?" 그가 마침내 물었다.

"디키 콜린스."

"음." 팻은 매우 초연해 보였다. 그는 경찰이 자신을 어떻게 찾아냈는지에 대해서도 관심이 없어 보였다. "잡히면 모든 걸 불 놈이라고 짐작했죠." 팻은 머리를 흔들었다. "사람들이 너무 많아." 그가 말했다. 그리고 새를 내려다보았다. 그는 벽돌 조각을 더욱 단단히 움켜쥐었다.

"이번 일로 뭘 얻을 생각이었지, 팻?"

"내가 뭘 얻을 생각이었냐고?" 팻이 말했다. 그가 일어서려는 동작을 취하자 번스는 조용하고 빠르게 손을 움직였다. 그가 엉거주춤한 자세가 되었을 때 번스가 쥔 권총의 총구가 그의 눈앞에 놓여 있었다. 하지만 팻은 총에 신경 쓰는 것 같지 않았다. 그는 오로지 자신의 발치에 놓인 죽은 새에 신경을 집중하고 있을 뿐이었다. 그는 한 손에 벽돌 조각을 쥔 채 다른 손으로 새를 들어 올렸다. "나

말입니까? 이번 일로 뭘 얻을 생각이었냐고요? 기회죠, 경위님. 대
성공 말입니다, 경위님."

"어떻게?"

"곤조라는 녀석—곤조라는 뜻은 아시죠? 또라이라는 뜻 아닙니
까? 섬뜩한 부류의 또라이요—이 나에게 와서 말하더군요. '이런 건
어때? 아나벨이 해 준 말인데 자기 친구 중에 마약쟁이가 있는데
걔네 꼰대가 팔십칠 분서에서 짭새들을 지휘한대.' 그게 곤조가 나
에게 해 준 말이죠, 경위님."

번스는 그를 주시했다. 팻은 벽돌 조각을 천천히 들어 올리더니
가벼운 힘을 가해 죽은 비둘기에게 던졌다. 그는 벽돌 조각을 다시
주워 다시 새를 맞혔다. 이제 벽돌 조각에는 피와 깃털이 묻어 있었
다. 그는 무의식적으로 다시 그 조각을 주웠고 다시 내리쳤다. 자신
이 새에게 어떤 짓을 하는지 거의 의식하지 못하는 듯했다.

"나는 이런 생각을 했죠, 경위님. 난 당신 아들이 덫에 걸리도록
함정을 파고 당신한테 접근했습니다. 그리고 내 패를 테이블 위에
늘어놓고 협박할 생각이었습니다. '상황이 이렇군요, 경위님. 당신
이 협조하지 않으면 모든 신문에 댁의 아들 이야기가 도배될 겁니
다.' 난 당신 아들을 살인 용의자로 조작했죠, 경위님. 당신이 협조
할 거라고 확신했습니다."

그는 계속 새에게 벽돌을 던졌다. 번스는 해체된 새에게서 눈을
돌렸다.

"네놈이 기대한 협조라는 게 뭐지?"

"난 마약을 팝니다." 팻이 말했다. "하지만 두려운 일이죠. 그 사업을 하면서 겁을 먹지만 않았어도 정말 크게 확장했을 텐데 말입니다. 체포되는 건 원치 않는 일이죠. 난 당신 도움이 필요했습니다. 당신이나 당신 부하들의 눈을 피할 수 있길 바랐죠. 내가 원할 때는 언제든지 자유롭게 이 구역을 돌아다니며 마약을 팔 수 있길 원했습니다. 체포될 위험에서 벗어나서 말입니다. 그게 내가 원한 거였죠, 경위님."

"절대 그런 도움은 없어." 번스가 말했다. "내게서든 어떤 경찰에게서든."

"아마 당신은 아니겠죠. 오, 어쨌든 멋진 일이었습니다. 난 그 아나벨이라는 얼간이 꼬마 녀석을 속였죠. 주사기에 당신 아들의 지문을 남기기만 하면 된다고 그 녀석에게 말했습니다. 그 녀석이 당신 아들을 꾀어내서 공짜 마약을 주고 걔가 가기 전에 주사기를 바꿔치기했습니다. 난 기다리고 있었죠. 당신 아들이 가고 난 다음 난 아나벨을 보러 갔습니다. 녀석은 약에 취해서 끄덕끄덕 졸고 있더군요. 난 주사기에 녀석의 머리가 날아가 버릴 만큼의 양을 채웠습니다. 녀석은 내가 주사하는 것도 모르더군요. 그리고 아나벨의 주머니에서 당신 아들의 주사기를 꺼내 간이침대에 놓아두었죠."

"밧줄은 왜 감은 거지?"

팻은 벽돌 조각을 끊임없이 새에게 던져 새를 분쇄하며 깃털과 피를 옥상의 타르 위에 흩트리고 있었다. "그건 나중에 생각난 거였습니다. 문득 그런 생각이 떠올랐죠. 맙소사, 경찰이 꼬마의 죽음을 자살이나 돌발적인 약물 과용으로 추정하면 어떡하지? 내가 의도한 살인 누명은 어떻게 되는 거지? 그래서 아나벨의 목에 밧줄을 걸었습니다. 경찰이 녀석이 살해된 후에 밧줄이 감겼다는 것 정도는 알 거라고 생각했습니다. 난 경찰이 그게 살인이라는 걸 알아차리길 바랐습니다. 내 계획은 당신 아들에게 혐의가 걸리는 거였으니까. 당신 아들은 내 흥정 도구였죠, 경위님. 이 구역에서 자유롭게 마약을 팔 수 있는 흥정 도구."

"자유롭게 마약을 팔겠다." 번스가 반복했다.

"뭐, 그래요. 하지만 이미 끝난 얘기 아닙니까? 그리고 마리아와 그 노파 일은…… 어쩌다 일이 그렇게 꼬였을까요?"

그는 새에게 팔매질을 멈추더니 불현듯 타르 칠이 된 바닥에 놓인 새를 내려다보았다. 으깨진 새는 피와 깃털이 뒤섞인 곤죽이 되어 있었다. 벽돌과 팻의 손은 피투성이였다. 그는 비둘기를 내려다보았다. 그리고 이제야 정신을 차린 듯 자신의 손과 벽돌을 바라보았다. 이윽고 갑작스럽게 흐느끼기 시작했다.

"나와 같이 가는 게 좋겠군." 번스가 부드럽게 말했다.

87분서에서 그에 대한 조서가 꾸며졌다. 경찰은 그를 세 사람을 살해한 혐의로 기소했다. 조서 작성이 끝나자 번스는 자신의 방으로 돌아갔고, 창가에 서서 공원을 바라보다가 공원 탑에 걸린 시계를 보았다. 시계는 자정까지 5분이 남았음을 알려 주었다.

크리스마스 5분 전.

그는 전화기가 있는 곳으로 갔다.

"네?" 당직 경사가 말했다.

"반장일세." 번스가 말했다. "전화 좀 쓸 수 있겠나?"

"네, 반장님."

그는 발신음을 기다렸다가 캄스 포인트에 있는 집 전화번호를 돌렸고, 해리엇이 받았다.

"나야, 해리엇."

"안녕, 피터."

"애는 어때?"

"괜찮을 것 같아."

"좀 나아졌어?"

"전보다는 좋아, 피터. 아직 모르겠지만…… 이제 토하거나 안절부절못하거나 야만인처럼 날뛰지는 않아. 몸 상태는 괜찮은 것 같아, 피터. 그다음 일은 그 애한테 달렸지."

"그래." 번스가 말했다. "깨어 있어?"

"응."

"통화할 수 있을까?"

"물론이지, 여보."

"해리엇?"

"응?"

"범인을 쫓느라 바빠서 신경 못 썼다는 거 나도 알아. 하지만 난 당신이 알아주길 바랐어……. 그러니까 내 말은 지난 며칠간 여기저기 돌아다니는 통에……,"

"피터." 그녀가 부드럽게 말했다. "난 경찰이랑 결혼했잖아."

"그랬다는 거 알지. 나와 결혼해 줘서 고마워. 메리 크리스마스, 해리엇."

"될 수 있으면 빨리 와, 여보. 래리 바꿔 줄게."

번스는 기다렸다. 잠시 후 아들이 전화를 받았다.

"아버지?"

"안녕, 래리. 어떠냐?"

"훨씬 나아졌어요, 아버지."

"좋아, 다행이다."

긴 침묵이 흘렀다.

"아버지?"

"응?"

"죄송해요. 그런 식으로 굴어서……, 아시잖아요. 제가 어땠는지. 이제 달라질 거예요."

"많은 게 달라질 거다, 래리." 번스가 약속했다.

"이제 오시는 거예요?"

"음, 해야 할 일이 좀……," 번스가 말을 끊었다. "그래, 곧 가마. 병원에 들렀다가 바로 집으로 갈 거야."

"기다릴게요, 아버지."

"그래. 그럼 좋지." 번스가 잠시 말을 멈추었다. "정말 괜찮은 게냐, 래리?"

"뭐, 괜찮아지는 중이에요." 래리의 말을 듣고 번스는 아들의 목소리에서 미소를 감지했다.

"다행이군. 메리 크리스마스, 아들아."

"엄마랑 기다릴게요."

번스는 전화를 끊고 코트를 입었다. 그는 갑자기 만사가 매우 만족스럽게 느껴졌다. 팻과 콜린스를 체포했고, 아들은 좋아질 것이다. 그는 아들이 좋아지리라고 확신했다. 이제 카렐라의 일만 남았다. 그는 카렐라 역시 회복되리라고 확신했다. 젠장, 카렐라는 총에 맞는 정도로 죽지 않아. 그가 죽는다고! 카렐라 같은 경찰은 죽지 않아!

그는 병원까지 걸어갔다. 기온은 영하에 가까워지고 있었지만 그는 병원까지 내처 걷다가, 지나치는 술 취한 무리에게 "메리 크리스마스!"라고 외쳤다. 병원에 닿았을 즈음에는 얼굴이 얼얼했고 숨이 가빴지만 그는 그 어느 때보다 모든 일이 잘 풀릴 것이라는 확신이 들었다.

8층에 이른 엘리베이터의 문이 열리자 그는 복도로 발을 내디뎠다. 병원에 와 있다는 사실을 실감하며 카렐라의 병실을 향해 발걸음을 떼었다. 그리고 이제 그와 마주해야 한다는 생각에 마음을 다잡았다. 소독약 냄새를 풍기는 을씨년스러운 복도에 서 있는 지금, 그는 더 이상 스티브 카렐라의 회복을 확신할 수 없었다. 그 순간 그는 처음으로 의심스러운 마음이 들었고, 병실이 가까워짐에 따라 발걸음이 느려졌다.

이내 테디가 눈에 띄었다.

처음 눈에 띈 그녀는 복도 끝에 있는 작은 형체에 지나지 않았다. 이윽고 그는 가까이 다가오는 그녀를 보았다. 번스는 고개를 떨군 채 허리춤께 두 손을 꼭 모아 쥐고 있는 그녀를 보자 두려움이 몰려왔다. 그 두려움이 전신을 엄습했다. 그녀의 굴곡진 몸과 떨군 머리에서 절망이 느껴졌다.

카렐라. 그는 생각했다. 오, 맙소사. 스티브, 안 돼⋯⋯.

그는 그녀에게 달려갔고, 그녀는 고개를 들어 그를 쳐다보았다. 그녀의 얼굴에는 한 줄기 눈물 자국이 있었고, 스티브 카렐라의 아내 얼굴에서 눈물을 본 순간 급작스럽게 마음이 텅 비는 것을 느꼈다. 춥고 황량한 느낌. 그는 그녀에게서 몸을 돌려 복도를 줄달음치고 싶었다. 그녀에게서 몸을 돌려 그녀의 눈에 깃든 고통에서 탈출하고 싶었다.

마침내 그는 그녀의 입을 보았다.

그녀의 입가에 미소가 머물러 있었기 때문에 호기심이 일었다. 그녀는 미소를 짓고 있었고, 크게 뜬 눈에 어린 미소는 충격적이었다. 눈물이 빛나는 미소를 머금은 그녀의 얼굴을 타고 연이어 흘러내렸고, 그는 그녀의 어깨를 잡고 또박또박, 확실하게 알아볼 수 있도록 말했다. "스티브는? 그는 괜찮소?"

그녀는 그의 입술을 읽고 고개를 끄덕였다. 처음의 작은 끄덕임은 이내 기뻐서 어쩔 줄 모르겠다는 과장된 끄덕임으로 바뀌었다. 그녀는 번스의 품으로 몸을 던졌다. 번스는 그녀가 자신의 딸처럼 느껴졌고, 자신의 얼굴을 타고 흐르는 눈물을 느끼고 깜짝 놀랐다.

병원 밖에서 교회 종이 울렸다.

이제 크리스마스였고, 온 세상이 평온했다.

이제 곧 알게 되겠지만 이 글은 책에 대한 소개라기보다 후기에 가깝다. 이 시리즈와 관련된 장황한 말들을 기억하고 있는(내 기억력은 나날이 쇠퇴하고 있다) 많은 독자들을 위해 87분서 시리즈의 기본적인 전제를 되풀이해서 언급할 필요는 없겠지만, 어쨌든 나는 되풀이해야 할 것 같다. 아주 짧고 쉽게 기억할 수 있는 말이기 때문에. '가공의 도시에서 활약하는 복잡다단한 영웅'.

그 말은 이번 작품에서는 어떤 경찰이 스포트라이트를 받지만, 다음 작품에서는 다른 경찰이 스포트라이트를 받을 수도 있다는 의미다. 경찰들은 살해당하기도 하고, 시리즈가 이어지면서 사라지기도 하며, 새로운 경찰이 등장하기도 한다. 작품마다 변화해 가는 그들 모두를 볼 수 있다. 87분서 시리즈의 모든 작품이 존재하지 않는

지명과 허구의 역사를 담고 있는 도시를 배경으로 한다는 말을 나는 이미 이천 번 말한 바 있다.

첫 작품 『경찰 혐오자』에서는 경찰 소설—내가 쓰는 소설에 관한 한—에 대한 색깔과 패턴을 확립했고, 내용과 방식에 대해서는 제한이 없었다. 스티브 카렐라는 시리즈 첫 번째 작품에서 영웅이었다. 두 번째 작품에서 그는 신혼여행 중이었고, 당신이 방금 읽은 이 세 번째 작품부터 형사반에서 일하게 된 제복 경관(버트 클링)이 두 번째 작품의 살인 사건을 해결했다.

나는 처음에 이 세 편의 작품만 계약했는데, 그것이 세 번째 작품에서 스티브 카렐라를 죽이기로 결심한 이유는 아니었다. 사실, 그때 나는 포켓북스사와 87분서 시리즈의 계약을 연장하여 다음 작품 세 편을 이미 쓰기 시작한 참이었고, 이 시리즈의 수명을 적어도 그만큼은 보장받은 상태였다. 어쨌든 나는 이 시리즈를 처음 구상했을 때 내가 했던 말을 계속 의식하고 있었다. 부서 내 경찰들이 바뀌기도 하고, 살해당함으로써 다른 경찰로 대체되기도 하는 등의 시리즈 콘셉트가, 모두가 좋아하고 칭찬하는 등장인물을 죽일 수도 있는 매우 세련된 방법처럼 보였다—안녕, 스티브!

『마약 밀매인』의 3분의 2 정도쯤 되는 대목에서 카렐라는 32구경의 총구 앞에 놓이게 되고, 그다음 몇 페이지에서 그는 곤조—이미 이 책을 읽은 지금 그 내용을 알고 있으리라 생각되지만 아니라면 다시 돌아가서 읽길 바란다—라는 별명을 가진 누군가에게 총을 맞는다.

다른 이야기지만 책이 거듭될수록, 일종의 악순환처럼, 나는 자주 등장인물들의 이름 때문에 혼돈을 느끼곤 했다. 1953년에 에반 헌터로 개명했기 때문이리라본명은 살바토레 람비노였다. 게다가 1956년에는 에드 맥베인이라는 이름을 쓰기 시작했다. 『레이디 킬러』(1958)의 가장 중요한 단서는 이름에 있다. 『살인자의 선택』(1957) 역시 그렇다. 막 탈고한 『Widow』(1991)에서도 이름 때문에 혼란스러웠다. 나는 이름에 대한 혼란을 좋아한다. 주제에서 벗어난 이야기지만.

스티브 카렐라는 이 작품에서 죽기로 되어 있었다.

사실, 그게 원래 결말이었다. 내가 그 결말 그대로 에이전트에게 보낸 다음, 그가 다시 내 전담 편집자에게 보낸 원안은 이랬다. 번스 반장이 병원으로 가는 대목은 지금과 똑같다. 테디 카렐라가 그를 향해 복도를 달려가는 대목도 지금과 똑같으며, 번스 반장이 그녀에게서 몸을 돌려 그녀의 눈에 깃든 고통에서 탈출하고 싶어 하는 대목도 똑같다.

테디가 미소를 짓지 않았다는 점만 빼면.

반장의 품에 안긴 테디는 울음을 그치지 않았고, 병원 밖에서는 교회 종이 울렸다는 게 내가 보낸 버전이었다. 원안의 마지막 두 줄은 이랬다.

이제 크리스마스였고, 온 세상이 평온했다.

그러나 스티브 카렐라는 숨을 거두었다.

난 그 결말이 매우 인상적이라고 생각했다. 범죄 소설 역사상 소설 전반에 걸쳐 독자들에게 응원을 받던 주인공이 죽는 결말을 본 적 있는가? 획기적이지 않은가! 나는 유쾌한 기분으로 마감을 하고 그 원안을 직접 에이전트에게 건넨 다음, 지금 막 페니실린이라도 발견한 사람처럼 활짝 웃으며 5번 가로 걸어 나왔었다.

다음 날 아침 그에게서 전화가 왔다.

"무슨 짓을 한 겁니까?"

"무슨 말입니까?"

"영웅을 죽였잖아요."

"천만에, 아닙니다."

"천만에, 아니라는 게 무슨 뜻입니까? 영웅이 죽지 않았다면 이게 뭐죠? 이제 크리스마스였고, 카렐라는 숨을 거두었다라고 되어 있잖아요. 당신이 영웅을 죽인 거예요. 맞아요, 그겁니다."

"천만에, 아니라니까요. 카렐라는 영웅이 아니에요."

"그가 영웅이 아니라는 게 무슨 말이죠? 이 작품은 그가 작품 전반에 걸쳐 등장하는 두 번째 작품이라고요."

"그래요. 그리고 마지막이죠."

그가 땅이 꺼지게 한숨을 내쉬었다.

다음 날, 나는 내 전담 편집자에게서 걸려 온 전화를 받았다.

"무슨 짓을 한 겁니까?"

"난 영웅을 죽이지 않았습니다. 당신이 하려는 말이 그거라면 말입니다."

"네, 내가 하려는 말이 그겁니다." 그가 말했다. "이제 크리스마스였고, 카렐라는 숨을 거두었다를 내가 잘못 읽지 않았다면 당신은 영웅을 죽인 겁니다."

"천만에, 아닙니다."

"그럼 제발 설명 좀 해 봐요. 병원에서 죽은 사람이 누군지."

"카렐라죠." 내가 말했다. "하지만 그는 영웅이 아니에요. 우리가
처음 이 시리즈를 기획했을 때 나눈 얘기 기억납니까? 등장인물이
계속 바뀌……."

"내 말은 그런 뜻이 아니잖……."

"……기도 하고 살해당해서 다른 경찰로 대체되기도 할 거라고
했던 말 기억 안 납니까?"

"네, 하지만 당신이 영웅을 죽일 수도 있다는 말은 당신이나 나나
하지 않았습니다."

"하지만 그는 영웅이 아니에요." 내가 말했다. "그는 이 작품 전
에 단지 한 작품에서만 활약했을 뿐이라고요."

"그는 영웅이에요. 논쟁 끝."

나는 땅이 꺼지게 한숨을 내쉬고 타이프라이터로 돌아갔다.

나는 테디에게 큰 미소를 안겼다. 그리고 "그는 괜찮소?"라고 묻
는 번스의 말에 대한 테디의 대답으로, 처음의 작은 끄덕임은 이내
기뻐서 어쩔 줄 모르겠다는 과장된 끄덕임으로 바뀌었다. 그리고
난 이 작품의 마지막 줄을 삭제했고, 갑자기 이제 크리스마스였고,
온 세상이 평온했다로 바뀜과 동시에 스티브 카렐라는 다시 살아났
다. 마법이 작용했다!

그는 여전히 살아 있다.

아마 누군가는 내가 몰랐던 무언가를 알고 있었던 모양이다.

에드 맥베인

1950년대 페이퍼백 출판사로 가장 규모가 컸던 포켓북스사의 간판 작가는 페리 메이슨 변호사 시리즈로 명성이 드높았던 얼 스탠리 가드너였다. 그때 그의 나이는 이미 칠십에 가까웠고, 포켓북스사는 가드너를 대체할 만한 신인 작가를 찾고 있었다.

포켓북스사의 편집자는 청소년 문제를 다룬 소설 『Blackboard Jungle』을 써서 크게 격찬을 받고 있던 에반 헌터를 눈여겨보았고, 급기야 에반 헌터에게 점심 식사를 하자는 요청을 하게 된다. 두 사람의 만남이 있고 2주 후, 에반 헌터는 편집자에게 경찰 소설 시리즈를 제안한다. 에드 맥베인이 밝힌 바처럼 애초에 87분서 시리즈는 3부작으로 기획된 시리즈였지만 세 번째 작품 출간 무렵 연장계약이 되었고, 『마약 밀매인』이 출간됐을 때에야 비로소 책 표지에 '87분서 미스터리'라는 광고 문구가 붙게 되었다.

에반 헌터는 87분서 시리즈를 쓰기 시작하면서 에드 맥베인을 필명으로 사용하기 시작했다. 여담이지만 당시 에드 맥베인은 복면 작가였다. 그가 누구인지 아는 사람은 출판 관계자와 본인뿐이었다 (이에 관한 재미있는 에피소드는 추후에 더 자세히 말할 기회가 있으리라 생각한다).

당시 87분서 시리즈가 50여 편에 이르는 대하 시리즈가 되리라고는 상상도 하지 못했던 에드 맥베인은 『경관 혐오자』에서 주인공으로 활약했던 스티브 카렐라를 단순한 소모적 인물로 생각했던 듯하다. 특정 경찰이 주인공이 아닌 형사반 자체가 주인공이라는 기획 의도를 철저히 지키기로 한 작가는 본 작품에서 카렐라를 죽이기로 결심했다. 그가 '저자의 말'에서 밝힌 재미난 에피소드처럼 편집자의 간곡한 만류로 스티브 카렐라는 다시 살아나게 되었고, (맥베인은 그에 대한 보답이라도 하듯) 카렐라는 다음 작품에서 아내 테디와 함께 맹활약한다. 87분서 시리즈 애독자라면 스티브 카렐라가 없는 87분서를 상상할 수 없으리라.

시리즈의 배경이 되는 아이솔라에 대한 묘사는 작품마다 상세하게 소개되곤 하는데 도시 곳곳에 동상들이 존재한다. 그중 하나가 허버트 알렉산더라는 인물의 동상으로, 맥베인 연구가들은 도대체 그 인물이 누구인지 궁금해하다가 12번째 작품에서 의문을 해소했는데 그 인물이 바로 스티브 카렐라의 죽음을 적극 만류했던 포켓 북스사의 편집자 허버트 알렉산더이다.

끝으로, 『마약 밀매인』은 저명한 추리소설 비평가인 앤서니 바우처가 꼽은 87분서 초기 작품 가운데 베스트 세 작품 중 한 편이다. 나머지 두 작품은 『The Heckler』와 『See Them Die』이다.

마약 밀매인
THE PUSHER

초판1쇄 발행 2015년 4월 1일

지은이 | 에드 맥베인
옮긴이 | 박진세
발행인 | 박세진
교 정 | 박은영, 양은희, 윤숙영, 이형일
스페인어 감수 | 최한별
표지디자인 | 허은정
용 지 | 두송지업
인 쇄 | 대덕문화사
제 본 | 자현제책사

펴낸곳 | 피니스 아프리카에
출판등록 | 2010년 10월 12일 제25100-2010-000041호
주소 | 137-040 서울시 서초구 반포동 47-5 낙강빌딩 2층
전화 | 02-3436-8813
팩스 | 02-6442-8814
블로그 | www.finisafricae.co.kr
메일 | finisaf@naver.com